独角兽书系

Mr. Growell and His Dragon

格罗威尔先生和龙

E伯爵 著

重庆出版集团 重庆出版社

图书在版编目(CIP)数据

格罗威尔先生和龙 / E伯爵著. —重庆:重庆出版社,2022.6
 ISBN 978-7-229-16678-6

Ⅰ.①格… Ⅱ.①E… Ⅲ.①短篇小说—小说集—中国—当代 Ⅳ.①I247.7

中国版本图书馆CIP数据核字(2022)第042866号

格罗威尔先生和龙
GELUOWEIER XIANSHENG HE LONG

E伯爵 著

责任编辑:邹 禾 陈 垦 王靓婷
装帧设计:谢颖设计工作室
责任校对:李小君

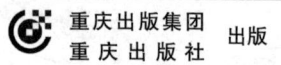

重庆出版集团 出版
重庆出版社

重庆市南岸区南滨路162号1幢 邮政编码:400061 http://www.cqph.com
重庆出版社艺术设计有限公司 制版
重庆市鹏程印务有限公司 印刷
重庆出版集团图书发行有限公司 发行
E-MAIL:fxchu@cqph.com 邮购电话:023-61520646
全国新华书店经销

开本:890mm×1230mm 1/32 印张:8.75 字数:195千
2022年6月第1版 2022年6月第1次印刷
ISBN 978-7-229-16678-6
定价:60.00元

如有印装质量问题,请向本集团图书发行有限公司调换:023-61520678

版权所有 侵权必究

目 录

序言　　001

格罗威尔先生的特殊病例　　001

地铁夜惊魂　　029

恋爱中的莎士比亚　　032

无私的友情　　074

命中注定的邂逅　　078

狮子育儿法及其实践　　093

雪地狂奔——关于龙爸爸　　141

永生不灭——关于龙妈妈　　156

人　偶　　169

时间的血　　173

钻石蔷薇　　216

温暖过往的永恒记忆

姜振宇

E伯爵是一位可爱的太太。对于许多正在从校园走向全世界的人来说，她的名字伴随了一代同龄人的成长。尽管她偶尔会隐藏在不同的笔名之下，横跨多个领域创作，但那一如既往的温暖笔触，总能在不经意间召唤出读者共同的感动与期待——在不同的作品中这种感动的内核确实有所差异，可倘若放在同一个框架中进行聚焦，又有某种彼此共通、流动的快乐。

在眼下的许多作者当中，我第一次认真地通读E伯爵的作品，并在某种程度上开始把她当成一个长期的观察乃至研究对象，来自一次极为偶然的交谈。有两个知识结构和兴趣爱好都极为不同的友人，不约而同地推荐了E伯爵这位作者，而这二位所推荐的作品，又与我自己的粗浅印象存在着微妙的差别。结果大家彼此敞开一对，分别发现了我们各自所不熟悉的E伯爵的其它侧面——单把这些侧面独自拿出来，就已然是"很能打"的状态了，足以在各自的圈子里把她尊称为"太太"；现在拼凑在一起，那就是"太太的叠加态"。

这种丰富性引起了我极大的兴趣。此后有幸趁着许多机会，与太太本人有了许多接触。她创作当中诸多微妙的细节，在现实生活中常常能够得到呼应。她朋友圈里持之以恒的运动打卡，下班后高效的创作，开车路上灵光一闪时的想法和纠结，这些就像

格罗威尔先生和龙

她的创作一样，能够在一个因为快速变动而充满焦虑的世界里，提供某种锚定生活的分量。

《格罗威尔先生和龙》这个集子正是最集中呈现这种温暖与重量的作品。敏锐的读者可以觉察到，其中的故事源自不同时间不同状态的思考和体验，最终呈现却有着整一的风格。它是古典的，沉静的，坚定的，在诸多故事和人物的背后，隐约构造起关于"世界之稳定性"的幻象。

故事两位主人公的形象，有着唐吉柯德和丘桑的意味，不过与缺乏膂力的疯骑士与侍从不同，这次的是掌握了相当力量的龙和魔法师……魔法医师。格罗威尔先生度过了叛逆期，略带不甘地接受了家族事业，但某种意义上又乐在其中，是个可爱的抖M少年；龙的名叫莎士比亚，并且是一个在正面意义上爱读书的少年心性，这基本上就是我们印象中古典世界里最可爱的人格之一了。当然，这里的两位"少年"指的并不是年龄（毕竟龙已经千把岁了），而是满溢着青春气息且事业蒸蒸日上的未婚状态。在日常营业中，他们所遇见的病症，调解的事务，其中的人物虽然多数并不比他们年长，却几乎都毫无疑问地属于"大人的世界"。

这种微妙的反差感来自两位主人公面对的家庭与事业。作品中两位的父母一辈都时常出席，时不时地还带来些考验和麻烦；医师面对的病症如此繁多且时常难以理解，以至于他不得不时常处在青春期式的困惑与摸索当中；龙一方面有着种族成长的限制，另一方面它所沉醉的人类文化与文明历史，也让它能够快乐地接受并不断打破自己智识的局限。

正是因为这些特征，在我此前快乐地阅读到文稿并且还没有开始一本正经地书写评论或序言的时候，满脑子都是"代了，代

温暖过往的永恒记忆

了"。这种速朽的网络语言是 E 伯爵始终没有选择的，尽管她的许多创作往往在网络上首发。这种坚持极为难得，时代语言的变化总是非常迅速，但往往只体现在各种细节和特定的情境当中，社会文化热点所关注和记录的往往也是这些。问题在于，迅速发酵、迅速引发关注，往往也意味速朽，这给我们这个时代的写作者们带来了莫大的挑战：首先要接受变化的发生，然后需要在一个古典与现代乃至未来并置的时代里，发现、描摹并辑录这些变化——在我们这个时代里，正是这些带有浓烈幻想意味的作品，自觉或不自觉地扮演着古典时代文化主流的角色。

正是在这个意义上，《格罗威尔先生和龙》充满着古典意味，类似于"过去好时光的回响"。同时，作者又让笔下的人物，尝试以这样的态度去接受变化中的世界。因此，故事里尽管有着隐藏在现实偏远角落的魔法世界，但它并未堕入某种与现代世界相对抗的桃花源，也不是那种经过了智慧设计以求完满的乌托邦。格罗威尔先生和龙的生活和工作，切实、朴实、踏实地面对现实的痛楚、错过、意涵和逝去，并且接受它们。魔法的力量无非加深、凸显了现实人生中的种种际遇和情绪，因而也强化了其中可能涌现的坚定与温婉。

除此之外，故事中灵光一闪、在沉着冷静与羁绊中涌现的微妙幸福感，也很值得关注。出场的人物或魔物往往年岁冗长，但并未失去对生活中碎屑、片段的感知和体验能力，反而是在面对时间消磨之时，进一步表现出了对日常细节的捕捉和感动——这倒更让我想起作者本人的有趣之处了。

也许对于通过这本书才第一次"遇见"E 伯爵，或者第一次遇见 E 伯爵的其它侧面的读者们来说，有必要再强调一次，这位

格罗威尔先生和龙

太太的创作横跨许多被指认为"亚文化"的圈层。在她广阔的创作光谱当中,除了熟悉且灵活地把握各种文学文化类型的文类惯例之外,太太总是能够充分地从这个类型的核心处,发掘出直达人心的记忆和感动。这种"一通百通"的姿态,其实比她笔下那些单靠年岁增长才增加见识的人物来得更加可爱。

这恰好也使得E伯爵可以被当成是一个管道,读者们可以顺着她作品的轨迹,去发现许多更大世界。在这样游玩、探索和体验的道路上,《格罗威尔先生和龙》正是最理想的旅伴。

格罗威尔先生的特殊病例

鲁珀特·格罗威尔先生在旧肯特路靠近北端的地方开了一家宠物诊所,这可是一个非常好的地段,从街角过去就能直接到伦敦桥,朝西南方向走是滑铁卢站,而过了泰晤士河去白金汉宫、议会大厦和威斯敏斯特教堂都不太远。当然此处租金也不便宜,可是格罗威尔先生并不为此发愁,因为这个地方从乔治三世时代开始就是他们家里的产业,在二战那个困难的年代里格罗威尔先生的祖父不得不卖掉最临街那层楼,可他们家仍旧享有第二、三、四层楼和整个地下室。

一楼现在已经变成了餐厅,有些年轻貌美的女招待常常看到一些抱着宠物的人从侧门乘老式电梯上三楼去,但是偶尔也有两手空空、神色古怪的家伙去按诊所的通话器。她们对后者都很好奇,不过鲁珀特·格罗威尔先生严肃而刻板的目光打消了她们追

格罗威尔先生和龙

根问底的念头。

　　从上个月开始，宠物医院的老院长终于退休了，女招待们惊喜地发现接替他的是他年轻英俊的儿子，一个高个子的金发青年，亨利·格罗威尔。他每天都来餐厅里享受一杯咖啡，然后再开始工作。他的幽默和健谈很快就赢得了女招待们的喜爱，而宠物诊所的门诊量也增加了。

　　11月是伦敦最令人讨厌的时候。格罗威尔先生边喝咖啡边看完《泰晤士报》，照例从侧门上楼，这时他发现一个戴着宽檐帽、穿着长风衣的矮胖男人靠在电梯旁：他似乎想按下通话器，指头却老是戳到别的地方。

　　亨利呻吟了一声，连忙上去拍了拍那个人的肩膀，露出展示到第八颗牙齿的标准微笑："让我来帮您，先生。"

　　那个男人浑浊的眼睛眯起来，好像在分辨面前的青年，然后才点点头。

　　亨利扶着这个人进了电梯，然后按下了数字"3"。伴随着叮的一声，他们俩来到一个宽敞的走廊上。这里一个窗户都没有，两扇实木门紧紧地关着，上面雕刻着复杂的葡萄藤。

　　"呕……"身旁的男人发出恶心的声音，亨利连忙皱着眉头把他拖进了木门。

　　在门关上的那一瞬间，精美的葡萄藤慢慢褪去，一个巨大的六角星封住了入口，而走廊也迅速地折叠，就如同一个立体模型被压平、翻转，重新打开后彻底变成了一个设备齐全的宠物诊所，甚至还有住院"病号"。

　　与此同时在门的另外一头，亨利搀扶的来客揭下帽子，露出满是虚汗的、肥胖的、和二战时期那位著名首相一模一样的面孔。

"早上好，格罗威尔先生。"来者口齿不清地问候道。

"噢，早上好，呃，那个……丘吉尔先生。"亨利想笑一笑，但脸上的肌肉只能抽搐几下。他连忙转身，打开红木柜子寻找他需要的东西——

"今天真是太危险了，您不该在这么不稳定的情况下来我这里，"年轻医生抱怨道，"如果我不在，您知道会有什么后果吗？明天所有报纸的头条都会说在我的诊所门口发现了活生生的妖魔，时髦一些的也许会说是外星人，或者变异生物……噢，该死的地狱舌根草浆放在哪儿呢……您想过将来会怎样吗？全伦敦的阔太太要么把她们的宝贝全给我治疗，要么一个小仓鼠也不送到这里来！我会倒闭的！温斯顿·丘吉尔先生——您真该换个名字——为什么不用小精灵，它们传信非常可靠，而且我愿意出诊，虽然收费贵些，可是服务完全一流！您在听我说吗……"

亨利转过头，发现站在他土耳其地毯上的矮胖男人像被戳破的皮球一样，突然萎缩在地上，那大大的宽檐帽和风衣堆在地上，盖住了里面的生物。接着衣服蠕动起来，爬出一只斗牛犬那么大的红色蛤蟆。

"就是这样……"格罗威尔先生拿着那瓶跟蛤蟆一个颜色的草浆，露出了悲愤的表情，"所以我告诉过爸爸我一点也不想当一个给妖魔看病的大夫。"

在一间古老的、摆满了老式家具和奇怪架子、橱柜的房间里，温斯顿·丘吉尔先生趴在一个棕红色的诊断台上，他灯泡似

格罗威尔先生和龙

的眼睛阖上了，好像在沉睡——虽然外形还是一只巨型蛤蟆，可是谁都能看出他专横的嘴角与那位著名首相有惊人的相似。他面前放着一只空杯子，里面有些残留的红色草浆。

格罗威尔先生此刻正在另外一个同样古老的诊断台上给一个佝偻着身子的侏儒看诊，他身旁多了一个体形娇小的黑色生物，大约只有四岁孩子那么大，小脑袋、长脖子、大肚皮、厚脚掌，背后还有一对扑棱棱扇动的翅膀，以支撑它飘浮在空气里。哦，看过童话的孩子都知道这家伙的名字应该是"龙"，可实际上——

"把镊子给我，莎士比亚。"亨利对那飞龙说道。

"哦，不！"诊断台上的病号哀号起来，"医生，我对合金过敏！"

"勇士从来都不害怕即将到来的危险，这是对他勇气的考验！"飞龙利落地飞到旁边拿起一把亮闪闪器械回来，用悦耳的声音说道，"你要明白你是面对着一个可以逾越的关口，这是命运给你的机会——"

亨利翻着白眼夺走飞龙拿回来的镊子："我不介意你写十四行诗，莎士比亚，可那得在你休假的时候，现在我们在工作。"

黑色的龙和气地笑笑，喷出一小股火苗："是的，老板，谨遵您的吩咐。"

于是亨利重新把注意力放回了面前的病人身上，他不耐烦地说："'孔雀石'先生，您了解我的诊所，所有的器械都是从格罗威尔家族继承来的，您看见这些17世纪的诊断台了吗？还有中世纪留下的瓶子，两百年前的地毯……包括我拿着的东西，都是最纯粹的手工艺产品，没有任何现代化工成分！对于您这样在矿产被严重掠夺之后还能活下来的侏儒,我更是选用了绝对没有伤害的工具,瞧,昨天晚上我对它们念了四遍清洁咒,看到旁边的那些了吗?我只念了一遍。"

皮肤呈现深绿色的侏儒犹豫地眯起眼睛看了看面前的人,尽管他的眼睛不好,就跟鼹鼠一样(长期的地下岩洞生活毁了他的视力,可怜的家伙),但他在用鼻子嗅了嗅镊子上纯正的气味以后还是乖乖伸出了爪子。

亨利低下头为侏儒检查被炸药炸伤的部位。

"天哪,全是硫黄、硝石……孔雀石先生,您真可怜!"

侏儒龇牙咧嘴地倒抽冷气,同时义愤填膺地挥舞着一只可笑的绿色拳头:"野蛮人,比只会烧柴火的炎魔还野蛮一百倍!挖掘是一门艺术,那是最富有探险精神的活动,顺着矿脉一点点地走,然后才能寻找最精华的矿藏,这是世界上最有意思的解谜和寻宝!看看人类的行为,哦,炸药和雷管就是他们的本事,居然还戴防毒面具,地下的空气可比上面好多了,他们只会往矿道里灌水……彻彻底底的蛮子!"他又看了看正在给他包扎的"蛮子",颇为不悦地说:"你弄疼我了,格罗威尔先生。"

亨利额头上冒出青筋,嘴角却挂着微笑。"好了,'孔雀石'先生,瞧,您回去以后只要两天就可以痊愈,您依旧可以刨下一大块精纯的煤矿石吃个饱。我用了最好的人鱼鳞片和火绒草,现在这样疗效显著的药可很少了,请尽量注意,每天需要三次清洁咒,而且别再受伤了。"

"看来我又该搬家了。"侏儒伤心地抹了抹眼睛,流出绿色的泪水。"五百年前我们住在山洞里,十八世纪后我们住在地下水源附近,1890年搬到了地下三百英尺,现在我住在废弃的矿坑

格罗威尔先生和龙

下面，人类越挖越深了，炸药也越来越厉害，还有那么多机器……我真不知道接着该往什么地方搬？要知道，再往下是哪儿——炎魔独居很久了，他不喜欢邻居。"

亨利表示无限同情，但他说他认为在伦敦要找到好的出租公寓也非常困难，然后无情的医生一边收下侏儒付的诊金（天啊，那是金沙！），一边让读着《雪莱诗选》的莎士比亚打开后门送病人出去。

黑色的龙小心翼翼地把书放下，然后抓起一把茴香粉撒在屋角的一个五星盘里面，盘上立刻出现了明亮的光线，侏儒慢吞吞地走进去，很快下沉，当他绿色的脑袋顶消失时，地板恢复成了原状。

亨利拍拍手，诊断台慢慢把遗留在上边的矿石碎屑和尘土都吸收了，就像海绵吸水一样。

"'孔雀石'先生又老了一些，岁月就像离婚的女人一样无情，"扇动着翅膀的龙感叹道，"从八百年前我开始为格罗威尔家族服务起，'孔雀石'和他的亲戚就是我们的老熟人了，他的爷爷'珊瑚石'、爸爸'绿松石'身体都非常好，一脉相承的绿色，美丽得像湖水一样的绿色，我爱他们的名字和皮肤。瞧瞧刚才这位，活像生了锈的破铜锁！"

格罗威尔先生习惯了助手的唠叨，他面无表情地把用过的器械放进一个银盘中，走到了另外一位昏迷的病人面前。

"你最好查查还有没有什么预约，莎士比亚，我觉得丘吉尔先生看起来很麻烦，"医生拿起杯子，"你给他喝了多少地狱舌根草浆？"

"目前来说只有三杯，不过没有什么用。你看见过对着聋子拉小提琴的音乐家，对着瞎了挥动画笔的画家吗？我和他们的感受是一样的。"

亨利轻轻翻起红色蛤蟆的眼皮，然后皱着眉头把杯子拿开，念了一遍清洁咒，那些残留的液体立刻消失得无影无踪。

莎士比亚飞到蛤蟆的身边，像个学者一样摸着下巴："哦，说实话我起码有六十年没有看到老丘吉尔病得这么严重了。你知道的，亨利，像他这样的移民妖魔其实只有刚来英国那一阵子不适应，后来就没事了，难道又得了新的思乡病吗？噢……命运像风一样把我们吹离故乡，飘荡在这个可怕的世界上，而我们像蒲公英的种子一样，不得不屈从残酷的安排，喘息着在陌生的土地扎下肤浅的根基……"

亨利脸上肌肉泛青，连忙顺着刚才比较正常的话题说下去。

"啊啊，你是对的，莎士比亚，"他用不自然的热切口气说道，"实际上，比起远古时期，现代社会中妖魔的流动确实非常自由了。火车、飞机、轮船，这些人类的交通工具帮助没有飞行法力和异地传送术的低级魔怪满世界地游荡。如果不适应环境，那就太糟糕了，我们的病人会多得挤满诊所。"

黑色飞龙挥舞着细小的前爪，嘴巴里冒出浓烟："请不要责怪我的失礼，老板，妖魔们的悲剧来自哪儿？是人类的活动！我曾经见过成吉思汗领着草原的铁骑闯荡欧洲，马蹄下的东方妖怪肆虐俄罗斯，于是西伯利亚的雪女妖和冰精灵一股脑地涌向了西欧；英国人、法国人、葡萄牙人和西班牙人一登上新大陆，基督教的神职人员便和当地土著巫师打得像抢地盘的野鸡，甚至欧洲妖魔也加入了与印第安魔神的战斗；后来，工业革命在欧洲妖魔界制造了最大规模的疾病泛滥，多少妖魔因为化学过敏而凄惨死

格罗威尔先生和龙

去？古老的挽歌和号叫多少次在深夜回响？他们只好放弃家园去往东方……我亲眼目睹的悲剧深深铭刻在我的脑子里！是你们摧毁了原本的次序，破坏了古老的田园诗！啊……多少妖魔的泪水伴随着他们匆匆的脚步飘洒在行进的路上！威严的城堡荒废了，热闹的林间嬉戏没有了，树木和野花在哀叹一个魔法时代的没落……"

*移民妖魔中只有三分之一有脚，你这个白痴！*亨利偷偷地在心底说道，可是他很清楚那次妖魔大瘟疫让格罗威尔家族和其他的妖魔治疗师尝到了甜头，他们成为了妖魔和人类矛盾的缓冲剂。

"别谴责欧洲的历史了，现在东方走的也是我们过去的老路，你没看见又有不少的妖魔搬回来了吗？"

莎士比亚撇撇嘴，喷出一股黑烟，重新朝诗集飞过去，口里还小声地念着："谁给了我们选择的权利，谁让我们飘零如同秋天的落叶……旧日荣光已远去，孤单徘徊的是落寞的灵魂。啊……妖魔，你们看似强大，却经不起人类贪婪的冲击，他们虽是蝼蚁，却带来毁灭……"

格罗威尔先生后背发毛，他看着红色的病人，到一个大柜子面前打了个响指。柜子门自动翻转，展示出一摞摞的发黄本子，其中有一本啪地跳出来，呼啦啦翻到属于丘吉尔先生的页面。病历上有着醒目的红色蛤蟆符号。亨利认真地读完，在脑子里复习着基本情况：

现在这只亚洲的红色蛤蟆怪——很明显他来自东方，因为东方的妖魔们具有非常强的变形能力——本来移民到波兰，二战时因为炮弹弄得他失眠，所以干脆来到约克郡隐居。据亨利的爷爷

格罗威尔先生的特殊病例

说，当时他来到英国首先要求治疗铅毒症，于是选择了比较讨好英国人的外表：一个可敬的领导人，并且取了与之相称的名字。

这些年来老丘吉尔只是偶尔检查下身体，从来没有今天这样的惨状。

亨利一边关上病历簿，一边命令助手："莎士比亚，弄醒他好吗？"

飞龙吐出一颗小小的火球，准确地打在蛤蟆的臀部，那个胖胖的身躯扭动起来，终于昂起头。

医生在他发火前飞快地坐到他身边，殷勤地问道："您哪儿不舒服，丘吉尔先生？"

蛤蟆眨了眨眼睛，发现自己好像缩水了，当他低头看见脚上的蹼以后，发出了可怕的呱呱声："天啊！我的老天爷！我的变形法术失灵了！我记得我出门时是最体面的样子！"

"安静安静！"亨利痛苦地拍了拍蛤蟆的背，不得不忍受上面的黏液，"听我说，丘吉尔先生，您是在进门以后才晕过去的，没有人看到您的真面目。说实话，难道您过来的时候就没有遇到更糟糕的情况吗？"

蛤蟆卷了卷舌头："实际上在来到诊所的途中确实有几个人好奇地来看我，并且问我可不可以跟他们合影。"

"人类对于名气和地位的崇拜总是很盲目，"龙插了句嘴，"老板，我觉得您其实应该早点修好我们的传送门，这样特别醒目的病人来就诊才比较安全。"

亨利含糊地点点头——其实他对于异地传送技巧还比较陌生。于是年轻的医生咳嗽了几下，把话题引回了正题。

"告诉我，丘吉尔先生，为什么您的身体会虚弱到无法维持

格罗威尔先生和龙

变形的地步呢？"

"我不舒服，"蛤蟆用前肢揉着雪白的肚子，"我的肠子就好像打了十五个结，而且还在不断增加数量；我的胃抽筋，什么都吃不下；我的头很痛，手脚发软……"

亨利从衣服里掏出一个玻璃瓶，从里面小心翼翼地滴了几滴液体，然后涂抹在蛤蟆的肚皮上——那圆鼓鼓的肚子慢慢地变成了透明的，里面火红色和绿色的内脏清清楚楚地展示出来。亨利念了一个简短的咒语，一些器官呈现出糟糕的黑色。

"我明白了。"他用毛巾拭去那些显影液体，蛤蟆的肚子又变成了可爱的白色，"毫无疑问，丘吉尔先生，您是食物中毒。"

蛤蟆天真地眨了眨眼睛。

"这么说吧，您吃了坏东西，它导致了您的血液不干净，然后内脏罢工，它们拒绝照常运转，所以您感觉难受。您最近吃了什么？"

蛤蟆努力想做出沉思的样子，可是现在的体形让他很难把双腿并拢、手肘也放不上去："格罗威尔先生，自从您的父亲治好了我的铅毒症之后，我非常注意自己的饮食。虽然我需要摄入足够肉类和脂肪，但是六十年来我都只在河流和森林里找一些小鱼和松鼠，还有一些狡猾的田鼠和昆虫；我也喜欢吃点素食，比如大麦面包和土豆，哦哦，放心，我绝对没有加番茄酱和辣酱，那里面的色素会要我的命！"

"好吧，请告诉我最近这三天内的食谱。"

蛤蟆弯曲着他带蹼的指头："呃……两只乌鸦、十五只蚱蜢——这是秋后了，吃它们的最后时机——二十个大麦面包、十一个松鸡蛋、一箱子苏格兰土豆——别问我从哪儿来的，这是货车司机不关好后门的错——三瓶果汁儿、五条活鳟鱼……"

亨利努力微笑着，而莎士比亚义正词严地挺起胸膛："贪婪！绝对的贪婪！你到底是蛤蟆还是鲸鱼？"

温斯顿·丘吉尔愤怒地吐着舌头："太无礼了，莎士比亚先生，我可是英国唯一一个具有波斯血统的可变形妖魔！"

"少安毋躁，先生们！"亨利连忙抓住龙的尾巴把他拖到自己身边，然后绽放出一个职业化的微笑，"丘吉尔先生，您得原谅莎士比亚，他并不了解您这一族的食物构成和摄取量。"年轻的大夫又严厉地对自己的助手说："我的文学爱好者，其实这六十年来可怜的丘吉尔先生没有一天吃饱过。自从铅毒症治疗好以后他一直在节食，他每次的变形法力需要极大的能量支持。"

"正是这样！"蛤蟆的长舌头在口腔里翻转，"人类的战争破坏了我的免疫系统，我不能再喝可口的酒、只能吃点果汁；我也得躲避油腻，所以彻底放弃了烤肉；你能想象吗，甚至是熟食都得少吃！"

飞龙绿油油的眼睛里露出了一点羞涩，他局促地揉着爪子，表示自己一点也没有要侮辱病人的意思，只不过是由于知识的浅薄而口出不逊。

莎士比亚谦卑的话让丘吉尔先生缩回了具有威胁性的舌头，重新躺下来。

"现在怎么办，医生？"蛤蟆哼哼唧唧地问道，"我真的太难受了，如果不治好，我没法走出这里。"

"我得给您对症下药，丘吉尔先生。"亨利解释道，"也就是说，我得好好研究一下什么东西导致了您的食物中毒，这是一个细致的过程。自从铅毒症让您的身体衰弱了以后，我对您用药必

格罗威尔先生和龙

须慎之又慎。"

"那请您把我敲昏吧,我太难受了。"

"啊!"亨利雀跃地竖起食指,"我想您的意思是一个沉睡咒,对吗?没有问题,这个我非常拿手!"

他立刻念了几个短促的音节,红色的蛤蟆立刻像沙袋一样"嘭"地趴在了诊断台上,一动不动。

"您太狡猾了,老板,"莎士比亚在旁边沉痛地说,"虽然您不喜欢他口腔里的沼泽气味,可是用这个方法让他闭嘴还是很卑鄙的。"

亨利冷漠地笑了笑,然后搜出诊断台底下的一个手提袋,把病历和几小瓶药粉装进去。他小心翼翼地在丘吉尔先生周围构建起一个发出微弱荧光的椭圆形罩子。

"看起来您准备逃离案发现场。"龙试探性地碰了碰那罩子,他的指尖冒出蓝色的火花。"太妙了,格罗威尔医生因为对病人束手无策而设下一个小小的隔离网以后从诊所消失了。诚实是最可贵的品德,老板,说真话需要勇气!来吧,坦诚地告诉我您对一个大吃大喝的蛤蟆毫无办法,您比起您的父亲胆子也小了很多,治疗法术也浅薄得像个中学生!对于大了您九百三十岁的老人家隐瞒弱点是不明智的!"

年轻的医生终于忍不住呻吟起来:"够了,莎士比亚,那东西只是保证丘吉尔先生在我们离开的几天里安稳地睡个好觉而已。"

飞龙顿了一下:"等等,您是说——'我们'?"

亨利专心地拉上手提袋的拉链,然后微笑着告诉他的助手:"冷静地听我说,莎士比亚:现在我发现丘吉尔先生的病情有些特殊，他食物中毒，可是我找不到致病原因——被吃进去的东西都变成了妖魔需要的能量，所以我得去他住的周围看看，找找有没有可疑的东西，或者是被患者本人忽略了的毒素。而你得跟我一起去，协助我。"

龙拍了拍前爪："我明白了，我喜欢旅行。这次您需要我伪装成什么？非洲裔的苗条女护士？"

"随便，挑个你自己喜欢的吧。"亨利漫不经心地提起手提袋，然后打开门，与此同时外面的"宠物诊所"却重新变成了平凡无奇的单调长廊。

"快点出来，莎士比亚，我要关门了。"

"好的，老板。"黑龙快乐地在半空中翻了个筋斗，落在地面上的时候变成了一个十六七岁的男孩子：眉清目秀，有一头微卷的短发和发黑的皮肤，就像一个混血儿。"我可以带上自己的书吗，老板？您肯定要在路上消耗几个小时，对吗？我可以为您吟诗。"

"行啊，挑一首没有'爱情'和'玫瑰'字眼儿的。"

"您完全不懂得欣赏美好的东西，老板。"

"如果你上次这样做时，没有喷出火苗烧坏我最好的外套的话，我肯定有那样的能力。"

"斗嘴是不成熟的表现。"混血男孩儿拿起自己的《雪莱诗选》，兴高采烈地走到了亨利身边。大门在他们身后关上，六角星褪去，变成了一个复杂的藤条图案，只不过这次的藤条不是漂亮的葡萄而是荆棘，并且在正中结成一个环。男孩儿打了个响指，一个白色的"暂停营业"牌子出现在大门上。

"好了，出发吧，老板。"男孩儿露出雪白的牙齿笑着说。

格罗威尔先生和龙

从伦敦到约克郡的火车中午就出发了,可到的时候天已经黑了。虽然莎士比亚很想去利兹和布拉德福德看看那些古城堡,可惜他们俩都没那么多时间游玩。

作为一个旅行者,亨利·格罗威尔先生和他弟弟——漂亮的男孩儿莎士比亚——心急火燎地朝北边赶路,深夜留宿在一个乡间旅馆。第二天他们就去了大格罗斯沼泽,并且在沼泽外围发现了一个名叫乔亚诺的小镇。当地人热心地给"采集湿地植物标本"的兄弟俩指出到达目的地的捷径,然后欢迎他们晚上去那里投宿。

约克郡的天气明显好过伦敦,至少不会阴雨连绵,虽然没有什么灿烂的阳光,但是干燥的空气让人鼻腔和皮肤都感觉很舒服。

"呃,我想丘吉尔先生一定很喜欢这个地方。"莎士比亚愉快地走在沼泽边缘的泥泞小路上,对前面的那个人叫道,"老板,您买一双长筒靴是正确的,想象一下如果您的皮鞋走在这里会怎么样?瞧您那发颤的腿,我们仅仅走了三个小时。舒适的都市生活吞噬了您的运动细胞,我告诉过您闲暇时不能总是去追逐异性,虽然我明白人类常常只顾肉体而忽略灵魂……"

格罗威尔先生气喘吁吁地爬上一块比较干燥的岩石,顾不上搭理那个饶舌的家伙。他眯着眼睛打量这片平坦的区域,没有看到任何高耸的树木,不超过两英尺的小灌木在边沿地带生长着,此外就是蕨类植物和苔藓。再远一些是略有起伏的丘陵地,它们在淡淡的雾气中呈现出一种模糊不清的、水彩画一样的黑色。

亨利打开手提袋，从一个小瓶了里倒出一把细小的粉末顺风撒去。那些粉末在空中飘浮起来，变成了一个个晶莹的球体，然后散播在这片沼泽上。

"这里就是我们那蛤蟆朋友的家，对吗？真是幽静！"混血男孩儿来到亨利身边，"哦，您放出了气味妖精，老板。它们看起来神采奕奕！"

"是的，这说明丘吉尔先生的家非常干净，没有严重的化学污染，他可以放心地在淤泥下面挖几个大大的房间，并且用幻术捕获愚蠢的蛇或蜥蜴什么的。当他想改改口味时就去镇子里搞一些新鲜的鸡蛋、果汁。"

"您要采样吗，老板？"

"或许是的，莎士比亚，我需要两只活田鼠，在沼泽不同位置的。"

"明白了，老板，我保证不烤熟它们。"混血儿用力一跳，矫健的身体在半空中缩小成了一个三英尺的黑龙，"瞧，老板，我从来都是做这样粗鲁而没有创造性的工作！您和您的家族有理由为我八百年来的服务而感到自豪。"

"好的，莎士比亚，华兹华斯的《抒情歌谣集》，我明白。"

"感谢您的慷慨，老板。"黑龙优雅地在空中行了个礼，然后扑扇着他可笑的翅膀朝沼泽深处飞去。

"嘿！别忘了隐身咒！"

亨利在助手的背后大声地提醒道，看见那黑色的小不点儿慢慢变得透明以后，他在岩石上坐下来，伸展着有些酸痛的双腿。

他又从手提袋里掏出一个小瓶子，里面装着三个可爱的五角星，它们不安分地在瓶子里爬来爬去，就好像橙色的软糖。年轻

格罗威尔先生和龙

的大夫小心地把这三个五角星倒在有泥土的地方,它们立刻如蚯蚓一般朝下面钻去,那速度就如同电钻。

亨利看着腕表,五分钟后闭着眼睛念了一个咒语,当他睁开眼睛时,面前出现了一个五角星形状的图像:那三个小妖精找到了温斯顿·丘吉尔先生建在沼泽下面的宽敞房间,它们忠实地把那个场景投射回来,让主人很清晰地看到了洞穴里的情况——

事实上,丘吉尔先生很爱干净,家里并没有出现食物泛滥的情况,一个房间里铺着松软的干草,看上去好像是床;几个原木削制的家具摆放在角落里,其中一个最大最平的是餐桌;另外一个房间则摆放着很多陶土的罐子和玻璃瓶,亨利知道他的病人有做腌制食物的爱好。

大夫给五星小妖下了个命令,它们立刻把丘吉尔先生房间里的东西都分别咬了一口含在嘴里,胀成了球形,然后重新回到地面上。亨利让勤劳的五星们把采集的样品吐在一个敞口的透明瓶子里,又撒进去一些气味妖精,然后牢牢地盖上盖子。

这个时候,他耳朵边吹过一丝热风,接着两只黑色的爪子捏着田鼠慢慢在半空中显现出轮廓。

"瞧,老板,我带礼物回来了。"黑色的龙完全去除伪装,落在地上,又重新变成了混血少年的模样,"看看这些小可怜儿,左边这个正在啃树根,我请它来当特别调查员,它好像不太情愿;右边的家伙却躲在窝里呼呼大睡。"

肥硕的田鼠们扭动着身体拼命挣扎,不过抗议对两个冷血的捕手而言没有什么效果。它们潮湿的眼睛惊恐地看着亨利伸出两根指头揉自己丰满的肚子,并且舔了舔嘴唇。

"您吓着它们了,老板。"莎士比亚偶尔也很心软。

格罗威尔先生的特殊病例

亨利不准备迎合这愚蠢的话题,他掏出两小块奶酪,把几个气味妖精封了进去,然后将奶酪递给田鼠,那两个家伙感激涕零地吃了,不一会儿它们肚子上先后浮出来一个拇指大小的晶莹球体,飘浮到空中。

亨利又看了看旁边那个敞口的透明瓶子,里面那些气味妖精也快乐地浮动着。

"好了,放开它们吧。"大夫有些沮丧地对助手说。

莎士比亚把担惊受怕的田鼠放在地上,它们头也不回地窜进了灌木丛。

"对不起,但是想想奶酪,那比树根好上一千倍!"混血男孩儿向田鼠挥手告别,转身来到亨利旁边,"老板,恭喜您,一只气味妖精都没死,对吗?这块沼泽干净得就和无菌病房一样!"

"对,从周围的环境和丘吉尔先生家里的采样来看,他应该不曾接触过可以导致过敏的化学物质和有毒食物。"亨利翻开自己的小笔记本。"哦,他的食谱上有两只乌鸦、十五只蚱蜢、二十个大麦面包、十一个松鸡蛋、一箱子苏格兰土豆、三瓶果汁儿、五条活鳟鱼。现在那些田鼠非常结实,而且在食物链中的位置刚好比丘吉尔先生低了一级,它们没有问题,丘吉尔先生的野餐质量就不用担心了。"

"有道理。那接下来需要调查什么:面包,果汁儿,还是苏格兰土豆?您在这里找不到便利商店,老板。还有,别想让我试吃那些玩意儿!我杜绝垃圾食品已经一百年了!"

亨利把地上的瓶子全收进手提袋,保证不会让黑龙吃除了火苗以外的任何东西。"来扶我一把,莎士比亚。"他把手搭在混血少年的肩膀上,颇为烦恼地看了看身后那片荒凉的沼泽。"我记

格罗威尔先生和龙

得病历上写着丘吉尔先生刚刚移民到英国的时候是住在塞梅水域,那里的食物更加充沛,而且有很多适合腌制的原料。可后来养牛场的污水把那里毁了,什么东西也没给他留下,所以他才不得不搬到这里来。"

"哦,对,是的,那个词儿怎么说来着,'富营养化'?"

亨利点点头:"莎士比亚,其实丘吉尔先生个性很温和,他是那种不具备攻击性的妖怪,除非你让他生气了。"

"这个我能看出来,老板,我不会再冒犯他的尊严。"

格罗威尔提着包,"想想看,丘吉尔先生来自东方、来自土耳其,那个原本华丽、富足的地方,而现在他却过得像个苦修士……天哪,莎士比亚,这泥太滑了。"

混血少年伸出援手,却意味深长地对年轻大夫笑了笑:"您为什么突然这么感伤,老板,我一直以为您的神经比巴别通天塔还粗!对悲惨的'孔雀石'先生您都没有那么多同情心。"

亨利回过头,覆盖着苔藓和野草的沼泽蔓延到远处,清冷的风吹过来,发出呼呼的声音。天空中连一只鸟也没有,到处都是死一般的沉寂。年轻的大夫歪着嘴角,有些自嘲:"大概是因为这片沼泽,它太荒凉了,它让我有点害怕……"

从沼泽地区回到乔亚诺小镇以后,亨利和他的"弟弟"住进了一个叫作彼丽斯大婶的家庭旅馆,房间很小,但是非常干净。

虽然腰围超标十倍以上的女主人对亨利和莎士比亚的姓氏及血缘关系有些怀疑,但是很快就被混血少年以"母亲不一样"作为理由瞒过去了。即使亨利不认为自己的父亲会和一条两千岁的喷火龙有什么暧昧,这个时候也只好干笑着默认了。他特别不情愿地黑着脸来到房间里,然后坐下来开始列出丘吉尔先生的剩余食谱。

"我说,老板,您在生什么气?"深肤色的少年不以为然地说道,"这只是一个借口,您很明白。我当然无意损害您父亲的名誉,他有颗金子般的心,一直待我非常好。哦,当然,您的家族也出了一些刻薄鬼,悭吝是他们的名字,钞票是他们的生命!不过大部分格罗威尔们都是可爱的家伙,包括您,老板。虽然您古板得像僵尸、无趣得像木偶,但长得跟布拉德·皮特一样帅,而且耳根也很软,这让我非常满意。请把我刚才的胡说当成一种亲密的表现,我很少愿意和人类扯上关系——哪怕是莫须有的关系。"

亨利唰的一声撕下笔记本的纸,那刺耳的声音成功地阻止了黑龙的喋喋不休。莎士比亚耸耸肩,把头扭向一边。

几分钟后,平静下来的大夫把重新写好的纸片儿递给无所事事的助手:"现在有活儿了,亲爱的'弟弟',我们分别去买点样品回来,这镇子不大,所有的东西都能买到。"

混血男孩儿读着单子上面列出的东西:"大麦面包——需要镇上唯一的糕点作坊里全部样品;果汁儿——超级市场里所有牌子的果汁,不管是橙子还是梨,统统都要;活鳟鱼——跟丘吉尔先生吃的一样新鲜的估计买不到了,现在只剩下冰冻的;还有苏格兰土豆——这倒是很好找吧。不过,老板,后面三样都归我,您想让瘦弱的男孩儿一个人拎这么多东西回来?"

"莎士比亚,你曾经徒手捉过两头巨蜥怪。"

"那确实很伟大,我知道,可和逛商店买东西没关系:我不具备人类女性一样的超能力。"

"咱们一起搬大口袋回来会引起怀疑的。"

格罗威尔先生和龙

"休想我干这个,没门儿,老板。"

亨利咳嗽了一下:"事实上,莎士比亚,我觉得我们一直保持着良好的合作关系。你是一个有艺术天赋的鉴赏者,所以我和我的家族乐于向你提供一切艺术上的帮助,八百年来都是这样,尽管你在人类的文字书写上遇到了无法逾越的障碍——"

"超市在哪儿,老板?"混血男孩儿仔细地撕下半截纸条儿,"需要我一个小时回来还是半个小时。"

亨利抬起手表:"一个小时就足够了。"

"好的,那么我得尽快,再见,老板。"

亨利微笑着把信用卡塞进龙的手里:"你知道密码,六个九。"

"是的,老板,永远没有创意的数字,就如同您家族威胁我的手段一样,从来不会变。"

年轻的大夫不理会莎士比亚小小的讥讽,反而哼着曲子目送他出门,随后也问了路,朝镇上唯一的糕点作坊走去。

作为凯特面包房的主人,豪斯先生有一副被酵母发泡过的球形身材和一双肉乎乎的大手。他的光头上戴着高高的厨师帽,杂草似的红胡子上沾满了面粉。因为是家传的事业,豪斯先生做得非常用心,也非常出色,当亨利·格罗威尔走进这幢屋子时,闻到了一股甜甜的香味儿。

"您要面包?"高出亨利一个头的主人热情地招呼道,"请稍等,今天的都已经卖光了,我正在准备最后一炉。还有十分钟,很快就好了。您需要先来杯奶茶吗?"

"咖啡就可以了,谢谢。"

亨利努力嗅着空气中的味道,打量着小店——它处在小镇的东边，离公路很近，从窗户里可以看到北边的那片大沼泽。偶尔有长途汽车经过这个地方来加油和休息，还有一些货车和观光客造访。亨利看到在接近沼泽的外围的地方，正修建起一些新的建筑。

"您知道那里要建什么东西吗，先生？"亨利好奇地指着玻璃窗外问道。

大胡子店主看了看："哦，是为了沼泽铁路准备的？"

"沼泽铁路？这里也要修吗？"

"说不上吧，可能是到葛罗斯蒙德的蒸汽火车线路太有意思，我们这里仿建一个纪念的。这些年来公路交通已经非常方便了，其实火车都是给观光客们玩的。"大胡子兴致勃勃地给客人介绍他生长的地方，"乔亚诺镇原来可不大，只有几百人，可现在已经有两千人了，扩建了三倍还多。您看见了教堂的尖顶了吗？从前只有几幢房子，现在全是新的，而且还保持了原来的整体风格。有些城里人——就像您——喜欢来这里休息，所以就更热闹了。当然了，为此那些商店都变成了超级市场，还有几个酒吧，我的生意也不错。"

亨利看着那些脚手架，它们的背景是模糊的大沼泽，教堂的尖顶和它们连接成一条线。年轻的大夫闭上眼睛想象着以这条线为半径画圆，这会有多么大的一片面积。

快乐的胖店主一边干活一边自豪地继续介绍道："可能以后还会扩建，先生。明年您再来的话，我们这里会更漂亮，现在公路的运量也在增加……"

亨利弯了弯嘴角，却没办法高兴，他的呼吸扑在冰冷的玻璃上，有一小片白雾，霎时间又消失得无影无踪。

格罗威尔先生和龙

　　十分钟后新鲜的大麦面包烤好了，亨利挑选了一些装进纸袋中，在胖店主热情的推荐下，又买了几个加了果酱的。当他慢慢地回到家庭旅馆以后，浅黑皮肤的男孩儿也到了。他像超人一样抱着两个胀鼓鼓的纸袋，在进门时引来女主人极为惊讶的目光。

　　"好了，老板，全在这里了。一共花了三十英镑，我还买了一只冰激凌，您不介意吧。"莎士比亚呼啦啦把袋子里的东西倒在床上，然后掏出收银条，"苏格兰土豆，它们在超市里堆得像山一样，供货的蔬菜公司每半个月来一次；果汁一共十三瓶，十个牌子，翻来覆去都是苹果、香橙、菠萝、香橙、葡萄、香橙……种类比伦敦少多了，您运气真好，老板；活鳟鱼——对不起，它们已经死了——冻得可以当作杀人凶器！喏，老板，请吧，气味妖精大屠杀开始了，需要我打发令枪吗？"

　　再做一次检测对于亨利·格罗威尔来说不是什么困难的事情了，他的气味妖精很充足。各类商品在房间里摆放得热热闹闹，莎士比亚舔着冰激凌在旁边看着老板忙碌，同时指指点点。不一会儿晶莹的球体充满了整个房间，好像密密麻麻的萤火虫。

　　"多美啊，老板。"混血男孩儿把冰激凌的蛋筒塞进嘴里，含糊地赞叹道，"瞧这色泽，这形状，这数量，我从来没见过如此健康的气味妖精群。这场面太壮观了，不如我们拍下来去给《太阳报》投稿吧！啊，对了，我忘记了人类的光学仪器拍不到妖魔的影像……"

　　亨利疲惫地仰面躺在床上，盯着自由自在的小球儿唉声叹气。

　　莎士比亚喀嚓喀嚓地咀嚼着蛋筒，安慰道："高兴一点儿，老板。没有一只气味妖精阵亡，这是好消息：我们尊敬的'首相'吃的全是干净食物。"

"坏消息是我们找不到他的病因。"亨利来到窗户前，拨开百叶窗的缝隙。"虽然看起来沼泽的环境还不错，但这个小镇在扩张，它不断地变大，很快就会接近丘吉尔先生的家。也许污染已有了，只不过我们还没发现。"

"这里如果倒退三十年或许更可爱。"

"莎士比亚，这里的居民很乐于接受破坏，他们并不知道将来会发生什么。"

混血男孩儿把手垫在脑袋下来，用指头去碰那些浮动的球体："想过原因吗，老板？"

"每个人都有权利追求更好的生活，莎士比亚。"

"这个字眼儿本身就说明了一切！"混血男孩儿变回龙的形态，慢慢把空气中的妖精们拢到怀中，"更好？是的，这就是人类和妖魔的差异——哦，不不不，应该是人类和其他一切会喘气儿的生物的不同！无论是妖魔还是动物，老虎、大象、斑马、羚羊、鸭嘴兽……甚至是愚蠢的斑鸠，还有'孔雀石'先生和'首相'大人，他们都会找一个栖息地，到处觅食，可他们的要求仅仅是生存下去！您见过一只狮子一天咬死500只羚羊吗？或者是一只羚羊为了一顿饭而啃光整个草原？太荒唐了，对吧！可人类会的：一个人类，如果他今天吃了两个土豆饱填肚子，那他绝对会考虑第二天加点作料进去，做番茄酱什么的；如果他今天骑自行车半个小时能到学校，那他会期望将来开辆汽车十分钟抵达；如果他睡觉的床是六英尺长、四英尺宽，那他会希望自己的卧室大十倍，接着就是扩张整个家。要我给您回忆一下人类城市的发展历史吗？您可以看到多少个小镇变成了人口上百万的大都市！"

格罗威尔先生和龙

龙终于收集到了所有的气味妖精，他灵巧地把妖精们摆成一个规整的圆形。"看一看，老板。"他尖利的小爪子点了点那个圆，"我们中级妖魔和人类、动物一样，都无法到混沌空间去，所以只好待在这个世界上，一个生存的圈子就这么大，你们占有的多了，自然我们就少了。人类不是把生存法则归纳为弱肉强食吗？老板，千万别怜悯您的病人，这不是您该有的立场。但是我可以透露给您一个秘密：事实上这个世界存在的基础只有一个，那就是平衡。"

格罗威尔先生愣了几分钟，干笑道："莎士比亚，你不当诗人也可以成为哲学家。"

"实际上两者的事情我都在做。"

龙笑嘻嘻地默念了什么，那些妖精变成透明的，散逸在空气中。"好了，我把小家伙们都打发走了。"他拍拍手，扇动着翅膀降落在亨利身边，"现在您有什么打算？"

年轻的大夫低头沉思，侧面的轮廓深沉而严肃。过了一会儿，他开始动手收拾那些散落在房间地板上的食品。

"先回伦敦，后天丘吉尔先生就会苏醒了，我们得先稳定他的病情。"

"如果稳定不了呢？"

亨利古里古怪地看了看助手："你听说过爆裂红浆果吗？"

"哦，看来我确实不该去惹'首相'阁下，没把那玩意儿吐到我身上实在是好脾气，否则我的皮肤会烂掉。"

"丘吉尔先生无法控制外形就意味着无法控制心情，他烦躁起来会非常可怕。"

"我说，老板，如果实在是无能为力，还是去请您父亲帮忙吧。他现在在巴尔的摩还是洪都拉斯？向前辈请教一点也不丢脸，况且您还是他儿子。老板，我知道您非常讨厌我的建议，别用那么惊讶的眼神盯着脚下的东西，它和您没仇！我只是提个建议，采不采纳完全是您的自由——"

"闭嘴，莎士比亚！"亨利黑着脸把一张纸举到他面前。

黑龙豆子大小的眼睛眯起来，仔细地辨认了一下："读它们可没有诗歌那么带劲，呃……斡斯牌土豆，苏格兰道尔农场出品……口味不凡、绿色培养……"

"下面一行！"

"呃，这字体真难看，庸俗的品位。挪开您的指头，老板。啊，是了，这里有标注……新型转基因产品，世界上第一种含洋葱基因的新土豆，口感新颖……"

"洋葱！莎士比亚！"

黑龙嫌恶地皱起鼻子："是的，我讨厌那个味道，它让我喉咙难受！"

亨利用一种"你是笨蛋吗"的神情看着那条龙："莎士比亚，你不知道？洋葱会刺激蛤蟆怪们的消化系统，它们天生对那种东西过敏。"

黑龙眨巴着眼睛，吹出一口浓浓的烟，里面夹杂着噼啪作响的火星。他交握着双手在半空中做出一副圣徒的姿态，长长的尾巴激动得像通了电一般颤抖，同时提高了声调叫道："老板，老板！改变生物的遗传基因，是的，科学真伟大！谁能猜到这上面来呢？八百年来格罗威尔家族从来不会遇到这样的病例！我现在明白不能完全责怪您！我相信人类，您的同胞干了不少创世的工作，已经接近于神了！现在看什么都不能看表面了，您以为您吃

格罗威尔先生和龙

的是土豆吗？不，其实也吃了洋葱。"

事情解决了，当病因找到以后，一切都变得轻松起来。

亨利·格罗威尔大夫和他的"弟弟"，在乔亚诺镇莫名其妙地买了一堆食物送给房东太太以后就两手空空地回到了伦敦。他们急匆匆地回到那个如同变形金刚一样的宠物医院，亨利解开温斯顿·丘吉尔先生的沉睡咒，同时打发人类外形的莎士比亚从中国诊所里买了很多鱼腥草回来。

年轻的大夫用草浆和龙的血液提炼出抗过敏的抑制剂，同时用魔力束缚带把病人绑在诊断台上，冒着被爆裂红浆果喷射的危险将足有一公升的药剂灌进了蛤蟆的大嘴里；而莎士比亚，他不得不强忍着尾巴尖的疼痛用力掰开丘吉尔先生的下颌骨。

"谋……谋、谋杀……"

温斯顿·丘吉尔先生愤怒的叫声穿破了房顶，却没穿越诊所的隔音网，可是当他爬起来袭击主治医生时，却发现映在亨利·格罗威尔英俊面孔上的红印子是精准的人类掌形。

他错愕地低下头，惊喜地发现自己的肢体已经恢复到了刚出门的样子，白花花的皮肤下堆积着人一样的脂肪。

"我好了！我好了！天啊，肚子也不痛了！"丘吉尔先生一下子跳到地上，上上下下地摸着自己的身体，高兴得手舞足蹈！

亨利·格罗威尔面色阴沉地抚摸着自己受伤的部位，而躲在角落里的莎士比亚则舔着尾巴上被抽血的针孔，露出了极为憎恶的表情："我认为，脱衣舞这样的艺术，还是由美丽的人类少女或者窈窕的母龙来表演比较有益于观众的健康。"

可惜超过一百七十磅的老爷爷沉浸在大病初愈后的亢奋和欣喜中，独自宣泄足足二十分钟才停下来。他喘着气转过身，一边穿衣服一边对拿冰块敷脸的亨利·格罗威尔送上一波又一波的道歉和赞美，同时感激莎士比亚贡献出三滴血液来挽救他。

年轻的大夫咳嗽了两声，勉强表示不介意。"听我说，丘吉尔先生。"他把剩下的一瓶抑制剂递给病人，"您的病是吃了转基因产品导致的，所以请千万别再偷吃人类的食物了，这对您来说非常危险。而且，我希望您再往沼泽腹地搬一点儿，否则乔亚诺的扩建很快就会影响到您。"

原本面带笑容的"首相"露出困惑的表情："转基因产品，那是什么？"

"对你来说是披着华丽外衣的死神，是带毒的美酒，是迷人的吸血鬼，是让你能把洋葱当土豆吃下去的东西！"莎士比亚解释道，"人类正在改造一切，可能对他们有好处，但对于妖魔来说就糟糕透了。"

丘吉尔先生懵懵懂懂地点了点头，又烦恼地说道："可是搬家……我得离开好不容易建成的洞穴……难道英国也不再适合我居住了吗？"

这次，亨利·格罗威尔并没有像对待"孔雀石"先生那样开一个刻薄的玩笑，他想起那片荒凉的沼泽和正在复建的蒸汽机车站台，说不出话来。

最终他拍了拍温斯顿·丘吉尔先生的肩头，表示这次不收取任何诊金，又殷勤地将老爷爷送到火车站。

在送走了这个特殊病例以后，莎士比亚得到了盼望已久的华兹华斯诗集，并且因为尾巴受伤休假一周，饱餐一顿高纯度酒精燃烧制造的火苗。

他偷偷地发现，他的老板在忧郁了几天之后，从网上将一笔

格罗威尔先生和龙

款项捐给了环保组织,并且以后的两个月都在这样做。具有超人类智慧的龙不想告诉亨利这对于可怜的妖魔们来说并没有什么用处,同时大大地感叹了一下年轻大夫傻头傻脑的脆弱和敏感,然后决定不追究他在乔亚诺威胁自己的事。

毕竟,他们在这个世界上所能占据的也仅仅是一个诊所的位置。

地铁夜惊魂

深夜十二点的时候车厢乘客很少,过了国家海洋博物馆站就只剩下了一个高个子的青年和一个深肤色的少年。作为伦敦仅有的妖魔治疗医师,亨利·格罗威尔出诊时会带上自己的助手莎士比亚——一条可以自由变形的龙。

没错,就是龙,那种尖脑袋、长脖子、大肚皮、小翅膀,呼呼喷火的凶暴妖怪。

现在这妖怪正舔着一支冰棍儿抱怨奶油的味道,以及它缺乏创意的形状。

"火炬形的甜筒是经典造型,想一想,火是世界上最美味的食物(对龙而言),而冰则是唯一能与之相配的东西。把火焰热烈的形态与冰的爽口结合在一起,当然还有奶油的味道,这是无与伦比的智慧结晶……不过看看现在这玩意儿,"少年用鄙夷的眼神看着自己手上的冰棍儿,"长方形,死板得跟棺材一样!老板,我讨厌所有幽闭空间,那让我窒息。您要知道,我曾经有两

格罗威尔先生和龙

百年都在溶洞里给一个骷髅看守他的财宝，不值钱的破法杖，被蛀虫啃了2859个洞，我数过30遍……"

亨利用药粉在车厢地板上撒出一条标准的直线："莎士比亚，有空研究甜品和回忆过去的话，能不能请你动动手帮个忙。"

"乐意效劳。"少年吭哧吭哧地把"讨厌的棺材"吃掉，抹抹嘴巴。

"药粉需要连到下一节车厢的接缝处，然后才能产生作用，我念挥发咒语的时候你得帮我升高这里的温度。"

"这实在太简单了！"男孩儿兴奋地搓着手，掌心里蹿出一寸多高的火苗，"老板，我比微波炉还管用，放心吧。不过咱们的病人还没有到，您忙什么呢？"

弓着腰的年轻医生手抖了一下，药粉的线条稍微偏了一点。不过他还是以一贯认真的态度修正了错误，然后站起来："开始吧。"

"我很讨厌不守时的病人，"莎士比亚朝四周望了望，"出于良心，我得提醒您，老板——咨啬偶尔会让您为难，您出诊都只带一次治疗的药量，现在浪费了可没多余的。"

亨利嘴角抽搐了一下，不过很快就掉转注意力——和一头刻薄的龙计较是没意义的。他默默地念起咒语，药粉开始由中轴线扩散，随着列车的震动均匀地、仿佛有生命地铺在整个地板上。

莎士比亚叹了口气，浮到半空中，原本瘦削的身形缩得如一个四岁孩子大小，并且变成了黑龙的模样。他伸出细小的前爪抓住车厢的金属柱子，然后一股热气渐渐弥漫在整个车厢中。药粉熔化成液体，然后渗入车厢地板。

车窗外闪过的隧道灯光迅速划过，莎士比亚松开爪子，突然感觉到车厢发出剧烈的震动，玻璃车窗和钢铁的外壳像水波一样颤动起来。

"怎么回事？"莎士比亚皱着眉头对亨利说，"老板，我劝说过您不要做危险的实验，这样既浪费药品又容易引起恐慌。"

"哦，"亨利若无其事地耸耸肩，"我想大概是药开始起作用了，病人感觉到不舒服。"

龙扑扇着翅膀，警觉地眯起眼睛："病人……不舒服？"

"有排斥反应是正常的，肌体抽搐过后就好了。"

"肌体？"龙的眼睛一下子瞪大了，"你是说，今天的病人是——地铁？"

"太没礼貌了，莎士比亚。"亨利纠正道，"R.维罗女士可是全伦敦唯一的钢铁妖魔，并且为市民服务了八年了，如果不是因为老列车长退休，她也不会因为心情低落而消化不良。"

龙的尾巴竖起来，黑皮肤都有些泛白，周围水纹般的车厢换成了胃部蠕动的节奏：这是一个妖魔的体内，轰隆隆的声音是可怕的心跳，铁皮包着他，而厚厚的隧道包着列车，他们在地下……

"欺诈！"莎士比亚忽然毫无仪态地用爪子抱住头惨叫，"我就知道你事先不告诉我病人的身份是有原因的！"

"对，"亨利笑了笑，"说了你就不会来了，可是，医务工作者应该遵守希波克拉底誓言！"

"但我不是人啊……"

空无一人的地铁伴随着胃部痉挛和非人类的抗议驶向出口。

恋爱中的莎士比亚

春天,又是一个春天。伦敦冰雪消融的季节,泰晤士河上重新看到粼粼波光的季节,这实在是太妙了:落叶乔木都像约好了一样往光秃秃的脑袋上贴嫩绿的装饰品,灰溜溜的草地和花园里逐渐有了彩色,那些聒噪的鸟儿开始卖弄它们的嗓子,老鼠也从地洞里窜出来采购,还有人类——他们脆弱的身体终于可以脱下臃肿的厚衣服,不必走上几步就气喘吁吁。

年轻英俊的兽医亨利·格罗威尔先生喜欢春天,这固然和他怕冷的天性有关,还有一个原因是他偏爱楼下餐厅女招待们的春季款制服,那是俏丽的浅蓝色,白色的蕾丝花边点缀在膝盖以上的位置,下面就是修长美丽的小腿。他现在会把早餐和午餐都挪到这家餐厅里,同时喝咖啡的次数也略有增加。

比如今天早上,他悠闲地吃完了一个三明治,看完了报纸,然后接收了女招待们殷勤的微笑，才慢吞吞地来到自己的宠物诊所。阳光从走廊的玻璃窗照进来，地面上仿佛打了一层金色的蜡，一切都是那么美好，如果没有接下来发生的事——

在老式雕花电梯门打开的那一瞬间，亨利·格罗威尔先生的好心情一下子被破坏殆尽。他看见在自己整洁的动物诊所里，一个只有三英尺长的黑色飞龙疯狂袭击着一只灰色的苏格兰折耳猫！从龙的嘴巴里喷出指头大小的火球，不断射向那可怜的家伙，虽然都是打在地板或者家具上，仅仅溅起一点点毫无杀害性的小火花，可也足以让猫咪魂飞魄散。这倒霉的猫哀号着到处躲藏，飞龙的攻击就和美国人的阿帕奇武装直升机对友军车队一样没有准头，地面上布满了玻璃碎片，还有全是脚印和窟窿的白大褂，输液架子倒下了，同时摔坏了一台秤。

当猫咪绝望地叫着朝着写字台冲过去时，飞龙又威胁性地张开了嘴！亨利终于忍无可忍地吼道："莎士比亚，那有拜伦爵士的精装版诗集！"

黑色的喷火龙喉咙里哽了一下，费力地作出一个吞咽的动作，于是即将射出的"子弹"回到了"枪膛"。可怜的折耳猫终于得到一个喘息的机会，立刻蜷缩在底层抽屉下发抖。

飞龙扑扇着短小的翅膀，在半空中转过头。"你骗我，老板，"他对亨利说，"你的书桌上从来不放文学作品。"

"是的！可这至少救了我的埃及花瓶！"

亨利怒气冲冲地走过去，拽出那吓破胆的猫，把它关进笼子里，然后对龙抗议："你在干什么？看看你做的好事，这是诊所，不是屠宰场！你发疯了吗，莎士比亚？为什么要虐待一只毫无反抗能力的宠物？"

格罗威尔先生和龙

"睡眠，老板，我可贵的睡眠！"飞龙一边说，嘴巴里一边冒出浓烟，"这个家伙因为没有女朋友而哼哼了一个晚上！我受够了！它欠教训，就是这样，我得让它懂得尊重别人。"

亨利·格罗威尔只觉得额角发痛，他万分后悔自己一时疏忽而没有把妖魔候诊室和普通宠物病房隔开，导致了这样一场灾难。"好吧，"他看了看把脑袋埋进前爪的折耳猫，"理查德先生的炎症马上就好了，我会在今天让它出院。你最好祈祷它漂亮的皮毛没有一点儿烧焦的痕迹。现在快点负起责来，收拾一下你们的战场。"

龙落在地上，变成了混血儿一样黑皮肤少年，然后开始收拾一地的狼藉。

亨利在心底松了一口气，他把报纸和皮包放下，扶起倒下的输液架。"我得提醒你，莎士比亚，"他对少年说，"虽然八百年来你都是一个非常合格的助理，格罗威尔家族也感谢你一直以来的服务，可是你得千万注意，别太放纵自己。"

男孩儿不以为然地耸耸肩："我说老板，您要明白，我给理查德先生的教训会让它得到很多好处。其实我如果更仁慈一点就会让它明白，其实异性并不是什么好东西，一个女朋友会毁了它的生活，当年特洛伊的悲剧就是很好的例子。"

"没有恋爱经验的人在这个问题上没有发言权。"

"恋爱经验？"莎士比亚用一种古怪的神情看着亨利，"老板，我一定没有跟您讲过我曾经交往过的娜塔莎，她在东欧的某个火山里出生，虽然皮肤是漂亮的红褐色，可是脾气就跟她的出生地一样糟糕！老板，如果您以为我当年是自愿去给该死的巫师看守魔杖那就错了！谁会喜欢潮湿黑暗的溶洞呢？我完全是为了躲开平均三句话就会烤焦我尾巴一次的暴躁母龙！我是经历过刻骨铭心的痛苦之后，在爱情的废墟上总结出了教训，这可比金子还宝贵啊。"

年轻医生的肌肉抽搐了一下，从柜子里拿出干净的白大褂换上。他漫不经心地对莎士比亚表示同情——当然那更像是嘲笑——然后又说："无论如何别在没有防护罩的地方喷火，最近这几天小心一点，不要惹来大麻烦。"

少年的耳朵动了一下："您在暗示什么，老板？"

亨利·格罗威尔叹了口气："我可没有任何暗示，我想告诉你，最近有一位小姐会来我们这里。她是东方妖魔移民局的特派员，要引渡一个罪犯回去，不过在走之前得进行一个体检，以防止那家伙带走疫病。"

"东方妖魔啊……"莎士比亚若有所思地搓着下巴，"我和他们接触得少，那可是神秘的种族，大部分和咱们这边不一样，我们是自然生成的，他们很多依靠的是'修炼'吧。不过好像他们的魔法能力比较多样，等级也更森严……哦，老板，我有时候很欣赏那种老式的封建制关系，它很坚固。所有老式的东西似乎都保留着精炼的品质……时间的洗涤会让它们显得更加尊贵。"

"现在东方的管理制度已经和我们很相似了，莎士比亚。"

"这是堕落，"男孩儿嗤之以鼻，"法理代替温情……什么都成了冷冰冰的戒条。"

"戒条保证的是公平和秩序。"亨利发现自己又陷入了和非人类斗嘴的愚蠢境地，他闭上嘴，一抬头就看到窗户的玻璃荡起了水波的纹路，接着一个闪亮的红色小光点儿钻进来，绕着房间飞了一圈，最后在他面前停下。

格罗威尔先生和龙

"哎呀呀，是精灵信使，魔法事务管理部的专用颜色啊。"莎士比亚有些惊讶地丢下手中的事情，走了过来，"老板，看来麻烦已经来了，你得千万小心。"

亨利瞪了他一眼，然后伸出食指碰了那个红色小光点儿一下，于是一个光点儿渐渐扩大，变成了半透明的古老羊皮纸。

莎士比亚点点头："有品位，老板，这个形状的信纸是最优雅的、古老的做派。我原本以为你会选择毫无创意的邮件型。"

亨利没搭理这个饶舌的家伙，专心读着上面流动着光泽的花体字："哦，莎士比亚，我们干活儿吧，中午的时候那位特派员就会带着她引渡的罪犯过来，还有我们这边的一位魔法师陪同，我们得快点儿打扫干净。"

莎士比亚虽然对年轻大夫恭敬的态度表示轻蔑，但他的自尊心也不希望即将到来的客人对诊所的混乱而提出疑问。

等所有的东西都被收拾好以后。莎士比亚重新变回了劳动能力低下的飞龙形态，并且幸灾乐祸地对着关在笼子里的苏格兰折耳猫露出微笑。猫咪被他的不怀好意吓得把本来就耷拉的耳朵完全用爪子给压住了，眼睛闭得紧紧的，这也方便了亨利·格罗威尔在它的视线之外念了一个咒语，把通往妖魔候诊室的雕花大门召唤出来，然后领着莎士比亚去了那里的工作岗位。

大门关上的一瞬间，外面的宠物医院仿佛一下子拉大了空间，莫名其妙地多出了不少器械，而雕花大门的位置上却变换出一个巨大的玻璃窗，透过窗户还能看到外面的车流。

在消失的大门后面却传来黑色飞龙惊讶的声音："我以为您一直偏好空间折叠的掩护方式。"

"偶尔也得换换口味啊，我希望我没有你想象的那么古板，莎士比亚。"

亨利·格罗威尔和他的黑龙助手检查了各种魔力药剂的储备，然后又清理了一些乱七八糟的病人残留物，比如森林矮人的树皮靴子、人鱼修剪尾鳍时的破鳞片等等。亨利一寸一寸地对着诊室里的瓶子罐子念清洁咒，而莎士比亚的特长也找到了更好的发挥之处——他把所有的破烂儿都堆在壁炉里，然后喷出一股熊熊烈火。

"初春的时候生壁炉会不会让人觉得很怪？"莎士比亚蹲在火堆前，用手扒拉着那些燃烧的垃圾——当然他一点儿也没有被烫伤。

亨利对龙的玩耍行为已经司空见惯了，他让诊断台的脚变长、升高，一边打扫下面的灰尘，一边说道："其实这地方的潮气早就该除一除了，冬天我老觉得冷。莎士比亚，你一定没有给房子升温。"

"我以为你会舍得装个空调。"

"那得花十倍的钱来想办法掩盖线路，还得用上隐形粉。"

"英国的葛朗台。"

一阵美妙的银铃声响起，这是防护罩被侵入时候的报警。亨利抬起头，正好看到两个人穿过深棕色的木门进来了，外面那些伪装的空间陷阱仿佛并没有对他们起作用，他们跨进这里的时候就如同从自己家的卧室到客厅里一样。

"早上好，格罗威尔医生。"其中一个黄头发中年男人笑着走过来，对医生友好地伸出手，"我是英国妖魔事务管理部的外勤联络员、九级魔法师约翰·克兰，您可以叫我约翰。"

"早上好，联络官阁下。"

格罗威尔先生和龙

英俊的魔法师把身后的人介绍给亨利:"这位是东方妖魔联盟移民管理局中国分局的特派员苏小姐,我想您已经收到了我的信,对吗?您一定知道我们会来拜访,格罗威尔医生……医生?"

事实上亨利在看到那位小姐的时候确实有一瞬间的恍惚:她可是一位少见的美人,长着漆黑的、如绸缎一样的长发,皮肤白嫩得如同牛奶布丁,独具风情的橄榄形眼睛里是夜空一样的眸子,樱桃一般的小巧红唇、纤细苗条的身材,恬静又温柔的气质……简直就是典型的东方美女,嘴角上的那一丝淡淡的微笑更为她增添了神秘的魅力。即使明知道她是异类,亨利也觉得她很吸引人。

"您好,苏小姐……"亨利有些拘谨地向她欠欠身。

"很高兴认识您,医生,我听说过您的父亲,他是伦敦最德高望重的治疗师,您和您的家族是我们妖魔的朋友。"苏小姐熟练地用英语说道,同时握了握年轻人的手。

"啊,不胜荣幸。"亨利第一次为这职业而感到小小的开心,"欢迎您来我的诊所,苏小姐,请允许我介绍我的助手,莎士比……亚……"

最后那个词儿在亨利回头时突然走调了,就好像有人在他说话途中掐了他大腿一把,因为从壁炉旁边站直身子的人不是矮小的深肤色少年,而是有着黑色卷发和深邃眼睛的高个子青年,那俊秀的轮廓和端正的五官让亨利感觉有些熟悉,过了好半天他才想起几个月前看过的杰克·斯帕诺船长(噢,或许应该说是《加勒比海盗》里那个神经兮兮的小辫子?)。

"苏小姐……"莎士比亚一开口,亨利就发现他的嗓音也变得更加浑厚了,"真荣幸在冰雪融化的时候看到您,我好像看到

了第　朵盛开的玉兰花。"

约翰·克兰露出极为古怪的神情，盯着这个突然冒出来的家伙，并向这里的主人使眼色，而亨利只能尴尬地转过头，装作没有看见。好在那美丽的客人并没有露出观赏滑稽戏的表情，反而很温柔地感谢莎士比亚的殷勤。她朝着黑龙伸出白皙的手，亨利有些不忍心地皱起眉头，果然看到有着约翰尼·德普外表的莎士比亚在上面印下了一个吻。

年轻的大夫忽然有些无地自容，他连忙咳嗽几声，把客人们领到一个环形沙发上坐下来，然后打了个响指，四个杯子从面前的茶几上浮出来，里面有热腾腾的咖啡。

亨利省略了客套，直接把话题引到正轨上来："请说说我们能为两位做些什么吗？"

约翰·克兰态度端正地点点头，然后展示了一份加盖公章的纸：原本类似羊皮的纸面上有一行行的字母如同蚯蚓般缓缓爬过，待全部展示后，又像花样游泳运动员一样组成了复杂的纹章，那是古老的四翼飞龙。

"噢，这就是我的祖先，守护了伟大魔法师梅林的阿尔肯·贝尔，他也成了英国魔法师们的守护标志。"莎士比亚虽然在炫耀自己的出身，却用了一种谦卑的口气。

约翰·克兰感兴趣地问道："这么说您的原形是飞龙。"

莎士比亚笑了笑："是的，普通的黑色龙，拥有平凡的两翼。苏小姐，您也是飞翔的种族吗？"

"不，"美丽的特派员摇摇头，"我是很一般的兽类。"

亨利把纸还给约翰·克兰，打断了龙的刻意攀谈："我明白了，根据妖魔引渡条例，我们必须对即将离开英国境内的犯人进

格罗威尔先生和龙

行检查,其中重点是寄生妖魔附着情况和病毒污染情况。"

"是的。那么,请苏小姐介绍一下犯人吧。"

异国特派员点点头,打开随身携带的一个小提包,上面有一幅中国竹子图案的传统刺绣。她从包里拿出一支口红,揭下盖子放到桌上,亨利发现那是迪奥的烈焰蓝金,上周他的约会对象就搽的这款。

苏小姐又用中文念了一条咒语,只见口红的顶端融化成了一个小小的球,球浮到半空中,并且不断膨胀。等它变得如同一个气球大小时,已经能透过薄膜般的表皮看到里面的东西了——那是一只张牙舞爪的松鼠,如同人一样站立着,并且在愤怒地叫唤。

"官僚!我抗议!"他的声音又小又尖,"我是合法的公民,我该待在英国!我都已经结婚了……"

约翰·克兰偷偷地给亨利说:"这个家伙叫做'二福',是一个居住在中国长白山的修炼妖魔,不过他好像更喜欢苏格兰草原,于是用原形混入了宠物出口的集装箱。我们逮捕非法入境者时他正在跟女朋友努力地搭建他们的窝。"

"女朋友?可是……东西方妖魔的融合很困难。"

"哦,她只是普通的松鼠。"

亨利的嘴角抽搐了一下,他请苏小姐把囚笼打开,否则无法进行检查。"好的,医生,"美丽的妖魔点点头,"请允许我先给他套上一个镣铐,否则他会逃脱的。这名犯人在激动时会有一点攻击性。"

"当然可以。"

苏小姐拿起口红,用修长的手指戳破那个球,松鼠啪的一声头朝下摔在桌子上，一条细细的红线拴在他的尾巴根上。松鼠"噌"地跳起来，嘴巴里冒出一串口音奇怪的中国话。苏小姐冷冷地说了一句，他立刻闭上嘴，威胁性地朝亨利挥了挥爪子。

"请吧，医生，尾巴是他的弱点。"

"好的。"亨利谦虚地提起松鼠的尾巴，把他放到诊断台上，那条红线也随着距离拉大而自动变长。

"真是有趣的关押工具。"莎士比亚看着那支口红，对苏小姐说，"看得出来您不管是在法力还是在审美上都拥有极高的造诣。"

"那是为了能够随身携带而准备的，而且我喜欢红色……"

"非常适合您，就好像纯洁的白云染上梦一样的朝霞，美极了。"

"莎士比亚！"亨利转头叫自己的助手，他有些听不下去了，"请来帮帮我好吗？"

青年的眼睛里有股小小的火苗，但是依然非常有礼貌地表示他很愿意。亨利向两位客人表示歉意，后者很客气地笑了笑。

莎士比亚来到诊断台前，伸出手把那些检查器械摆放到案头。他揭开一瓶迷魂草提取液，抹了一点儿在二福的鼻头上，那小东西立刻脑袋一歪，昏了过去。飞龙把瓶子放回原处，走到亨利身边，帮助他固定"松鼠"的四肢。

"我说，莎士比亚，"亨利压低了声音对助手说，"苏小姐是个美女，对吧？"

"我见过的最美的生物。"

"但是我记得你好像对于追求异性这种事情一贯不怎么热衷。"

格罗威尔先生和龙

"杰克·斯帕诺船长"斜着眼睛看了看他:"您忽略了每个生物的正常需求,老板。"

"半个小时前向我诉说惨痛恋爱经历的是谁呢?"

"难道我要因为过去的痛苦而放弃未来的幸福吗?"

"你的幸福不会在我们的顾客身上。"

"没有看到开花就断定果实无法成熟是很愚昧的行为,老板,我对您打断我和苏小姐的交谈非常非常不满。"

"走出诊所以后你舔她的鞋子也不关我的事,"亨利刻薄地说,"不过在这里最好克制一下,我们得完成工作:现在面对的是一个危险的犯人,得仔细地检查,不能有一点儿差错。"

莎士比亚从鼻子里哼了一声:"这个小不点儿?我咳嗽一声都能把他的毛全烧光!"

仿佛为了证明自己的话,黑龙伸出一个指头朝松鼠的鼻头上按下去,这个时候原本没有知觉的二福突然睁开眼睛,狠狠地咬在莎士比亚的手上。

飞龙叫了一声,然后发现伤口流血了!

这变故让医生措手不及,而松鼠伸出舌头把嘴角边的血迹卷进嘴里,霎时间双眼变成了血红色,他发出一声号叫,像个大力士一样绷断了红色的丝线,并用豹子一样的速度冲向大门。

五秒钟不到,那个拳头大小的东西已经穿过大门,消失了。

大概谁也没有苏小姐的应变及时,当那个灰色的影子弹起来发出叫声时,她就已经转身扑过来了。但是二福的速度快得出乎意料。他从大门逃走了,苏小姐只抓到了断开的红丝线。

莎士比亚和约翰·克兰不约而同地追上去,但是苏小姐这时却和反应迟钝的亨利·格罗威尔留在了原地。年轻医生有一瞬间感到手足无措，他完全不知道该怎样处理这突发情况，只好紧张地看着特派员，询问她为什么停下来。

苏小姐看着诊断台上的红绳，摇摇头："没有用了，二福碰到木制的东西就可以遁逃，他是一个非常聪明的木系法术修炼者，并且会用加速咒。我想他现在已经跑得很远了。"

亨利背后在流汗，既担心又不安，苏小姐拿起她的口红，缩回延长的红线。她用指甲划破自己的拇指，把血滴在口红顶端。那血珠儿和口红的膏体融合成一个发亮的小球，随即又恢复成了原状。

"他破坏了牢笼，我得重新做一个。"苏小姐解释道，同时把口红攥在手里，望着大门。

等待的几分钟漫长得像一个世纪，亨利忐忑地等着两名追捕者回来，而旁边的特派员则平静得让他愧疚。当莎士比亚和魔法师穿过木门又出现的时候，他的心跳更是加快了几分。

约翰·克兰脸色阴沉地说："见鬼，连影子都没看到了。"

医生顿时露出极为失望的表情。

莎士比亚红了脸，他很愤怒，却显得比平常更加严肃。亨利发现他的耳朵在发红，这说明他清楚他在自己一见钟情的女士面前捅了怎样的一个娄子。亨利并不是一个宽容的人，特别是在他的诊所里发生了大问题以后。

"莎士比亚，"他问道，"为什么那家伙会突然醒来？我以为你给他用了麻醉剂。"

"我当然用了。"黑龙深感侮辱地对他老板说，"难道我在几百年的助理生涯中会把最简单的工作弄错吗？我曾经蒙着眼睛分辨出了一百多种草药。"

格罗威尔先生和龙

亨利拿起刚才的小瓶子，凑近瓶口嗅了嗅。他的脸色就像脱衣舞酒廊外的霓虹灯一样，神经质地变换出好几种颜色。

"过来，莎士比亚！"亨利一把抓住黑眼睛帅哥的领口，用巨大的力气把他拽到角落里，同时默念了一个隔音咒。

飞龙完全被医生少见的凶狠给吓了一跳，乖乖的一点儿也没反抗，直到瞥见旁边那两位客人——特别是苏小姐——诧异的目光之后，连忙站直身体拯救自己的形象。

"你在做什么，老板？跑了一只松鼠就好像到了世界末日！"他极为不满地冲亨利嚷嚷。

"那不是松鼠，莎士比亚，他是一个妖魔，是一名罪犯！"

"一个小不点儿！等着瞧，我很快就会把他揪回来的！"

"是吗？在那之前，莎士比亚，我倒很想请你把这东西喝下去！"亨利冷笑着晃了晃手里的小瓶子。

"一整瓶迷魂草？那是毒药！您真的疯了，老板！"

"这种东西喝十瓶也没用！它过期了！"

黑发青年呆住了，然后咽了口唾沫。亨利把那瓶子放回架子上，阴沉地说："我记得昨天它就该被倒掉，我告诉过你要加入新的提取液，我就放在酒精炉上的。"

飞龙别开脸，支支吾吾地说："我忘记了……我睡眠不好！都怪那只猫……"

亨利绝望地按住额头。

"好吧，好吧！"莎士比亚恼羞成怒地叫起来，"我会负责的！我一定要把那只松鼠抓回来！我以我祖先的两对翅膀发誓！您不用担心，老板，我不会连累你的！"

"已经连累了，'惠灵顿勋爵'，"亨利疲惫地看了看药品架子,"这样吧,我们先不要把这失误说出去,然后和苏小姐他们抓捕那狡猾的逃犯,能把他逮住一切就都解决了。你看怎么样?"

龙的眼睛闪闪发亮,这主意似乎让他兴奋,亨利不用猜也知道他绝对不会是因为胜券在握。

这个时候,一旁的约翰·克兰咳嗽了几声,他开始抱怨主人对他们的忽视,并且对发生意外之后的处理非常担心。九级魔法师严厉地说:"先生们,我们现在应该立刻追捕二福,而不是偷偷地商量自己的事情。格罗威尔先生,您得先给我们解释一下刚才的一切:为什么犯人会突然清醒而且魔力大增?"

亨利解除了隔音咒,满怀歉意地来到两位客人面前。"对不起,克兰先生,还有苏小姐。这真是一个可怕的意外,我们都被骗了:莎士比亚给二福抹上迷魂草麻醉剂时,他假装昏过去了。然后他咬了莎士比亚。龙的血液可以让他短时间内强大无比。"

"为什么麻醉剂没使他昏睡?"九级魔法师怀疑地问,"难道失效了?还是你们弄错了?"

亨利紧张得手心出汗,可脸上仍然是一片遗憾:"东方妖魔和西方妖魔的体质上有巨大的差异,所以……所以药品的效果也有些……差异。真抱歉,我疏忽了!"

医生的低姿态让约翰·克兰觉得很受用,苏小姐眨了眨黑珍珠般的眼睛,把注意力放在有些不自在的飞龙身上。

"莎士比亚先生,"她用夜莺一样悦耳的声音问道,"听说年纪在五百岁以上的飞龙的血都有神奇的力量,是吗?"

莎士比亚微微一笑,亨利仿佛看见了他身后那条并不存在的尾巴开始摇晃。

"您真是博学,苏小姐,"龙热切地说,"是的,我们的血就

格罗威尔先生和龙

是灵丹妙药，在治疗方面具有非常高的实用价值，而且对于某些妖魔来说也有兴奋剂一样的作用。这就是刚才那只松鼠一下子变成超人的原因！他咬伤了我，而且非常用力！"

"我会简单的治疗术。"美丽的妖魔上前握住龙的手指，伤口立刻止住了血，凝结成细小的痂。

莎士比亚受宠若惊地道谢，而亨利则感觉他露骨的倾慕大大有损于诊所的面子。医生更加关心的是解决问题："现在怎么办？我们怎么抓回犯人呢？"

"克兰先生，请暂时先不要上报给贵国的妖魔事务部，好吗？"苏小姐对九级魔法师要求道，"现在二福只是凭借龙血的效力逃走，他支撑不了多久。我猜他肯定想回到他妻子身边。"

"您认为我们可以抓到他？"

"是的，或许半天的时间就够了。只要我们顺着木系法术的痕迹寻找过去。"

"您是说我们得一路研究街道旁的每棵树？"

"还有木栅栏和橱窗，"莎士比亚插了句嘴，又谦虚地笑了笑，"我说得对吗，苏小姐？"

"您很聪明，先生。"

"那现在就开始吧，"约翰·克兰很有气势地一挥手，对亨利·格罗威尔说，"您可以在这里等我们的好消息，医生。"

"我觉得我也许帮得上忙。"

"您会攻击法术吗？"

"不，可除此之外我什么都能做！"亨利顿了一下，"这样，四个人就能分成两个小组：我和莎士比亚，您和苏小姐，这样效率会提高一倍。"

"等一等，老板！"黑龙发出反对的声音，"我赞成您分组的提议，可是我觉得其实交换一下搭档会更合适。"

亨利挑高眉毛。

莎士比亚耐心地说："瞧，两个妖魔在一起，合作的效果会远远好于人类，因为魔法的力量会加倍。"

"可是这样散发的魔法波动也得乘以二，犯人一定会觉察的。"亨利毫不示弱地驳回助手的建议。

莎士比亚又想开口，约翰·克兰已经打断了他们的争论。"好了，先生们，"他不耐烦地说，"还是老样子吧，你们俩配了这么久了，更适合成为一组；而我和苏小姐的短期搭档也很愉快，就这样！时间不等人！"

美丽的东方客人点点头："我期待你们的好消息，先生们。"

莎士比亚很失望地目送那个苗条优美的身影和约翰·克兰穿过大门，消失了。于是他对年轻的大夫非常生气。

"您太卑鄙了，老板！您在嫉妒我的爱情吗？"

亨利对此嗤之以鼻："我说了，莎士比亚，不要把我们的顾客搅进你所谓的'爱情'中去，这太缺乏职业精神了！"

黑龙耸耸肩："没有品尝过苹果的人无法体会酸甜融合的美好，我决定原谅您了，老板。"

于是，原本小小的交锋之后，诊所中又恢复了平静。这次好像是莎士比亚以强烈的优越感取得了胜利。

✦

诊所外面是繁忙热闹的主干道，如果这个时候用飞行的方法来快速搜捕无疑非常愚蠢，因为基于"魔法与科学平衡条约"，

格罗威尔先生和龙

妖魔们必须在人类中间隐藏好自己的身份,不能有违背"自然规律"的动作,否则会遭到执法部门的严惩,例如拘役、魔法电击、看守法师墓地等等。

当然了,很多妖魔认为制定这个条约时狡诈的人类欺骗了谈判代表,因为人类得到的好处更多——减少魔法波动的出现,那些科学家就不必花费太多的力气去研究和解释太过莫名其妙的现象,而这些脆弱的生物也不必时刻大惊小怪,推翻自己对世界构成的认识。

苏小姐和约翰·克兰朝着东边走去,而亨利和莎士比亚也装作和平常一样向西走。他们有意无意地打量那些道旁树,还有垃圾桶里的每一片木屑。

黑色头发的青年满脸嫌恶,万分不情愿地和亨利拉出一米左右的距离。"两个男人逛街,傻透了!"莎士比亚烦恼地嘀咕,"我是个喜欢异性的公龙。"

医生很想给这个罪魁祸首一脚,可是他不愿招来警察,只能干笑道:"相信我,莎士比亚,我也一样痛苦。如果你不快点把这件事情结束,我保证咱们还得忍受更长的时间。"

黑发青年抿着嘴,贴着道旁树行走,亨利掏出一个古老的单片眼镜戴上,那特殊的折射效果可以清晰地让他看到妖魔残留的痕迹——如果要说得形象点儿,或许和人类的热量探测器有些类似。

从这片眼镜里,亨利看到一个闪着青色荧光的小小足印消失在树干上,然后离这棵树最近的一个临街窗棱上又有痕迹。他跟着这足印不断朝前走,莎士比亚也不约而同地和他并肩前行。

"别这么看着我,老板,"黑色头发的青年解释道,"我只是和你同时发现了二福的踪迹。"

"不要认为我在指责你,莎士比亚,"亨利向四周看了看,"苏小姐不在……她和魔法师先生去哪儿了?"

"您如果想知道,一开始就该让我跟着她——或者现在重新组合还来得及。"

"你的脑袋和身体虽然不成比例,可是好歹也得有个基本的判断能力吧,"亨利尖刻地说,"现在我们发现了那松鼠的逃跑道路,那么苏小姐和克兰先生也应该能发现,为什么他们没有出现在我们周围?即使稍早一步出门也不会快得让我们连他们的背影都看不到!"

莎士比亚严肃地摸着下巴:"我明白了,二福的速度比我们想的还要快。他很有可能在不同的方向都留下了痕迹,这样就把我们的力量分散了。"

亨利有些惊奇地看了他一眼,咕哝着说了句"感谢上帝"。

"好吧!"莎士比亚为了证明自己的理智依然存在,指着一个方向说道:"我想无论他怎么隐藏,还是得尽快到木质最多的地方去,现在不如放弃跟踪这些迷惑我们的脚印,直接去海德公园。"

亨利采用了助手的建议,他招了一辆出租车,然后又说道:"啊,莎士比亚,我们或许应该通知一下苏小姐。"

"别指望我有她的电话号码,"龙抱怨道,"你破坏了我可以拿到的机会。"

"那你也有办法联络的,对不对?"

"没有!"莎士比亚斩钉截铁地把头转向车窗外,于是医生放弃了再向他提要求的想法,同时再次为他的心眼儿之小感到

格罗威尔先生和龙

吃惊。

　　出租车载着两位相处很不融洽的客人开过了帝国战争博物馆，唐宁街10号，白金汉宫，最后停下来，莎士比亚和亨利下车步行。在绿茵茵的草地旁，有零星的游人正慢慢地在沙质路面上散步，周围的榛树、栗子树、乌桕树和橡树都已经长出了新叶，非常可爱。如果不是为了公务，亨利很愿意放慢脚步来欣赏。

　　但过了惠灵顿拱门的时候，"杰克船长"突然叫了一声，停下脚步。

　　"怎么了？"医生不耐烦地看着同行者，"莎士比亚，如果这个时候你还要闹脾气，我会非常瞧不起你。"

　　"你以为你以前就很尊重我吗？"黑色的龙愤愤不平地挥舞着拳头，然后又安静下来，"哦，其实人类的看法都很愚蠢，我从来不在意。老板，我只是突然发现一个很严重的问题：这里是海德公园。"

　　"是的，我们都没迷路，感谢上帝。"

　　"这里有几千只松鼠！"

　　医生毫不在意地挥挥手："二福是妖魔，我们可以追踪到他留下的痕迹。"

　　"是啊，如果他在每只松鼠的身上都蹭一下呢？"

　　亨利·格罗威尔先生很想说"那我们就每一只都抓起来辨认一下好了"，但这样赌气的话非常自贬身价，二来他也知道即使说了也不可能真的去做。

　　他擦了擦单片眼镜儿，以便看得更清楚，同时不得不忽略那些偶尔路过的人投来的怪异目光。莎士比亚虎视眈眈地看着蹿上了路边长椅的松鼠们，尽管没有任何一只是他想抓的，但他的目光确实让别人以为松鼠们啃的榛子是从他那里偷来的。当这个不怀好意的家伙看到有只倒霉的松鼠连续啃了三颗榛子都是空壳，只能郁闷地扔掉时，他非常邪恶地露出了微笑。

"没有魔法的踪迹……哦，也不是完全没有。"在认真地观察了一会儿之后，亨利颇为烦恼地说，"但那形状绝对不是一只松鼠留下来的，而且散发的属性也不对。"

"目前伦敦的妖魔数量超过了五千，老板，他们很多都喜欢来海德公园享受愉快的下午时光，所以偶尔有点残留痕迹也是正常的。"

"别幸灾乐祸，莎士比亚。"

"我没有，"黑头发的青年委屈地眨了眨眼睛，"我只是为你指出现在面临的困难。"

"好吧，那就解决这困难，"亨利无可奈何地把眼镜摘下来，"我们有什么办法可以快速地判断出二福是不是藏身在这附近吗？"

"杰克船长"的脸上露出微微的惊讶，然后偏过头，夸张地把耳朵凑过来，接着他舒了口气，露出洁白的牙齿和极为亲切的笑容。亨利有一瞬间觉得那笑容很眼熟，过了一会就想起来：这神情经常出现在一个来为自己的金花鼠看病的年老牧师的脸上，他一看到医生的粗鲁动作就会习惯性地说"主宽恕你"，而他说这话时他嘴角的幅度就跟莎士比亚现在一模一样。

"即使再骄傲的人也有必须低头的时候，这是真理，"莎士比亚用抑扬顿挫的调子说，"恺撒向克利奥帕特拉屈膝并不丢人，那是因为爱情；亚历山大可以征服东方却也逃不过病魔的绞索，

格罗威尔先生和龙

那是命运。老板,而你终于学会了在自己一窍不通的领域听从专家的意见,这是明智的。"

亨利专心地擦眼镜片儿:这可是他祖父的祖父传下来的珍贵宝物,必须好好爱护。

莎士比亚左右看了看,趁着没人注意,飞快地扑向一只离他最近的松鼠——就是那啃了三个空榛子壳并且继续寻找食物的可怜虫,因为之前看到莎士比亚令人憎恶的微笑,它背对着莎士比亚,导致他没有及时地躲开这阴险的袭击。

"我抓到你了,小朋友。"莎士比亚用一只手牢牢地扼着松鼠的脖子,"现在你得给我办点儿事。"

松鼠痛苦地蹬着腿,毛茸茸的大尾巴蜷缩起来,但这并没有让可恶的凶手有丝毫心软。

莎士比亚小心翼翼地看了看自己被二福咬伤的手指头,叹了口气,把已经凝结的血痂重新弄破,然后送到松鼠的嘴巴边上。俘虏厌恶地扭过头,不愿意多看一眼。

"别以为我想让你吃!"莎士比亚颇为不满地嘀咕,"龙血非常珍贵,你沾到一滴都该感到荣幸。"

亨利·格罗威尔抱着双臂看他的助手折磨松鼠,并不打算上前抗议或者帮忙,他承认其实自己的心眼儿也很小。

黑发青年终于把食指塞进了松鼠的嘴巴,并不得不再一次忍受被咬的痛苦。可是那小可怜也不好过——它绝望地发出尖叫,然后被狠心的莎士比亚丢在地上,四肢都瘫软了,但是尾巴却高高地竖着,就像一根天线。

医生觉得这姿势太滑稽了,莎士比亚却向他做了个手势,示意两个人一起蹲下来,以免周围的人看到他们对这只松鼠做了什么。

"现在该怎么办？"亨利饶有兴趣拨弄着那松鼠的尾巴。

"这不是玩具，老板，"莎士比亚哼哼，"瞧着吧，我们马上就会知道二福是不是在这周围了。"

仿佛为了印证他的话，松鼠的尾巴抽搐似的动了一下，紧接着又一下，并越来越快，最后就像节拍器一样摇摆起来，还不停地疯狂画圆和三角，以及各种几何图形。

莎士比亚哈哈大笑："看，老板，现在那家伙正在海德公园里绕圈子呢。"

"你用你的血做了什么？"

"一个探测器，老板。"莎士比亚得意扬扬地说，"这并不复杂！二福虽然是个很狡猾的妖魔，但是他身上沾着我的血，而且他是一个修炼的妖魔，说到底还是一只松鼠，一个小不点儿。所以，当我把血灌到他的同伴嘴巴里，就能够搭出一个感应通道。当然了，以人类的理解水平来看是很难搞懂的，老板，您可以把它想成……嗯，磁铁？哦，或者是……那玩意儿叫什么来着……无线电？人类就喜欢把简单的事情复杂化。"

亨利咳嗽了一声："这样说起来，二福在哪儿，这个松鼠的尾巴就会指向哪儿？"

"是的，他现在一定在撒欢呢！"

"可以请教一下吗，莎士比亚。"

"您完全没有必要这么客气，老板。我乐意解答您的任何疑问。"

"是不是指明方向必须要用一只松鼠的尾巴。"

"不，当然不是，前爪、后爪、脑袋，都可以，"莎士比亚无

格罗威尔先生和龙

辜地回答道,"但是,您不觉得这样比较有趣吗?"

亨利·格罗威尔医生是一个对文学不感兴趣的人,相对于符号来说,他更热衷于图像所表现出来的美感,所以他的审美观常常和莎士比亚相左,后者还对于他浪费作为人类可以书写符号的这个天赋而痛心疾首。由此一来,自从接手诊所以后,亨利已经逐渐习惯了在黑龙说"好看"、"美丽"、"诱人"、"可爱"、"有趣"、"漂亮"以及其他各种各样的形容词时持保留意见。

"好吧,"亨利心平气和地把话题向更深入的方向引导过去,"莎士比亚,既然你可以检测出二福的活动,那么有办法把苏小姐叫到这里来吗?"

"没有办法!"黑龙再次用埋怨的口气回答,"之前我就说了,我本来有办法要到她的联系方式的。"

"我是指超自然的、妖魔的方式……"

莎士比亚很不情愿地哼哼:"我们又没有全球定位系统。"

"谢谢,莎士比亚。"亨利终于听到了自己想要的,非常满足地掏出了手机,然后拨通了一个号码。

"菲尼克斯速冻鲜鱼公司,您好,能为您做什么吗?"一个很悦耳的女声从手机里传出来,亨利压低声音报出了一串数字。那个女声暂停了一下,然后说道:"明白了,马上为您转接。"

手机里嘟了一声,接着变成了一个男人声音,他干巴巴的公式化口吻与之前那位亲切的小姐相比,简直单调得想让人给他一拳。

"您好,这里是魔法事务管理部联络处。有什么可以帮忙的吗?"

"您好,我是妖魔治疗医师亨利·格罗威尔。贵部门的联络员、九级魔法师约翰·克兰今天来拜访我。请转告他我现在海德公园，就是惠灵顿拱门附近……嗯，靠东边儿，请他快点来，马上来！"

"好的，先生，愿意为您效劳。请报上您的安全密码。"

亨利低声说了一串数字。

"请再说一遍。"

亨利一边在心里咒骂一边重复。

"好的，谢谢您的配合，先生。感谢您对于魔法事务管理部工作的支持，如果您要尝试我们新开通的查询服务请按数字键——"

"哔"的一声电子音乐响，亨利挂上了电话，对莎士比亚说："虽然他们的话务员都是傻瓜，好歹还没什么官僚作风，效率也比较高。"

黑龙酸溜溜地看了看手机，非常鄙夷地说："魔法师居然用手机，而且还是全球定位的手机，这真是太堕落了。"

"事情只需要看结果，别那么在意手段。"亨利得意地摇着手中的通信设备，"不管怎么说，它能让苏小姐也立刻赶来。"

这句话对莎士比亚具有奇异的安抚效果。

他平静下来，重新把注意力放到自己的松鼠探测器身上。亨利知道，在那个美丽的特派员到来之前，莎士比亚会保证自己能获得更大的成果。那根毛茸茸的天线依旧在疯狂地扭动，这说明他们的"囚犯"还在东逃西窜。

"为什么他老在公园里跑？"莎士比亚鬼鬼祟祟地看着周围，问道，"老板，正常的逃犯应该是选择尽快跑到最远的地方才对吧……"

格罗威尔先生和龙

亨利这次没反对黑龙的看法，他也觉得二福的举动实在是透着点儿怪异。如果是要故布迷阵，那他已经把整个海德公园的松鼠都给拖下水了，完全有时间跑远点儿。或者说，他找个妖魔痕迹复杂的地方蛰伏起来，也未尝不是一个聪明的决定。但现在这两种情况都没有发生，实在是让人费解。

这个时候，远处传来了一个声音，亨利还没有分辨出是谁，莎士比亚已经跳了起来，热切地转身招手。亨利在心底嘀咕着，抬头就看见约翰·克兰和苏小姐急匆匆地走过来。"果然不出所料……"他冷眼瞧着兴奋的龙，小心地把那只昏迷中的松鼠托在掌心上。

"你们找到他了？"苏小姐脸色严峻地走到他们面前，九级魔法师满头大汗地跟在后面。

"基本上可以这样认为……"莎士比亚殷勤地说，不过苏小姐的眼神让他又补充了一句，"当然了，还需要细节上的确认。"

"您和克兰先生接到电话时在哪儿？难道您也赶到了海德公园？"亨利问道，他记得他们是去了东边，跟自己完全相反的方向。

"在国家海洋博物馆附近，快到格林尼治公园了。"美丽的特派员回答，"我们沿途发现了稀少的踪迹残留在树干上，估计二福确实到过那边，现在看起来他是拼尽了全力在用'木遁'和加速咒，故意搅乱我们的搜查。不过这样一来，他耗费的法力肯定也很大。"

其实亨利并没有听清楚苏小姐所说的那个奇妙的中文词语，他相信莎士比亚和约翰·克兰也一样（他们的表情很郑重、很严肃，而人们露出这个表情的时候，往往是他们最迷惑的时候），不过亨利很快又注意到了别的细节。"请等一等,"他叫起来,"您和克兰先生用不到五分钟就从国家海洋博物馆到这儿了?难道你们用了……用了——"

"魔法?"苏小姐挑高了她纤细的眉毛,"是的,我们用了。"

她坦率的态度反而让亨利觉得很意外,他顿了一下:"那个……现在是白天,而且在公共场合是不、不允许的……"

"格罗威尔先生,我们很小心,在一个楼房的拐角使用的瞬间转移,没有任何人看见。而且——"苏小姐加重了语气,"在追捕一个危险逃犯的关键时刻,还拘泥于教条,这实在是太迂腐了。"

亨利·格罗威尔长得像布拉德·皮特,这是毫无疑问的,一个很英俊的男性,且脾气温和,因此他被女性反感的概率就如同莎士比亚恋爱的概率一样,处于一个无论如何也不会突破千分之一这样的安全界限内。但是既然连那头宣称畏惧异性的龙都在春天开始发情,那么亨利被美女讥讽的情况也相应地发生了。

医生可怜巴巴地看着面前的苏小姐,她的美丽在这个时候发生了一些变化:刚开始见面的那种柔和正在退去,多了一些凌厉和尖锐,这使她看起来充满了威严,当她站在这两个男人和一头公龙中间时,多了一分压倒性的气魄。

亨利把求助的目光投向旁边的约翰·克兰,但那个魔法师却狡猾地用手帕擦着汗,一副"不要问我,我不敢反抗她,我什么都不知道"的窝囊样。

好在苏小姐的目光很快被亨利手中的松鼠给吸引住了,只不过那滑稽的造型并没有让她露出微笑。

"同属性探测?"她的提问准确无误地指向了莎士比亚。

格罗威尔先生和龙

黑龙点点头，亨利发现他控制住了面部肌肉，没有露出太多的得意——当然，他和医生单独待着的时候就不会这样了。

"是的，小姐。"莎士比亚诚恳无比地说，"您说得很对，我只用了一点点血。"他刻意亮出那根受伤的指头。

苏小姐没有给他一点奖励，一丁点儿都没有，她只是小心地把昏迷的松鼠从亨利那里拿过来，然后看着晃动的"天线"。莎士比亚的笑容僵在了他"英俊"的脸上。

现在毛茸茸的"天线"活动变慢了，并且只是规矩地画圆。"他没有体力了，"苏小姐胸有成竹地说，"现在我们要立刻撒网。"

"在这里？"约翰·克兰提心吊胆地看了看周围。

"这地方起码有一百双眼睛看着我们呢。"莎士比亚也理智地表示了反对。

苏小姐好像根本没听见，她把昏迷的松鼠还给亨利·格罗威尔，然后把双手结成一个奇怪的姿势，嘴里还在默默地念着什么。约翰·克兰大惊失色，想阻止，却又不敢动手。

"她在施法！"可怜的九级魔法师简直想咬自己的手指了，"天啊，天啊……第二次公开施法……"

亨利不安地说："这是违反'魔法与科学平衡条约'的行为，快、快点阻止吧。"

约翰·克兰摇摇头："这是东方法术，我完全不知道。万一中途打断有反弹怎么办？"

亨利焦急的目光投向莎士比亚，可是黑龙只是装作没看见地把头扭向另外一边。*这个懦夫！*亨利在心底愤愤地说，但是他自己也十分缺乏阻止苏小姐的勇气。

随着柔软却坚定的女声持续响起,亨利感觉到有什么东西从自己的体内穿过,然后内脏统统产生了排斥,他的心情莫名其妙地烦躁起来,只想什么都不管,快快地离开公园回家去。可能不光是他——周围的人都在急匆匆地朝公园外围走。约翰·克兰也皱着眉头,似乎在强行忍耐,而莎士比亚则脸色如常。

亨利忽然明白,苏小姐采用的或许是驱赶咒一类的法术,并且这法术只对人类有效,这样周围就只会留下他们。他突然低声咒骂了一句:这意味着那个特派员将会更肆无忌惮地使用魔法来抓捕二福,哪怕是过激的手段。

在半径五百码以内很快就安静下来,除了三个妖魔、两个人和无数只松鼠,还有狗、鸟儿、蚂蚁、蚯蚓等自由自在的家伙以外,就没有别的活动生物了。

约翰·克兰和亨利·格罗威尔觉得身体上的厌恶感已经消退了,但心底仍然非常难受,就好像不小心吃了只苍蝇下去,即使它被证明是无菌的,但是依然会有反胃的感觉。

苏小姐停下了念诵的动作,缓缓地露出微笑,红色的双唇向上翘起,让她的魅力更加强烈了。不过三个男性却觉得这魅力有点让他们畏惧,连莎士比亚都收拾起了殷勤的态度,恭敬地站在旁边——他的姿势可以比得上白金汉宫门前的卫兵。

"好了,"苏小姐看着亨利捧着的"同属性探测器","二福停下来了。"

哦,看起来是的——松鼠的尾巴终于安静地指向了西边儿。

莎士比亚、亨利,还有无能为力的魔法师,他们都看着苏小

格罗威尔先生和龙

姐,非常一致地等待着她的下一步反应。

"走吧,先生们。"极为有魄力的特派员对他们的畏缩有些不满,"现在是我们结束这失误的时候了,我希望你们能拿出更积极的态度来。"

莎士比亚干笑着点点头,他维持的风度正在悄悄坍塌。亨利·格罗威尔非常理解,他知道黑龙现在的感受,知道他的情绪变化。看见一个香甜的苹果,这很好,但是突然发现那苹果长在荆棘中就实在是太糟糕了。

苏小姐拿着"探测器",然后朝它指的方向跑去,约翰·克兰连忙紧跟上。

"走吧。"亨利看着站在原地的莎士比亚。

黑龙扭动着脖子,仿佛有些高傲,但是这假象却瞒不过他的雇主。亨利突然很愉快地笑起来,他知道自己诊所里不会再有一个看着美丽异性而行为失常的家伙了。"好了,"他再次开口道,"苏小姐是个……嗯,是个很有行动力的女性,所以她一定也欣赏更加有行动力的男性。基于这一点,我想她对你还是有些良好印象的,看看你弄的'同属性探测器',她现在正拿在手上呢。莎士比亚,现在是你主动一点的时候了,虽然她确实不像外表那样柔弱——"

"老板!""杰克船长"脸色难看地盯着他,"您现在在幸灾乐祸。"

"我没有。"亨利用委屈的口气说,但是嘴角挂着微笑。

这个时候远处传来了叫他们名字的声音,同时存在雇佣关系和天敌关系的两个人结束了交锋,赶过去。在莎士比亚经过身边的时候,亨利听到了他在轻声嘀咕:"小心眼儿,从来没见过这么小心眼儿的男人……"

宽宏大量的医生没有反唇相讥，尽管他觉得其实这句话也可以原封不动地还给那条龙，但现在这并不是最重要的。

他们向西边跑了大约两百码，在一片榛子树中间停下来。约翰·克兰和苏小姐都背对着他们，她把那只"探测器"放在了一边，已经不需要了——

在她面前的榛子树下，有两只松鼠，而且其中一只非常眼熟。

"二福！"莎士比亚用蹩脚的汉语叫道。

亨利也很容易地认出了那个逃犯，如果他垂下眼睛，像普通的松鼠一样四肢着地，捧着松果大嚼特嚼，也许还不容易被发现，可现在他站得笔直，前爪像鸟的翅膀一样展开，红通通的眼睛充满仇恨地盯着面前的敌人，全身的灰毛都因为紧张和防备而竖起来了，就好像在昭示着："瞧，我可不是松鼠，别以为我是低等动物！我有智慧！"

苏小姐开口用中文说几句，二福的两腮都气得鼓起来了！亨利仔细看了看，发现在他的身后竟然还有一只松鼠，不过皮毛却是红棕色的：那是只英国本土的珍稀红松鼠。二福用不大的身躯把那只红松鼠护在身后，态度很微妙。

"请别再抵抗了，"约翰·克兰严厉地说，"二福先生，现在您的法力已经耗尽了，别抵抗了。只要您配合，我们不会伤害您的。"

小个子妖魔浑身发抖，那毛蓬蓬的大尾巴伸得直直的。他身上龙血的力量应该已经消退了，同时自己的法力也损耗了不少，但他依然凶狠地叫着，开始是用中文，然后又换成了粗浅的英

格罗威尔先生和龙

语。"我不回去!"他斩钉截铁地说,"我在这里已经结婚了!我可以申请合法居留!"

"噢,"莎士比亚咕哝道,"他的口音可真重,太难听了。"

苏小姐不为所动,她冷冷地拿出那支迪奥口红:"我没有耐心,二福,我从来不允许有人违抗我两次。"

灰松鼠咽了口唾沫,头也往后缩了一下,他身后的红松鼠蜷伏在地上,发出细微的叫声。二福一下子又挺直了背部,继续申辩:"我不是叛逃,我没出卖任何机密!我只是选择一个合适的家……还有伴侣……我现在找到了,只会老老实实地过日子,不会做任何危害东西方妖魔界的事情。"

"破坏法律就已经是危害了!"苏小姐面无表情地说,约翰·克兰和莎士比亚为了配合她,不约而同地重重点了点头。九级魔法师又补充了一句:"请配合我们的工作,不要抵抗。不为自己,您也得考虑一下别人吧,比如您身边的这位……嗯,女士……哦,或者说:亲人。"

"天哪……"亨利呻吟道,"我明白了,他背后的那只松鼠就是他的……'妻子'。"

一切都很清楚了,被捉住的二福为什么老想逃走,为什么会在伦敦城里大费周章地故布迷阵而不是节约体力跑得更远,因为他知道妻子在伦敦,所以一定要赶来见她。

莎士比亚的身体动了一下,随即恍然大悟:"一个土生土长的中国修炼妖魔,偷渡到苏格兰以后,爱上了一只土生土长的红松鼠,这本身就是一个很浪漫的故事,然后再加上追捕、相会、抗争,这是多么惊心动魄的戏剧啊。"

"是啊,"亨利点点头,"我们扮演的都是蒙太古家和凯普莱特家家长的角色。"

两个人的窃窃私语并没有阻止苏小姐执行公务，她已经打开了口红盖子，红色的光芒从膏体上隐约透出来，约翰·克兰的脸色都变了。

"投降吧！"他忽然大声地对二福吼道，"不要逼我们动手！"

"那是什么法术？"亨利悄悄地问莎士比亚，"克兰先生好像很紧张！"

黑龙的额角上也有些小小的汗珠，他非常严肃地看了一眼亨利——因为太严肃了，简直不像他。"太可怕了！太可怕了……"莎士比亚喃喃地说，"她想硬来，直接把二福装进囚笼里。那种魔法禁锢，反抗越剧烈，受到的伤害就越大。按照二福现在的状态，可能会受重伤吧……女性，果然是最残酷的生物！"

亨利不忍心，他和约翰·克兰、莎士比亚一样，只想抓获逃犯而已，并不是要处决他。他很想劝说苏小姐手下留情，但是那美丽的特派员却让他望而却步。她脸上的神色并不是愤怒，如果是大发雷霆或许还好些——她没有什么表情，只是冷冷地看着二福，就好像他和身后的榛子树没有区别。

在这样无情的眼神笼罩下，法力丧失的二福简直不堪一击，他终于垮了，然后猛地抱住身后的妻子，号啕大哭起来。

"法西斯！"二福悲愤地指责道，"你们完全没有同情心，看看我可怜的红玫瑰，她都瘦了一圈了！她一直在拼命寻找我，走过那么远的路，从苏格兰到英格兰……而你们却要因为那古板可笑的规矩把我们分开。"

"我想'红玫瑰'可能就是他妻子的名字。"亨利悄悄地对莎士比亚说，虽然他觉得灰松鼠抱着红松鼠的样子既可爱又滑稽，

格罗威尔先生和龙

但是却不能笑嘻嘻地把自己的快乐建立在他们的痛苦之上——这让他觉得羞耻。

黑龙点了点头,眼睛微微发红,亨利知道他身体里的艺术细胞又开始不合时宜地活跃了。"多感人,老板。"莎士比亚说,他嘴角有小小的火苗,"他给她取了浪漫的名字,尽管那红色的小东西只关心松果,连玫瑰是什么都不知道。"

"之前我还以为二福说他结婚是想非法居留的借口,不过现在看起来他还真的很喜欢他妻子。"

"老板……"莎士比亚愤愤不平地对亨利说,"您总是用最坏的想法来推测别人,难道妖魔们会比人类还要卑劣吗?难道他们就没有爱情的忠贞和付出吗?"

"不要激动,莎士比亚,这和种族歧视无关,"亨利很不耐烦地摆摆手,"我只是没有想到这个低级的妖魔也有非凡的勇气,爱情的力量可真强大。"

莎士比亚极为鄙夷地看着他:"那是因为您从来没有爱上过谁,尽管您也去约会异性,可是大部分是出于生理冲动。人类很容易被外表迷惑,而妖魔则会听从自己的心。"

"不知道是谁一看见美丽的苏小姐就宣布自己陷入了情网呢?"亨利毫不客气地讥讽道。

莎士比亚把目光投向了前面的特派员,她镇定地拿着口红,并不着急——因为二福已经被逼入了投降的边缘,她不过是给他一点点发泄的时间而已。黑龙忧郁地叹了口气,竟然没有去反驳亨利的话:"越是美丽的女人就越是无情。她竟然对一个痴心的男人毫不怜悯。"

可怜的兽医哆嗦了一下,觉得寒毛都竖起来了。他转过头,不想再跟身边的龙说话。

而此刻,在寂静的草地上,榛子树中间,悲伤的灰松鼠还在哭泣。他哽咽着,几乎要背过气一样诉说自己凄惨的命运和被迫分离的痛苦,同时指责执法者的冷酷。神奇的是,被他抱在怀里的红松鼠——那个叫"红玫瑰"的小家伙儿——并没有因为丈夫的歇斯底里而被吓跑,甚至连挣脱都没有。它显然是普通得不能再普通的松鼠,圆溜溜的眼睛里没有智慧的光芒,也体会不到二福现在有多难过,但它不断地用嘴和鼻子去摩擦对方的脖子和脸颊,小小的爪子也搭在二福的身上,就好像在安慰他。

亨利看着这样一幅画面,心里也有些发酸,他开始反省自己是不是真的很混蛋。他迷惑地想,或许他们确实在维护制度的基础上对这两只可怜的松鼠犯下了罪——跟法律没有关系,只是在道德上不近人情。不过,爱情真的会让人铤而走险吗?如果没有"红玫瑰",二福是不是就不会花那么大力气越狱?他是不是就会很不情愿但还算配合地被遣送回去?而智力水平在人类以下的红松鼠,它真的没有情感吗?那它长途奔波来到伦敦又是为了什么呢?

二福的眼泪把他难看的灰毛弄得黏糊糊一片,还沾到了他可爱的妻子身上。

特派员蹲下来,她手中的口红发着红光:"好了,如果是告别,你们的时间也已经足够了。来吧,二福,不要逼我动手。"

亨利于心不忍,低声问道:"那个……苏小姐,真的不能有别的方法吗?"

"很遗憾,医生,"她摇摇头,"禁止非法偷渡正是为了维持正常的秩序,而正常的秩序保护的是绝大多数人类和妖魔的利

格罗威尔先生和龙

益,我是一个公众利益的维持者,所以绝对不能开这样的先例。"

"法律和温情是天敌,"莎士比亚伤感地摇摇头,"爱情注定要为秩序殉葬。"

"对,这是无法避免的。"苏小姐认真地对黑龙说,"每个人都有自己的立场,但是这不能改变什么。认真地想的话,每个罪犯都会有个'正当'的理由,但是这个理由相对于别人的利益来说,又都是'不正当'的。所以,除了以多数人的意志为准绳之外,我们没有其他的选择。"

莎士比亚凝视着她,黑眼睛有说不出的失望,那失望明显是真诚的,亨利能够很轻松地辨认出来,黑龙绝对不是故意卖弄自己的感性——因为只有在这个时候,他才显得不那么可恶。

"我很难过,非常难过……"莎士比亚慢慢地转过身,不再看那位美丽的女士,"为了看不见的大多数,我们常常毁灭眼前具体的幸福。妖魔和人类竟然越来越像了……"

他把手揣在外套的口袋里,一言不发地朝出口走去,好像不再关心接下来的一切。亨利注视着高高的黑头发男人,能听见他在叹气。亨利没有追上去说一些安慰的话,他只是觉得此刻那个一贯厚脸皮的助手也需要有点时间来咀嚼自己少见的挫败感。

苏小姐也看着沮丧的莎士比亚,但她并没有表露出任何遗憾,她转头向约翰·克兰点了点头。九级魔法师连忙拉着医生退到了十英尺外的地方。

亨利发现苏小姐的外表发生了变化——

她的身体在缩小,头颅异化成了一种很眼熟的兽类,虽然还是直立的人形,身后却多了很多毛茸茸的尾巴,亨利在震惊之余还特地数了一下,足足有九条!

他看着身边的约翰·克兰，后者的眼神让他很同情。"噢……"亨利结结巴巴地说，"我、我想我曾经听说过，在东方的妖魔中，九条尾巴的狐狸很厉害……非常厉害。克兰先生，您尽职了……"

魔法师感激地和他握手："谢谢您的理解，格罗威尔医生，您真是个体贴的人。"

亨利干笑几声，指指那边："不会有问题吗？"

"这是正常的拘捕，二福看起来不会再反抗了——他已经屈服了，况且特派员也完全可以控制情况。"

约翰·克兰这次说对了，苏小姐的禁锢魔法确实用得很谨慎，虽然她化出原形（按惯例来说，这代表着使出了五成以上的法力），但是二福也乖乖地没跑没跳，他只是抱着红松鼠哭泣，呜呜咽咽让人心碎。

口红的顶端又出现了那个奇特的气球，一根线从里面蔓延出来，缠上了二福的爪子和尾巴，把他一点点地拉进去。可怜的灰松鼠抱着红松鼠不放，他的妻子也悲惨地尖叫，很有生离死别的味道。二福回头用爪子扯那条红线，用法术切割，甚至连母松鼠也用牙齿去咬，可是没有任何效果。

无论二福怎样抵抗，"红玫瑰"多么伤心，那条红线都异常坚决地执行了逮捕者的命令。很快把逃犯拖进膨胀的球体，亨利最后只看见二福绝望地捂住脸，然后圆形牢笼就变成了不透明的球形，急速缩小，最终完全融进了口红的膏体。

与此同时，苏小姐也重新回复成了一个人类女性的模样，她掏出化妆镜，用那支口红补了补妆。

亨利看了看约翰·克兰，对方的脸部肌肉也在不自然地

格罗威尔先生和龙

抽搐。

"终于结束了!"年轻的医生抹了把汗水,在心底这样感叹。但这个时候,意外的一幕出现了:被夺走了"丈夫"的红松鼠绕着苏小姐窜来窜去,还挥舞着没有任何威慑力的小爪子,它尖叫着想要攻击,毛一根根地立起来,全身充满了敌意。

亨利和约翰·克兰都有些紧张,仿佛看到一只小狗朝狮子咆哮,但是苏小姐却没有表现出生气的样子。她看了看愤怒的小松鼠,忽然又拿出了那个圆形的化妆镜。只用了短短的一秒钟,她已经把松鼠吸入化妆镜里,紧接着"啪哒"一声,合上了盖子。

约翰·克兰和亨利都被这变故弄得目瞪口呆,过了几分钟,年轻的兽医快步走过去,急切地恳求道:"请等一等,苏小姐!您一定得原谅这位……这位夫人,它不了解您的工作性质,它只是很冲动——"

"噢,好了,好了,格罗威尔先生,"苏小姐摊开手,"不要误会,我没有伤害'红玫瑰'。"

亨利连忙赔笑:"当然了,您不会做那么残酷的事情……但是……"

"这个呀,"苏小姐看了看包里的化妆镜,"我只是要把它带回中国去。"

亨利和约翰·克兰都露出了傻乎乎的表情。

苏小姐美丽的红唇扬起一点点狡黠的幅度:"妖魔是绝对不能非法越境的,所以二福不能待在英国,但是普通的松鼠就没有问题。我会让我方的兽医做一个检测,没有疫病就能放养在大兴安岭了。"

亨利觉得胸膛中的压抑一下子烟消云散,身体也轻松得不得了。阳光从云层中透出来，所有的阴霾都消失了，小鸟开始鸣唱，宠物狗撒欢儿奔跑，湖水泛起涟漪……而眼前的这个女性简直美得光彩夺目，像个天使。她之前的严厉和铁腕都是卓越判断能力和领导能力的表现——并且，她还非常聪明，真是一个完美的倾慕对象。

亨利认为，其实蠢货莎士比亚也有明智的时候，如果他能再坚强一点儿，别那么早认输，他的爱情也不会消失得那么快。

约翰·克兰微驼的背部也重新挺直了，他兴高采烈地恭维道："哦，哦，刚才的那个是收纳魔法，对吗？我早就听说过，东方的妖魔非常善于这类法术，你们是做得最好的。苏小姐，您刚才的表现棒极了，我的意思是……完美！"

特派员对九级魔法师的絮絮叨叨说了谢谢："那么现在一切都解决了，不过我们还是得按照流程先去给贵国魔法事务管理部报备一下今天的事情，对吗？"

"对，"约翰·克兰的肩膀垮下来，"他们一定监测到了刚才不寻常的魔法波动，那会让我打上一整夜的报告。"

苏小姐对此很客套地表示同情，然后转向亨利："真抱歉，格罗威尔医生，给您添了很大的麻烦。请代我向您的助手也说声'对不起'。"

年轻的兽医惭愧万分，虽然二福一直都在找机会，但是实际上帮助了他的却是粗心大意的莎士比亚，更严格地说起来，亨利自己也有责任。他觉得，其实那头龙常常自诩为品味生活的艺术家，那么也相应地有从创伤中快速愈合的能力。道歉的话完全没有必要说，过不了多久他就会恢复正常。

格罗威尔先生和龙

▲

亨利非常绅士地把苏小姐和和约翰·克兰送上出租汽车，然后客气地跟他们告别。驱赶咒已经失效了，游人重新进入了海德公园，松鼠们继续上上下下地在树丛和草地上寻找食物，一切都在恢复正常。温暖的阳光催生着树木的新叶，小草在发芽，过不了多久风就会吹开野花……

这是多么美好的一天啊！

亨利这样想着，决定不坐地铁，也不叫出租汽车，就这么走过几条街。他怀着极为愉悦的心情和楼下餐厅的女招待们打了招呼，乘电梯回到了诊所。

当电梯门打开时，一股严冬的气息扑面而来。

尽管室内还是安全的宠物医院的模样，但是安静得有些不正常。所有的住院病号，猫、狗、仓鼠，都蜷缩在笼子里，拼命把自己的头埋到爪子下，要不就是用臀部朝外，耳朵耷拉着，恨不得从这个世界上消失。而这诡异的气氛都来自于缩在角落中的莎士比亚——他已经不再维持帅气的外表，恢复了龙的模样，细瘦的脖子弯曲下来，翅膀垂落在背后，两条腿伸出去，腆着浑圆突出的肚子。他用前爪在光滑的地板上画着，身上有一股可怕的怨气朝周围扩散。当看见亨利回来，他只是叹了口气，淡淡的白烟从嘴巴中喷出来。

格罗威尔医生皱起眉头："别一副世界末日的模样，莎士比亚。"

龙抬起脑袋，豆子一样的眼睛里充满悲哀："她把他抓走了？"

"是的，"亨利笑着回答，"任务圆满完成。"

"天啊，天啊，"莎士比亚痛苦地揉着爪子，"终于还是发生了，多么残酷的女人呀！"

"你不该这么说她，"亨利不满地看了看飞龙，"苏小姐是一位聪明又很善解人意的美丽女性。"

莎士比亚的爪子依旧在地上画着圈，头也不抬："她当然很聪明，也很美。可这有什么用？她不懂得爱情。越是美丽的女人越是无情，这真是至理名言。她的心是铜铸的，不会因为爱情的暖流而软化。她对待情侣像死神对待他的猎物，没有一点儿怜悯。你瞧见她看我的眼神了吗，我给她奉上一颗心，她却把它捏碎了……"

亨利冷冷地扫了龙一眼："从你们最开始见面到现在，也不过几个小时。你想得太多了，莎士比亚，苏小姐不会知道你任何自作多情的想法。"

但这话对情绪低迷的龙并没有任何作用，他还是固执地画着自己的圈："好吧，即使她不能回应我，那么从她对待情侣的态度上也能看出她怎么对待爱情。瞧，老板，今天的事情多可悲。爱情在一个低智商的松鼠和一个下等妖魔之间那么坚固，难道在具有理智和才能的人中间反而会变得脆弱吗？"

尽管对莎士比亚失恋的酸楚非常不以为然，但这个问题本身却让亨利产生了一点兴趣。

他认真地想了想："也许这个事情本身就完全没有逻辑可言，所谓'爱上'本来就是感觉，越是理智的人越是容易掐灭这样的感觉。莎士比亚，你觉得喜欢苏小姐，只不过是对她外表的短暂迷恋，当然不会维持多久。事实上，当你发现她和你的前女

格罗威尔先生和龙

友内在都一样,就立刻结束了这段'感情'。由此可见,你的观点也不是没有道理。如果要获得比较简单的爱情,降低智商是必要的。"

当然了,其实那玩意儿你本来也没多少吧。医生悄悄地把这句话咽回了肚子里。

黑龙直勾勾地看着亨利,眼神雪亮。"多睿智!"他幽怨地说,"老板,您很少有这么聪明的时候,但我偏偏不喜欢。"

"没人乐意听实话,我理解。"

莎士比亚又低下头,喃喃地念叨:

"羞愧呀!何必说你会爱人呢,

既然你对自己漠不关心!

好吧,许多人爱你,

但显然地,你并不爱任何人……"①

亨利不再理会失恋的龙,径直来到里面的房间,把外套挂在衣架上,准备收拾剩下的事情。这个时候,一个银色的小亮点儿从外面飞进来,穿过玻璃,准确地停在他面前。

亨利点开这封魔法信,一张仿若丝绸的透明纸浮现在眼前,上面娟秀的英文标记出苏小姐的名字。

美丽的特派员再次向他表示感谢,并说明二福的出境体检已经由魔法事务管理部直接进行,而"红玫瑰"去中国的问题也很方便,部长已经做出了口头承诺,允许它成行。"这对二福的安心服刑很有帮助。"她这样写道,并估计那两只小松鼠会在大兴安岭的某个限制区域——三棵松树上——生活近一百年。

亲亲热热,长长久久。亨利都快嫉妒了:那是多么甜蜜的

---

① 这段来自于莎士比亚的十四行诗第10首(Sonnet 10)。

刑期。

  他很快回复了这封信，并送了出去，然后探出头看了看黑龙——莎士比亚还蜷缩在地板上，继续忧郁着。于是亨利决定无论如何都不告诉他苏小姐的仁慈和智慧让"罗密欧"与"朱丽叶"有一个多么圆满的结局。

  这可以使黑龙犯同样错误的间歇期更长一些，诊所的麻烦也少一些。

无私的友情

今天，亨利·格罗威尔医生终于下定决心要度过一个浪漫的情人节。虽然他仍然是单身，并且是连续第三个年头单身，但是在被满街那刺眼的红玫瑰和庸俗的心形礼物盒子刺激得忍无可忍以后，他决定无论如何得邀请一位甜美的女士来共同排遣寂寞。

而实际上，在阳光照不到的人心最阴暗的地方，有亨利·格罗威尔不愿意说出的苦恼：自己宠物诊所的助理、那个怪胎莎士比亚都可以年年收到大盒的高档巧克力，为什么长得英俊无比的自己却只能在沙发上看愚蠢的球赛来打发浪漫之夜？

于是在2月13日那天早上，他终于在信纸上写下了邀请，收信人是西尔维娅·柯罗小姐，一位拥有五只波斯猫的善良女士，他的新主顾。

他小心地把信纸折好放在一边，同时在粉色信封上标上地址，这时旁边突然冒出一个声音：

"……我诚挚地邀请您共进晚餐，如果您明天晚上有空，可以去……"

"莎士比亚!"亨利猛地跳起来,抢过信纸,"偷看别人的信完全是道德败坏!"

"哦,您在害羞,老板。"黑色头发的少年毫无羞愧地把信放回原处,"我只是给您检查一下语法,要知道,女人是非常注意修辞的。"

"谢谢,'莎士比亚'。"

"乐意效劳,"黑发少年耸耸肩,"柯罗小姐是个漂亮的女人,您太有眼光了。"

"安娜·威彻小姐也不错。"

"她确实温柔,可是皮肤不好。而且我说过,虽然我很有魅力,可是上一次的恋爱让我伤心欲绝……我还没准备好和任何一个女孩子出去。我想想,其实除了安娜,丽莉也不错,还有科尔比……"

那就不要收女孩子的礼物,你是贪图巧克力吗?我忘了你根本就不吃食物,收集那些东西纯粹是因为虚荣心吧?年轻的兽医颇为鄙夷地看着黑发少年,暗暗腹诽。

莎士比亚却热心地凑到亨利面前:"不要太吝啬了,老板,要想迷住一个女人,前期的准备很有必要。金子般的爱情需要金子来换。您得送点礼物……说出来吧,我可以帮您参考一下。"

亨利觉得,自己今年才二十五岁,而莎士比亚的年龄远远超过他,或许他那讨厌的嘴巴里偶尔也会说出点有用的东西,就如同旧货市场里偶尔也能翻出披头士的签名唱片。

"我买了一个音乐盒,"亨利吞吞吐吐地说,"是中东风格的工艺品,柯罗小姐会喜欢的……"

格罗威尔先生和龙

莎士比亚从鼻子里哼了一声，刻薄地说："您一直单身我一点儿也不奇怪，老板。对于要追求的对象，好歹还是打听一下她的爱好吧。您明明知道那位女士养了五个活蹦乱跳的闯祸精，那就该猜想到讨好她的猫会比送一个音乐盒更管用——当然了，如果是镶钻石的音乐盒则例外。"

亨利不得不承认这个讨厌的家伙说得有道理。

莎士比亚在诊所所有的柜子里翻了一下，找出一个罐头。

"这是什么？"亨利怀疑地看着上面的一串俄文。

"西伯利亚鱼干，"黑发少年得意地解释，"上次有只俄罗斯猫来住院，它主人很怕它挨饿，结果直到它出院那一箱子食物都还没吃完。"

"我怎么没有印象。"

"那是因为接诊的是您父亲，您那个时候还挣扎着不想当兽医呢。哦，别担心，这东西真空包装，没有过保质期。"

亨利小心地检查了一下，终于放心地点点头："原材料非常好，居然是鳕鱼，有钱的俄罗斯新贵。"

莎士比亚挤了挤眼睛："我保证这个能让柯罗小姐觉得您是一个好人。"

亨利看着莎士比亚，讷讷地说了声谢谢，不过他也对这个一贯喜欢冷嘲热讽的助理突然热心起来而感到奇怪——他这么殷勤地帮助自己，该不是有什么目的吧。

"没有，老板，我以我的尊严发誓，这纯粹是男人的友谊。"

情人节那天晚上，在一家工厂的烟囱上，两个黑乎乎的影子正大口大口地吸着滚滚浓烟,并且开心地品尝那些火星儿。

"我说,莎士比亚,"一头绿色的龙边吃边问她的同伴,"你真的把那罐子东西给了你的老板。"

大肚子小脑袋的黑色飞龙更正道:"亲爱的安娜,不是给他,是让他去送给那个女士,她的猫可从来没吃过那些好东西。"

绿色的龙又问道:"那么,你有没有告诉他,那个是人鱼们施过魔法的,任何生物吃了以后都会长出鳞片和鳃,并且在水底生活一周。"

"没有,安娜。想一想,如果我说了,他肯定就不会送出去了,那傻兮兮的音乐盒会让他的泡妞计划泡汤。我这么做可都是因为男人的友情啊——唔,至少是一条公龙和一个男人间的友情。"

命中注定的邂逅

"好吧,全听你的,你叫我怎么做就怎么做。行了吧?"

威廉·格罗威尔把火把插进岩石缝隙里,然后抱着双臂坐下来,注视着面前的人——不,面前的龙。

那是一头庞然大物,虽然只是懒洋洋地趴着,但也有两个成年人那么高,细长的脖子上顶着一个三角形的小脑袋,上面坚硬的鳞片是纯净的黑色;前爪小而灵巧,指甲又长又尖利;它的下半身呈现出极为夸张的肥胖形态,腹部腆着,粗壮的尾巴不时动一下,扫落一些岩石屑。威廉听说过成年的龙背后都会有一对翅膀,但是他没发现面前的龙有那玩意儿,只是在它侧过身子的时候瞥见一对肉瘤状的东西——很明显,这是一只幼年的小龙。

"您太严肃了,先生。"龙用一种八九岁男孩儿般的稚嫩嗓音说道,"而且,自暴自弃的态度是完全无助于解决问题的。"

威廉的喉咙很痛,不想再和它多说一句话。

之前他在这个幽深的岩洞里已经转了很久,从肚子里发出的

命中注定的邂逅

饥饿的呐喊来推断,起码有整整一天了,然后又不得不和这头龙为了各自的立场争论得口干舌燥,现在他只想休息,让充血的大脑空白一下。

不过眼前的龙很明显完全不累,它正饶有兴趣地喷出一个个火球,照亮这个宽敞的钟乳石岩洞。火球落在钟乳石石柱上,会噼里啪啦地燃烧一段时间,然后逐渐熄灭,于是龙就毫无倦意地继续这"点蜡烛"的游戏,并且用热切的眼神期待地望着威廉。

威廉突然想起他们刚碰见彼此——就是他踩空了重重摔在地上——的时候,龙睁开眼睛,小声地嘀咕过什么,现在他明白了,那家伙说的是:

"太好了,我已经有两百年没和别人说过话了。"

事情得从前天傍晚讲起。

当市民们热火朝天地逼着倒霉的国王接受《大宪章》的时候,对政治和经济都不关心的威廉·格罗威尔带着他的羊皮口袋,装满了食物和水,离开伦敦,钻进东海岸的一个岩洞里。

毫无疑问,威廉·格罗威尔是一个魔法师,虽然他勉强装扮成一个医生,但骨子里仍然清楚自己的本职工作。魔法师在英国是一个非常古老的职业,罗马人来到之前,他们就在大不列颠群岛上干分内的工作,后来莫名其妙地被宣布为异端和邪魔,才不得不多用一层愚蠢的身份来掩饰。

现在,尽管表面上是一个天天去教堂祷告的好基督徒,但威廉仍然不嫌麻烦、不怕危险地当一个尽职的魔法师,做着他该做的事儿,比如和精灵们进行草药交易,给受伤的矮人治疗,帮和

格罗威尔先生和龙

善或者不和善的妖魔看病……所以，他也得到处去采集稀奇古怪的药材，并且不能引起邻居们的怀疑——他只会一些极其简单的护身魔法，抵抗不了士兵的长剑和火刑架上的烈焰。

他很早就听说过在东海岸，就是靠近多佛的地方，有一个幽深的岩洞，从峭壁下爬进去，然后一直往里走，能采到矮人们从前种植的"老鼠脚"。那是他们培育出来的一种食用蘑菇，可惜后来发现它苦得难以下咽，只不过对火焰攻击法术造成的伤口颇有疗效，于是就任它们在洞穴里生长。等矮人们迁徙到地下更深处时，"老鼠脚"就蔓延到了上层地面，甚至在一些离人类住所稍近的岩洞中也可以找到了——比如他要进入的这个。

威廉把自己拴在一株粗大的杉树上，然后小心地爬下悬崖。他背后是多佛尔海峡，波涛正在哗啦啦地响着，即将沉没的夕阳让最后残留的光线越过海面，投射在岩壁上，也清晰地照亮了岩洞的入口。威廉不太费力地就到达了目的地，他发现这个洞口并不大，一抬头就能碰到顶，夕阳刚好让外面这圈岩石反射出金红色，就好像一张张开的大嘴正要把渺小的人类给吞下去。

他的心里闪电般冒出一丝不祥的预感，可是又飞快地缩了回去。于是，年轻的魔法师点燃了随身携带的火把，慢慢地走进岩洞。

这里面越走就越宽敞，火光把一些蝙蝠提前唤醒，它们一边抱怨着，一边扑啦啦地掠过威廉的头顶，出去找点儿食物。地上有不少蝙蝠和鸟类的粪便，不过因为海风长期把清新的空气灌进来，洞里味道倒没那么难闻。里边的路也还好走，没有凹凸不平的石块儿，基本上沿着洞口就能顺利地前进，唯一比较困扰的就是那些数量繁多的支路，它们会突然出现在岩壁上，长得很周正、圆滑,仿佛在说:"来吧,我是唯一正确的选择。"但是等威廉摸索进去,就会发现自己落入了一个陷阱,尽头要么是一堵石壁,要么就是断崖,他又不得不重新回到起点再开始……

于是在经过几次错误的选择以后,威廉学会了辨认那些岔路上最不起眼儿的小洞,那些最崎岖、最隐蔽、最狭窄的洞,只要朝里走,往往会在克服一些小困难以后就能找到很平顺的大路,路上还零星地能发现一些"老鼠脚"。

威廉觉得,如果一个天然岩洞都能生得如此狡黠,那么作为人类的他最近无疑就是个傻瓜——很明显,威廉可以配置最复杂的魔药、满足最挑剔的病人,所以他绝对不傻。唯一的解释就是:这个岩洞是被人施过法术的,有人不愿意外来者走到最里面去。

意识到这一点后,威廉那颗魔法师的心就开始怦怦地加快跳动,他好像看到了一个上锁的箱子正等着他撬开。

他更加兴冲冲地朝岩洞的深处走去。好在这个岩洞一直都很通风,所以火把始终快乐地燃烧着,那跃动的火苗就好像威廉的好奇心,正期待着看到前方更远的路。

他顺着弯弯曲曲的岩洞又走了大约两百码,借着光似乎看到前面一条更加平坦的向下延伸的路,那里仿佛出现了有明显的人工雕凿痕迹的石阶——看来快要到最重要的地方了!

威廉精神一振,加快了脚步,就在他跨过一块突起的岩石,以为自己就要踏上那段阶梯的第一级时,脚下却清晰地传来了一个碎裂的声音,然后威廉就像被箭头射中的大雁一样,无可挽回地朝地面那个断裂开的洞口掉了下去。

天啊,千万别是个无底深渊呀!

格罗威尔先生和龙

　　威廉吓得魂飞魄散，甚至习惯性地呼唤起了上帝，尽管他也明白平常不怎么虔诚，危机时刻那位神灵是不会愿意伸出援手的，但求生的本能让他还是做出了一点儿努力。

　　好在倒霉的魔法师只是在岩壁上撞击了几下，不超过十秒钟，就砰的一声落在了地上。

　　虽然是地面有些柔软的泥土，可威廉还是觉得每根骨头都痛，他足足趴了十分钟才缓过劲来，慢腾腾地撑起了身子。火把已经熄灭了，他在地上摸索了半天也没找到，只好放弃。额头、手肘和膝盖都火辣辣地疼，还黏糊糊的，估计是擦破了皮，值得庆幸的是没有骨折。他又摸到了旁边的石壁，比想象中的要光滑许多，就好像加工过一样。他竖起耳朵听了一会儿，这地方没有钟乳石上滴水的声音，只是隐约有气流掠过的声音，但却没有一丝风吹过他的皮肤。

　　威廉平复了自己的呼吸，开始找身上的打火石，可惜口袋里的东西也没有了。他叹了口气，无奈地站起来，并且试探性地朝前迈了一步——地面也很平，这让他感觉稍微好点儿了。

　　现在他得想办法回到原来的路上，从刚才摔下的过程来看，这里离上边儿不算太高，而且也有攀爬的地方……

　　就在倒霉的魔法师思考时，前方突然毫无预兆地出现了两个鸡蛋大小的亮点，并且闪烁了两下。威廉被吓了一跳，下意识地朝后面退了一步，立刻感觉自己脚下好像踩到了什么，并发出"咔嚓"的一声响。

　　然后那两个鸡蛋大的亮点儿下方突然冒出一簇火苗，准确无误地喷射出来，落在威廉身前一码的地方，点燃了原本他找不到的那根熄灭的火把。

威廉突然僵硬了——

借着火光,他无比清晰地看到面前赫然出现了一头龙!小脑袋、长脖子、细前爪、大肚皮的龙!

"完蛋了!是龙!"

"喷火的龙!"

"它会咬死我吗?"

"我连小刀也没有!不不!有也没什么用!"

"它在看我……它打算先咬我的脖子吗?噢——不!还是直接把脑袋咬碎吧,死得太慢很疼的!"

"我还没结婚呢……我原本想给我儿子起名叫'亚瑟'的,如果是女儿就叫'索菲'……"

威廉立在原地,连一步也没移动,那些混乱的念头如流星一般飞进他的脑海。他一点儿也没有逃跑的念头,在龙的注视下,他觉得如果那么做实在很不明智。

黑龙盯着他看了足足有十分钟,然后低下头,用前爪揉揉眼睛,嘀咕了一句,威廉觉得那非常像人的声音。

"过来!"龙的嘴巴又张了张。

威廉猜想那是它在跟他说话。

"请过来,先生?"龙有礼貌地说,声音很像个男孩儿。

威廉总算把麻痹的腿脚挪动了一下。

"不必害怕,先生。"龙伸出前爪,交握在一起,露出一副无害的样子,"我一点儿也不想咬您,我是个素食者。"

威廉哆哆嗦嗦地行了个礼:"您……您好……"

"哦,您好,请问您是谁?"

年轻的魔法师诚实地告知它自己的全名和职业。龙若有所思

格罗威尔先生和龙

地用前爪挠了挠下巴,再次打量起威廉,似乎在评估他话里的真实性。不过它没有办法判断真假,所以很快就厌倦地放下了爪子,喷出火球点亮了周围的一些石柱。

这下威廉彻底看清楚了他掉入的岩洞:其实这里不算太宽阔,能容纳一百人左右,四周是光滑的岩壁,上方有三个小洞,其中一个离他很近,正是他踩空了落下来的地方。一些钟乳石耸立在地上,还有些从顶上垂落下来。黑龙趴在一大块空地上,周围除了一些焦煳煳的残渣以外什么也没有,还有一些霉烂的箱子堆在离它不远的角落里。

"抱歉,这里环境不太好。"龙随意地摊开前爪,"请坐吧,我的意思是,您随意,咱们不能站着说话。"

威廉战战兢兢地瞅了瞅周围,然后选择了一小片干燥的地面。

看到他顺从的态度,龙的嘴巴里喷出了一道满意的白烟,然后舒服地低下头,把视线放在和威廉相同的高度上。

"真是太久了,格罗威尔先生,"龙感叹地说,"您知道吗,这里很久都没人来了,我以为我都要忘记人类的语言了。要认真做好一项工作可真不容易,你得为此牺牲很多乐趣。我佩服为了工作不怕危险的人,那会让我想到自己。"

威廉不知道龙说这些是什么意思,他只好努力做出一副"我理解"的表情。

"哦,"龙解释道,"我的工作就是待在这个寂寞阴冷的漆黑岩洞里看守一个老法师的财宝。当然了,您知道,这是我们龙的传统工作。"

威廉看了看那些霉烂的箱子,里面露出了一些羊皮纸的残骸，但是却没有任何金币与宝石的影子，甚至连闪闪发亮的东西都没有。不过他并没有说出心中的疑问，他担心龙会以为自己觊觎那些"财宝"——它说它很忠于职守，不是吗？

"我、我完全理解您，龙……嗯，龙先生。"威廉结结巴巴地附和它。

"哦，不用担心，我现在确实还没名字，您可以这样称呼我。"龙挥了挥爪子，"我的父母还没来得及给我取名字，我就被那卑鄙小人给偷走了。当然他对我还不错，教了我不少东西，比如人类的语言，可他很快就死了，而且，他分配给我的工作实在是乏味透了。"

"能完成讨厌的工作，很了不起。"威廉尝试着说些龙爱听的话。

"真高兴您明白这一点。"龙变得愉快，"既然我们都能理解对方，那么现在就说说您需要负起的责任吧。"

"责任？"

"是的，格罗威尔先生，您的出现很意外，但是我欢迎每一位友好的访客，只要他们不是来偷财宝的。我了解您虽然对我和我的雇主没有恶意，不过您既然损坏了我看守的财宝，那么就该负起责任来！"

"等一等！"威廉激动地跳起来，"损坏？您在说什么？我……我可什么都没碰啊！"

龙的眉骨处皱了一下，然后抬起前爪，指了指威廉的身后。

年轻的魔法师慢慢转过头，看着自己掉落的地方，但那儿什么都没有。他疑惑地看着龙，后者再次指向那里。威廉瞪大了眼睛，终于发现了一根折断的木杖。他拾起木杖，有些不可置信地

格罗威尔先生和龙

看着龙。

那个有着男儿嗓音的龙郑重地点了点头。

"这……这会是财宝?"威廉拒绝相信。

龙非常同情地说:"我明白您的感受,格罗威尔先生。是的,您觉得应该是金子或者宝石,对吗?当然了,人类都爱那些亮晶晶的金属和石头,为了它们打得头破血流。不过仍然有少数人类是爱别的东西,比如法师,他们会为了那些奇奇怪怪的魔药啊、秘技啊忙得不亦乐乎,如痴如醉,他们的价值观和普通人迥然不同。我的雇主就是这样,他喜欢钻研魔法,这一点我欣赏,因为他热爱自己的工作。他为了成为一个顶尖的魔法师,收集了很多的古卷,然后拼命炼他的魔杖——没错,就是你手里拿着的。想象一下,他在这支魔杖中镶嵌了独角兽的骨头、凤凰的羽毛、人鱼的鳞片、精灵的头发,还有一些神奇的东西,再加上铭刻的咒语,终于让它成为了足以让梅林都眼馋的宝贝。这位法师死了之后,和我签订了契约,要我帮他好好地守着这东西,如果有任何人试图拿走它,那我就可以——"

龙用爪子做了一个"捏扁"的动作。

威廉打量着手中断成两截的木杖,它又破又旧,已经发霉了,并且朽烂得厉害。虽然威廉能看出来在木杖的顶端确实有很不得了的镶嵌物,但是木质已经很脆弱了,到处都是虫眼儿,似乎稍微用力握着就会碎成粉末。威廉想起自己在黑暗中确实踩到了什么,但当时他完全不知道会是这要命的东西。

他的额头开始冒出冷汗,只好对着龙赔笑,那只年轻的龙严肃地看着他。

"好吧……"威廉谨慎地把断开的木杖放到龙面前,"我是无意的，请相信这一点，我也愿意尽我所能地来赔偿……"

龙满意地点点头："很好很好，那么，请您把它复原。"

威廉愣了一下，颇为困难地说："嗯……虽然有点儿难，但我愿意试一试，我家里有些材料，也许可以把它黏合起来。我保证三个月内把它送回来。"

"哦，哦！"龙连连摇头，"您在说什么呀，在解决问题之前您不能离开这儿。"

"嗯？"

"我的意思是：第一，您不能把魔杖带走，让它离开我的视线；第二，我不敢保证您离开了还会乖乖地回来；第三，即使您带走它，万一您修不好，或者说，花上更长的时间修理，那都是不行的。我和那位死者有契约，我得和他的魔杖一起待在这里，如果我们分开，或者它离开岩洞，我就会立刻石化。"

威廉呆住了："你的意思是……要我立刻在这里修复？"

龙露出一副理所当然神情，好像威廉问的问题是"蜘蛛有没有十条腿"一样。

威廉大叫起来："这是不可能的！我没工具、没材料，并且……我现在不会任何复原魔法！"

龙无动于衷地抱着前爪："还有一个解决方法：您留在这里。您弄坏了它，所以按照我和法师的契约，我只要把这次的'意外'挽留在原地，那么岩洞中魔法圈就会保持原样，我也不必石化。"

"可是这对我不公平！"威廉激动地反对，"我不能待在这儿！"

"您在这件事情上没有什么好争辩的，格罗威尔先生。"

格罗威尔先生和龙

威廉努力地吸了几口气,他的额角突突直跳。现在他了解了这头年轻的龙和自己的分歧有多么严重,他们就好像是蚯蚓和比目鱼,完全生活在不同的世界里。

他努力地寻找能够说服这头龙的理由,并且投其所好地阐述他们对于工作的共同热爱,让它想象一下怎么样才能更好地更友善地解决问题。但是无论如何,要想让比目鱼站在蚯蚓的立场理解泥土有多美妙,那比骆驼穿针孔还要难。

※

威廉·格罗威尔真的累了。

他坐在地上,气喘吁吁地看着面前的龙,火把已经快要燃光了,不过龙点燃的钟乳石还能支撑一会儿。

威廉觉得自己大约和它争论了有几个小时,他认真地说明了那破魔杖的修理难度,并且积极地提供着选择。不过这对龙来说几乎没什么用,它抱怨自己从一枚蛋开始到现在,一直没有脱离悲惨的童年,并且引以为傲的工作目前又受到了致命的打击,所以它无论如何都不可能再接受石化的危险。

威廉对于龙放自己离开的想法已经绝望了,他现在对这个庞然大物已经从畏惧变成了厌烦。就如龙所说,它是个素食者,并且性情温和,可是它的固执也同样能杀人。

可怜的年轻魔法师沮丧地垂下头,他的肚子在咕咕叫,好像告诉他:他的最终结果就是在这个岩洞中饿死。

由于两个人——不,一个人和一头龙——都没说话,周围一下子安静下来了。火焰燃烧的轻微爆响和威廉喘着粗气的声音分外明显。

龙突然站起来，鳞片摩擦出窸窸窣窣的声响，然后它转过身，蹭掉了一些石屑。

威廉抬起头，看到它正小心地把那些霉烂的箱子抱起来，然后放在他面前，又小心地从里面拿出一些碎成了块儿的羊皮卷。它用尖细的指甲拎着它们，勉强拼成一个完整的形状，并且仔细地阅读着。然后，它抬起头，对年轻的魔法师说道："嗯，我想也许还有个办法。"

威廉几乎不抱希望地扫了它一眼。

幼龙指着那张破烂的羊皮卷："我的雇主把自己生平擅长的法术都记录下来了，我想有一条能帮助你——嗯，帮助我们。"

威廉朝羊皮卷探过头去。

"这个魔法叫做'契约转移'，"龙解释道，"就是说，把约束的条款不变，当时立约双方则可以更换。就好像是一个人换了匹马，可他只要保持着骑的动作就够了。"

威廉点点头，他在想自己是马还是骑手。

"瞧，"龙愉快地笑起来，"这法术很简单，格罗威尔先生，只要您学会它，然后把我和雇主的契约转移一下，我们俩就都不用纠缠在这个问题上了。您能离开这地方，对于这魔杖也不必负责。"

听起来是个好主意，威廉总算露出了一点儿笑容。他努力辨认那些残缺的字母和词语，而龙在一旁积极地指点着。

他们俩这次配合得非常好，威廉很快地学会了咒语，龙用喷火的方式在地面上烧出一些符号图案。然后他们各自贡献出了一滴血，把手（前爪）交握在一起。

随着威廉唱诵咒语，一股暖意从他们连接的地方传到了全

格罗威尔先生和龙

身,岩洞中闪亮一些淡淡银色光芒。当咒语停止时,地上的符号消失了,而威廉惊讶地发现,眼前的龙也变成了一个只有八九岁的男孩儿。

他长得非常可爱,皮肤微黑,头发也是黑色的,中等个子,还穿着深褐色的衣服。

"完成了!"这个男孩儿非常兴奋地叫道,"我不用再被龙形束缚了!格罗威尔先生,这说明契约转移很成功。"

"我可以走了?"

"去哪儿都行!"

威廉激动得想要掉泪了,他终于能从这鬼地方出去了,并且摆脱这条絮絮叨叨的龙——虽然他的人形长相还算顺眼。

威廉回到自己掉落下来的洞口,仰着头观察了一会儿——借着火光,他看到了黑乎乎的岩壁,上面没什么可以着力的攀爬点,虽然不算太高,但是要想爬上去还是非常困难的。

他在这个岩洞里转了一圈,想找到几块可以垫脚的石头,这时那个变成人形的龙却大摇大摆地走过来,撑着岩壁轻轻地一跳,像只猴子一样,几下就蹿上去了。然后不等威廉开口,从岩壁上就垂下来一条又粗又长的尾巴。

这下倒让年轻的魔法师忍不住笑了,他牢牢地抱住那条尾巴,让龙把自己拽了上去。

他俩沿着原来的路开始返回,龙不时地喷出一些火球照亮黑漆漆的岩洞,等走到洞口的时候,威廉忍不住深深地吸了一口气,润泽清新的味道顿时充满了整个身体。远处,一抹薄薄的红光正逐渐升起,就好像给墨黑的大海镶上了一道亮边儿,并且慢慢地扩大——现在已经快要到黎明了,他和这条龙竟然在地下的岩洞中耗了一个晚上!

"我说,"威廉平静地看向身旁的黑发男孩儿,"实际上你是故意的,对吧?"

"嗯?"龙露出一副天真无邪的表情。

"你是故意把魔杖摆放在那里的,对吧?那地方的岩石上都是黑色的灰,不知道被火烤了多久,上面的岩石也松动了,早晚有一天都会塌。掉下来的话魔杖就会被砸碎,你的契约就解除了。"

男孩儿想了想,然后颇为遗憾地说:"其实如果不是您突然掉下来,我大约还得等上几年吧。"

"那你直接让我和你签订契约就行了,也用不着吓唬我呀!"威廉愤愤不平地抗议。

龙耸耸肩:"我只是觉得充分说明一下严重性,您会更加心甘情愿一点儿。"

这个小混蛋!

威廉暗暗地咬牙,他把双手捏紧了又松开,做了好几遍深呼吸,终于挤出了一个微笑:"好吧,不管怎么说,我出来了,而您也自由了,咱们皆大欢喜。再见——"

"等等!"

当威廉拉住留在洞口的那根绳索正要爬上悬崖时,龙却拉住了他的衣服。

"还有什么事儿吗?"威廉有些不耐烦地看着他。

"噢,格罗威尔先生,您不是还要一些'老鼠脚'吗?您具

格罗威尔先生和龙

体需要多少,我给您采集齐了直接送过去。"

威廉惊讶万分地看着这头不可思议的龙:如果它认为他还会很乐意见到它那就大错特错了。

"啊,先生……"龙好脾气地解释道,"根据刚才契约转移后的结果,从现在开始,您就是我的新雇主了,我当然得为您服务。您忘了么?只有马换了而已。"

威廉眼前有些发黑:"你的契约什么时候到期啊?"

"我算算……嗯,已经过了215年了,还有2885年。格罗威尔先生,我会为您的家族尽心尽力的。"

朝阳从海面上跳出来,把绯红的光芒照射到了崖壁上,就好像披上了一层鲜艳的、华丽的长袍。新的一天即将开始——应该说每天都是崭新的一天,命运之神所爱好的,是在每一天中提前给万物安排下"惊喜"。

威廉拉着绳索,看了看那一脸恭顺的龙,忽然觉得眼眶湿润了,心中一片沧桑。

狮子育儿法及其实践

查尔斯·狄更斯说过:"父亲,应该是一个气度宽大的朋友。"

亨利·格罗威尔医生对此嗤之以鼻。

此刻他正刚刚从手术室出来,扯下橡胶手套扔进垃圾桶里,脸上浮现出厌恶的神情,就好像吸血鬼刚刚被迫吞下一颗大蒜。背后的工作台上有两只小精灵,其中一个个子很矮,还不到一英尺高,正无力地呻吟着,另外一个个子大点儿(当然也没有超过一英尺五英寸),叉着腰在旁边不停地用尖锐的声音怒骂。他们都有着相同的灰色皮肤、透明的翅膀、尖尖的招风耳、细瘦的四肢和鼓出来的肚皮,甚至连那双大得超乎比例的眼睛都长得一模一样。

格罗威尔医生非常想要堵住耳朵,但出于礼貌又不能这样

格罗威尔先生和龙

做,于是不得不提高声音打断了他:"蒙纳特先生,请不要再责备米尔了,小孩子贪玩是很平常的事情,有了这样的教训。下次他就不会跑到山怪的洞里去玩了。"

"再有下次干脆让他被山怪吃掉算了!"大个子的精灵愤愤地挥舞着拳头,然后扇动着翅膀飞到他面前,"医生,他的伤什么时候能好?"

"或许得一个月。"亨利来到柜子前取出一些药,然后写下了每日剂量和次数交给这个父亲,"还好只是腿部的问题,翅膀没有任何损伤,否则就麻烦了。"

"活该!他得为自己的不听话而付出代价!"

"米尔还不到一百岁呢,蒙纳特先生,他只是个孩子。噢,还有,"亨利叮嘱道,"千万别忘记吃药,如果病情有反复,您可以随时来找我。"

"谢谢,格罗威尔医生。"

"乐意为您服务,先生。"亨利一边客套着,一边提高声音叫道,"莎士比亚——"

一个深色皮肤的黑头发少年从工作台边站起来,他手上捧着一本书,封皮上写着《傲慢与偏见》。

"请开门送两位蒙纳特先生出去。"

"好的,老板。"

所谓门,其实是房间屋角的一个五星盘,只要撒一点茴香粉,就能打开魔法通道。病人们往往通过这个地方来问诊。

当精灵父子的身影从通道中消失的时候,亨利忙不迭地打开了诊所的窗户,让带着寒气的风吹进来。

"你这样做是对的,老板。"黑发的少年拍拍手上的粉末,笑着说,"那两个家伙身上有股泥土的腥味儿,我坐在这里的时候好像被埋在了地里,连奥斯汀小姐美妙的故事都无法让我专心。不过,您能够当着病人的面做到礼貌周全,这是值得赞美的职业态度。"

亨利冷冷地看了他一眼:"我以为龙的鼻子没有狗那么敏感。"

莎士比亚耸耸肩:"噢,这到底是侮辱还是讽刺呢?"

"选一个你喜欢的解释。"

"或者是您喜欢的?"

亨利不再想和他斗嘴,把脸转向了窗外。现在正是伦敦的冬季,马上就快要到圣诞节了,雪虽然下得很厚,但街道上的行人依旧很多。各个建筑上都装饰着彩灯、门口放着雪人、圣诞树,还有驯鹿玩偶,窗户和门上挂着槲寄生。

亨利·格罗威尔的房子也不例外,他早就在招牌上挂了一个小小的圣诞老人头像,并且在大门上挂了一对彩色长袜,以讨好从街上进来的、抱着宠物的客人们。

他这家对外宣称治疗动物而实际上是伦敦最大妖魔医院的诊所矗立在旧肯特路靠北的地方,西南方是滑铁卢车站,拐过街角就是伦敦桥。底下的两层分别租给了咖啡馆和一个律师事务所,而诊所和亨利的住处位于第三层和第四层。诊所的成员就只有两个,作为老板的亨利和作为助理的莎士比亚——一条黑龙。

当然了,平常的时候莎士比亚是保持着人类的外形。自从他在1215年开始为格罗威尔家族服务之后,一直严格地遵守着契约,在这近八百年间他称得上是一个合格的助理。不过他却很难得到医生们由衷的喜爱,这固然和他的饶舌有关,还有一点则是

格罗威尔先生和龙

他对于爱好有一定程度的痴迷——没错,莎士比亚爱好人类的文学作品,并乐意以此剖析人性。

谁也不愿意被剖析,特别是当老板的。

"今年是您成为妖魔医生的第四年了,"人形的黑龙兴致勃勃地看着外面的风景,说道,"还记得您继承这个诊所也是在一个圣诞节,对吗?上一位格罗威尔医生给您的礼物就是这个。"

"你已经老得开始怀旧了吗,莎士比亚?我记得你连成年期都还没过吧?"

"我知道您不情愿,老板,我一直记得您读了转让文件时的表情。可是——"黑发的少年摇晃着脑袋说,"格罗威尔家族的长子一直都得从事这个行业,从来没有例外,相信我,我八百年来还从来没看到一个反抗的人成功过,这就叫做命运。"

现在天色逐渐暗下来,风也大了,亨利估计着房间里的味道已经被吹散了,于是关上窗户回来。他桌子上的老式座钟敲响了六下,下班的时间到了。

"你得把这里收拾干净才可以去休息,"亨利一边穿上大衣一边吩咐,"晚上记得加一个魔法封印,如果又让那些住院的猫咪和狗偷偷溜进来,我就扣掉你这个月的津贴。"

"是,老板,我记住了,"莎士比亚哼哼道,"顺便补充一句,您一到圣诞节就心情不好,如果想要说您在快快乐乐地从事这给各种妖魔灌药汁儿的工作,那就是撒谎。我看见您卧室里的冲浪板了,我看见了!"

亨利充耳不闻地来到办公室,脱下白大褂,然后换上了便衣。他穿过外间堆满了笼子的"住院部",冷漠地看着那些猫、狗以及宠物鸟,在确认笼子都关好以后径直走到电梯间,按下了

"上"的箭头——他的住处在上一层楼。

红色的数字从"1"慢慢跳到"3",然后叮的一声,电梯门打开了。亨利正要进去,就看见两个人从里面走出。

"抱歉,今天已经下班了。"年轻的兽医含糊地说,他可不想这两位客人走进去就看到一条黑龙正在张牙舞爪地把一天来的医疗废物堆在壁炉里烧掉,并且诊所里面的那道大门正在翻转扭动,变成一堵墙。

走在前面的男士脱下帽子,他六十岁左右,长着一头褪色的金发,虽然眼角和额头都有了皱纹,可是轮廓仍旧很分明,英俊的脸上有一双睿智的蓝眼睛。

"亨利,"他对医生说,"圣诞快乐。"

格罗威尔医生愣住了,他先是瞪大了眼睛,然后脸色逐渐发白,跟着又慢慢变红,隔了两分钟终于从牙缝里迸出一句话:

"圣诞快乐,爸爸。"

鲁珀特·格罗威尔先生是一个有魅力的男人,无论是他六岁还是六十岁的时候。他有出色的外表,优雅的风度,并且随时随地都对一切事情胸有成竹,这可不是一般人能办到的。在妖魔医生这个行业中,他的技术之高是有目共睹的。他曾经成功地给一条冰龙取出过胆结石(莎士比亚的协助功不可没,这是他少有的卓越的工作成绩),他也受到森林精灵的邀请,为他们的小公主修补翅膀(后来那位小公主发誓要嫁给他),他还到过最幽暗的森林,为马人国王治疗风湿(为此马人教了他某种神秘占星术)……

格罗威尔先生和龙

无论怎么说，有这样一个父亲，对于女孩子来说是非常幸运的，不过对于男孩子来说，就非常非常不幸了。

身为著名妖魔医生的独子，亨利·格罗威尔一直生活在期待的目光中。所有来诊所的病人都会抚摸他的头，对他继承于父亲的头脑和外表大加赞赏，而丝毫不在意他想什么。对于那些奇怪的病人和魔药、法术，亨利毫无兴趣，在他看来，运动是更有意思的事情。他十岁之前，母亲还健在的时候，一家人曾经去斐济度假，于是亨利对于亲水运动变得很热衷，不过他要想以此为终身的职业却遭到了父亲的反对。

中断近八百年的妖魔医生的家族事业去当一个玩滑板的杂耍演员？这件事情传到鲁珀特·格罗威尔先生的耳朵里，并没有让他愤怒，他只是笑了笑。当然了，现在所有人都知道，他那样笑是完全有理由的——结果显而易见。

自从四年前鲁珀特·格罗威尔先生把诊所完全交给了儿子之后，单身快二十年的他便开始了环球旅行，顺便拜访自己的老朋友和病人。他玩得很尽兴，所以这四年来亨利绞尽脑汁与病魔以及莎士比亚作战，而诊所的前主人在加勒比沿岸潜水，或者在爱斯基摩人的地盘乘狗拉雪橇。亨利只能收到他如同炫耀一般寄回来的明信片，每一张都会为自己心中的怒火添上一把柴。

而现在，毫无预警地，鲁珀特·格罗威尔先生活生生地站在了儿子面前，带着被阳光晒成了浅棕色的皮肤，意气风发、神采奕奕。

亨利面无表情地看着他，正思考着说点儿什么，鲁珀特先生却把后面跟着的人请上了一步，客气地向他介绍道："亨利，亲爱的孩子，我想你一定得认识一下米娜·卡尔喀小姐，她是我在洪都拉斯认识的朋友。"

"你好，亨利，"那位女士大方而亲热地说，"你和你父亲真像。"

这可一点儿也不算恭维，年轻的医生在心底嘀咕，但是他还是无法讨厌这位来客：她是位娇小的金发美女，皮肤白皙，声音甜美，漂亮的脸上始终带着热情的微笑。

"欢迎您，卡尔喀小姐，请进来坐吧，请……"亨利又顿了一下，瞟了瞟鲁珀特先生——他还不了解这位被父亲带来的女士究竟是普通的人类还是别的什么。

"卡尔喀小姐是人鱼族。"诊所的前主人明白儿子的疑虑，很快就补充道，"你有上好的矿泉水就可以了，别拿咖啡或者酒。"

"啊，好的。请进吧。"亨利客套地笑着，领着她走进了诊所的大门，鲁珀特先生则把女士的大衣和自己的外套、帽子挂在了衣架上。住院的"病人们"好奇地注视着这两个陌生人走进了最里面的那个房间，然后穿过一堵墙，不见了。

在被魔法隔绝的内层空间里，一条身高如同幼儿的三角形脑袋、细脖子、大肚皮的黑龙，正翘着尾巴，扑扇着小得不成比例的翅膀飘浮在半空中，同时吐出一股金红色的火焰，点燃了壁炉。

"莎士比亚！"鲁珀特先生用愉快的口气叫着龙的名字。

正兴致勃勃地焚烧医疗废品的龙尾巴抽搐了一下，然后源源不断的火苗"咻"的一下就没了，扇动的小翅膀也僵硬了，它就像一个沉重的布袋一样，嘭的一声摔到地板上。

黑龙战战兢兢地回过头，乌溜溜的小眼睛看了看来的客人，干笑了两声，嘴角喷出一小股黑烟："鲁珀特先生……好久不

格罗威尔先生和龙

见了……"

"是很久了，莎士比亚。"

黑龙飞快站起来，转身就变成了一个黑皮肤的少年。他毕恭毕敬地行了个礼，迅速把长沙发上收拾干净，请两位医生以及客人坐下。

"要矿泉水，莎士比亚，"亨利对他说，"杯子得洗干净。"

龙一句怨言也没有，乖乖地来到角落的壁橱里，从那里取出使用了三百年之久的一套茶具，又跑到外面的冰箱里取出一瓶"依云"矿泉水。他灵巧而迅捷地对着茶具念了一遍清洁咒，然后把矿泉水倒进玻璃杯，把红茶放到茶壶里。他一手拿着杯子，一手托着茶壶，两者很快就冒出了热腾腾的蒸汽。龙把饮料都放进了托盘里，用一种老派的管家的气度，端到了沙发前。

鲁珀特先生笑眯眯地端着杯子闻了闻，然后对莎士比亚说："真是令人怀念的味道啊。"

黑皮肤的少年弯下腰："永远乐意为您服务，先生。"

亨利咳嗽了两声，莎士比亚退到墙边上，规规矩矩地垂手站立着。"我没有想到您会回来，爸爸，怎么？您想要过圣诞节吗？"亨利不太友好地问，"您知道，我对过节可没多大的兴趣，那些基督徒的妄想不适合我们。"

"你误会了，亲爱的孩子，"鲁珀特先生慈爱地看着他，"我完全明白你为什么不喜欢圣诞节，不过不用担心，我不会强迫你做你不喜欢的事情。"（他说这句话的时候莎士比亚和医生同时抽搐了一下。）

"事实上这次我回来是为了卡尔喀小姐。"年长的绅士同情地看着那位人鱼，"她最近好像得了一种奇怪的病，当地的妖魔医生无能为力。我觉得我有必要帮助解除她的痛苦，于是请她来到伦敦治疗。亨利，你会很乐意为一位美丽的女士服务的，对吗？"

医生的脸色变了两下，确切地说是在父亲的最后两句话说出来的时候变的。他控制着面部肌肉，让它们组合成一个客套的微笑，然后又命令声带和口腔违背内心的指示，说出"非常乐意"这句话。

鲁珀特先生赞赏地看着儿子，却突然转口聊了些无关紧要的旅行逸事，不再提那位小姐的病。亨利对他以自我为中心的跳跃思维已经习以为常了，只是希望卡尔喀小姐不要介意。好歹那位美人儿并没有露出不悦，一直乖巧地坐在旁边。当亨利越来越不耐烦，莎士比亚的腿越站越酸的时候，鲁珀特先生才决定放过他们。

"那么，今天也不早了，我记得咱们还有间客房，对吗？"

亨利点点头，转身说："莎士比亚，请你带卡尔喀小姐先去休息，小姐——"他客气地对美丽的人鱼说，"——如果您不介意的话，我们明天给您做个检查，再来讨论病情。"

"好的，亨利。"女士用甜美的声音说，"其实我需要泡个澡，你知道，我们可不能离开水太久的……"

"哦哦，是的。莎士比亚，去把客房里的浴缸放满水，温度要合适，别太烫。"

黑龙温驯地说了声"是"，然后请人鱼小姐跟着他离开。他大步朝外面走时，似乎带着一种掩盖不住的庆幸和解脱的快感，如果他保持龙形，一定会把尾巴翘起来。

当龙和人鱼消失在门外后，站起来送客的两位男士重新坐回沙发上，他们之间有一种极为诡异的沉默。壁炉里的火苗慢慢地

格罗威尔先生和龙

熄灭了，它们委屈地挣扎了两下，就把头缩回灰烬之中，将这个治疗室彻底交给父子俩。

"莎士比亚大概不会再下来了，"亨利说，"他是个狡猾的家伙。"

"哦，"鲁珀特先生从衣兜里拿出一支古巴雪茄点燃，"我其实很喜欢他，也怀念他用燃烧的手指为我点雪茄，那跟火柴点燃的味道完全不一样。"

亨利干笑道："好了，爸爸，说吧，您到底想干什么？"

鲁珀特先生吐出几个烟圈，那形状就好像是圆规描画出来的一样完美。他笑起来，却没说话。

"得了，爸爸，你到底把那位人鱼小姐带回来干什么？您自己就是妖魔医生，最棒的，如果您都没办法治好她，带回来也没有什么用。难不成您想让我去治疗吗？"

鲁珀特先生盯着儿子，笑得更加开心。

亨利的脸上僵硬了，他像看一条眼镜蛇一样注视着父亲，挤出一丝微笑，过了几分钟后，他绝望地叫起来："天啊，您不会真的想让我来给她看病吧？"

亨利了解他的父亲，非常了解。

他可以不知道吸血鬼最讨厌的是大蒜，可以不知道小精灵们最喜欢的是茴香豆，可以不知道躲避食尸鬼的方法是给它撒胡椒粉，他甚至可以不知道莎士比亚没有收藏过第一版第一次印刷的《失乐园》，但是他一定得知道鲁珀特先生每个笑容的含义。

他可以从笑容中窥知父亲的心思：嘴角的幅度，眼角皱纹的多少,牙齿显露的粼数……都会告诉他父亲在想什么,那对于他来说至关重要。童年时代他就揣摩过父亲的每一个笑容,然后考虑该不该提出要求,比如买个冰激凌或者玩具车什么的。

而此刻鲁珀特先生那轻松愉快、兴致盎然的模样,就是表明他在告诉儿子:"你想的完全正确,一点儿都没错!"

亨利感觉到胸口一阵气血翻涌:"千里迢迢地带着一个陌生的病人回来,让医术远远不如你的儿子看病?噢,爸爸,这可不像你会做的事情,坦率一点儿,您到底想干什么?"

鲁珀特先生不紧不慢地抽着雪茄,对脸色难看的儿子说:"最近诊所的生意怎么样?"

亨利愣了一下,还是老实地回答:"我觉得还不错,爸爸,您的老客户都来,新客户也没有投诉我,一切都跟原来没什么差别。"

"和莎士比亚合作得还好吗?"

"哦,谁能和他和睦相处呢?要知道八百年来他就怕过您一个人。不过他还没烧掉诊所,这能说明问题了吧?"

"你仍然在抱怨,我的孩子。"鲁珀特先生摊开双手,"抱怨,永远都有抱怨。你还在抗拒这份工作,讨厌这个诊所,对吗?"

"这不是我想要的!"亨利提高音量,"我从来就没有表示过我喜欢干这行!如果您认真倾听过我的意见就知道,我并不为继承您的事业而感到荣幸。"

"格罗威尔家族一直都在从事这个职业,你别无选择。"

"不,是您不给我选择!"亨利愤愤地说,"我的志向不在这里,没兴趣的事情做起来就只有枯燥可言。我对钻研新的治疗技

格罗威尔先生和龙

术毫无兴趣,那些稀奇古怪的病人也不比动物园里的猴子多一点儿观赏性。瞧吧,格罗威尔家的从医事业在我手中是不会有进步的,您犯了一个大错。"

鲁珀特先生静静地看了他一会儿,抽完了手中的雪茄,儿子的怒气并没有影响他的笑容。他拍了拍亨利的肩,对他说:"好吧,既然你这么说,就让我来修正这个错误。"

亨利愣了一下,对他的话还有些不能理解。

鲁珀特先生把烟头摁进烟灰缸中:"这次卡尔喀小姐病很奇特,我从来没有见过,如果你能把她治好,那么你将来想干什么就干什么。"

亨利的眼睛瞪大了,难以置信地看着父亲,好像看到一丛荆棘突然变成了玫瑰花。鲁珀特先生十指交叉,优雅地靠着沙发,期待着儿子答复。

"等一等,"亨利冷笑着说,"这算什么?考验,还是赌约?"

"对你来说两者都是,只要说出你是否愿意接受就可以了。"

亨利烦躁地揉了揉额头:"真可笑,你丢下诊所出去了四年,然后一回来就说我有了个机会可以干别的。"

鲁珀特先生露出迷人的微笑:"孩子,生命中总是充满了变数,你时刻得准备着迎接新的挑战。"

"这听起来倒很诱人,可是诊所怎么办?您回来经营吗?"

"这不是问题。"鲁珀特先生无所谓地耸耸肩,"也许我把这里租出去,也许结束营业干别的。反正这几年我也想通了,既然最古老、最强大的妖魔种族都会灭绝,我们诊所也不一定非要矗立在这里。"

亨利没有吭声,只是皱着眉头沉思,大约过了十分钟,他终于向父亲伸出了手。"好吧，"他说，"我愿意试一试，只要您能遵守承诺。"

鲁珀特先生郑重其事地和儿子握手，然后心满意足地站起来："大老远地赶回来，哪怕是走传送门也非常累的，我想先睡一会儿。哦，对了，我还是住自己的房间，你让莎士比亚把晚餐送到门口就可以了，他知道我喜欢什么。"

亨利站在原地，对于父亲轻松扳一下道岔就改变自己人生列车的方向这件事还有些回不过神，而鲁珀特先生却毫无心理负担。他走到门口时又像想起来什么一样冲儿子笑了笑，大声说："我得声明一点，亨利，对于你的人生，我可没什么干涉不干涉的。你知道达喀尔拉力赛吧？赛程艰苦啊，非常艰苦，每次都有人因为各种各样的原因退出，虽然参赛者机会均等，可往往冠军只有一个。"

亨利躺在床上，辗转反侧。床头的灯发出柔和的橘光，照在他的脸上，他拿着一本《马尔代夫：人间天堂》半天也睡不着。苹果形的闹钟上显示着十一点整，然后发出了沙沙的响声。

亨利在按钮上拍了几下，那声音仍然继续响着，过了几秒钟他才发现声音来自于卧室的门。他不大情愿地起来，打开门，然后看到了端着牛奶的黑皮肤少年。

"晚上好，老板。"莎士比亚露出讨好的笑容，"我猜您今天不大容易睡着，所以……"

他把牛奶举高了一些。

亨利的嘴角抽动，做了一个深呼吸，然后才把门打开了一

格罗威尔先生和龙

些。莎士比亚乖觉地进来,轻轻地把托盘放在床头。

亨利在床上坐下,看着龙化为原形,为自己的壁炉加了把火。"真难得,"他对龙说,"从我父亲走进门到现在的四个多小时,你总共才说了不到十句话。莎士比亚,这是一个了不起的记录。"

黑龙扇动着翅膀在他身边徘徊,似乎有些害羞,他不安地揉搓着自己的前爪,似乎在选择用词。这个模样的莎士比亚让亨利觉得分外可怕,就好像是一只狼面对羊的时候为选择从头开始吃还是从肚子开始吃而烦恼。

"哦,把你那副倒霉样子收起来吧!"亨利厌恶地说,"我不想做噩梦。"

龙宽容地笑了笑,降落到了椅子上。"刻薄的话虽然很伤人,但我不怪您,老板。您很烦躁,"他用轻柔的语调说,"我明白,我完全理解。谁不怕他呢?您的父亲是一个完美的人,只要他在,我们俩都会感觉自己像堆垃圾。可您知道他曾经做过的事情:他给冰龙取出胆结石时,要我握住那家伙的手,于是您看,到现在我尾巴上还有三个牙印。"

"他没让你把尾巴放在冰龙的面前。"

"可当时那家伙趴在地上,我站的位置是别无选择的!"

"好了,我们不说这个行吗?"

莎士比亚耸耸肩:"对不起,我跑题了。"

亨利表示他不介意,又问道:"你从来没关心过我的睡眠,莎士比亚,今天是为了什么?"

龙咳嗽了两声,嘴巴里迸出两三点火星儿:"老板,事实上,我想知道您的父亲是否会回来住很长的时间。我的意思是,这样我会好好考虑一下该怎么招待他。您知道，在他三十多年的从医生涯中，我不光是他的助理，也是他的管家……所以……"

亨利点点头："好吧，好吧，莎士比亚，我懂你的意思。拐弯抹角地探听消息可不是你的长项，我可以告诉你实情，毕竟你也算是诊所的一员，有权利知道。"年轻的医生选择最简单、清晰的词把父亲的建议告诉了他。

其实对于莎士比亚来说，如果诊所不存在了，而格罗威尔家族还在，那么他与这个家族定下的契约就仍然有效。也就是说：如果鲁珀特先生决定把这个地方变成超市，黑龙就可以当收银员；如果把这里变成公寓，他没准能当门卫；如果把这里弄成一个玻璃艺术作坊，他同样可以大展拳脚。

但是亨利却看到了龙生气的表情——虽然他现在不是一张人的脸，但是他的鼻翼张开、眼睛发红，嘴巴里冒出了黑烟。

"诡计！"莎士比亚怒气冲冲地说，"这绝对是个诡计！您的父亲不过是为了找一个更加正当的理由把您继续留在诊所罢了！无论您治得好，还是治不好，他都不会让您心想事成的。您看，如果治不好，您就输了，只有继续当医生；如果治好了，哦，那就更妙了，一个医术比他还高明的医生，谁会允许您转行呢？大家还是会来找您看病的！"

亨利惊异地盯着黑龙："呃……莎士比亚，我谢谢你为我考虑！"

龙义愤填膺地在半空中挥动他捏成了拳头的细小前爪："您的父亲，他是一头狡诈的狮子，无论如何都会把猎物赶进自己的陷阱，然后再把它吃掉！老板，是时候了，别被他掌握！您是一个成年人，您有脑子！"

格罗威尔先生和龙

亨利端起牛奶喝了一口，慢吞吞地问："那么……你觉得我该怎么做呢？把那位人鱼小姐晾在一边，让她自生自灭？或者反悔，对我父亲说：去你的，我才不稀罕和你打赌！"

莎士比亚三角形的脑袋扭向炉火的方向，他凸出的肚皮在剧烈起伏，过了好一会儿，他平静下来，重新面对着亨利。"你有打算了吧，老板？"他用肯定的语气问，"其实你已经接受了那个赌约。"

"嗯……"亨利轻描淡写地点点头，"我想我没有别的选择。"

莎士比亚用手指刮搔着自己的下颌，尖锐的指尖在鳞片上发出嘶嘶的声音："那好吧……其实我也希望您别认输。要我说，试一试总没有坏处。如果您治好了卡尔喀小姐——我是说'如果'——至少您可以理直气壮地面对您的父亲，这在过去的岁月里一直是个幻想。我这次坚定地站在您这边儿，如果有什么吩咐请尽管说。"

亨利喝完了牛奶，把空杯子放回托盘。他看着昂头挺胸、脸上仿佛标着"正义"这个词的黑龙，笑了笑："莎士比亚，这是一个报复的机会，对吗？"

"您这话是在否定我对格罗威尔家族的忠诚。"

"忠诚是一回事，个人情绪则是另外一回事。不过……"亨利笑了笑，"看着我父亲那样的人落败，是一件很愉快的事情吧。我并不想因此而责备你，莎士比亚。"

黑龙又变得高兴起来，跳下椅子，重新变成了黑皮肤少年的模样。"晚安，老板……"他用朗诵一般的口气说，"明天，明天又是新的一天。"

第二天早上又下了雪，不过在天亮以前就停了。明黄色的太阳慢悠悠地爬起来，打着呵欠开始上班。

亨利每到冬天就会推迟半个小时起床，但他总能赶在九点钟之前开门营业，比较痛苦的是遇到需要半夜出诊或者完全无视人类作息时间的病人。不过今天亨利八点钟就已经收拾好自己，下楼来到了诊所。他在大门外面挂了一个"暂停营业"的牌子，避免那些抱着宠物的人类顾客冒失地闯进来，然后把住院的猫狗们都关好，放足了饲料，又认认真真地把治疗室打扫干净，每一个角落都念了两遍清洁咒。

更加可贵的是，从来都用最恶毒的话诅咒早起的莎士比亚竟然也在差十分到九点的时候出现在了他的工作岗位上——要知道，从前他可是在八点五十九分才会下楼。

"多么美好的一天！"他快活地擦拭着诊断台，对亨利说，"老板，我从未见过你如此意气风发。"

"是吗？"亨利不为所动地穿上白大褂，"这也许得感谢你昨天晚上的牛奶。"

保持着人形的莎士比亚得意地笑了笑，正要开口，就看到那位美丽的人鱼和鲁珀特先生亲昵地交谈着走进来，他上扬的嘴角立刻撇下来了，脸部肌肉绷得紧紧的，摆出了一副防御般的姿态。

"早安，先生们。"卡尔喀小姐客气地向他们打招呼。

"早安，小姐。"亨利微笑着请她来到诊断台前坐下，"昨天晚上睡得好吗？"

"非常好，"人鱼看上去很愉快，"您的浴缸足够大。哦，昨天莎士比亚先生说可以给我把水加热，我告诉他不用，任何一条人鱼都喜欢自然的水温。即便是寒流来的时候，我们也会调节自

格罗威尔先生和龙

己身体的温度来适应,而不是像鸟一样搬到温暖的地方去。"

"我完全了解,小姐,只要您觉得舒适就好。"

亨利请人鱼坐在诊断台上,然后叫莎士比亚把那些检查用的药品器具都放在旁边。鲁珀特先生则很安静地在旁边坐下,不时看看儿子工作。他叫龙给他泡了红茶,然后戴上眼镜,随手拿起一本《魔药研究》。

亨利的镇定是装出来的,这从他把手揣在衣兜里就能看出来——因为他的手正在轻微地发抖。让父亲看着自己工作那还是他二十岁之前的事,每次他犯一个错都会被毫不留情地批评……

"一条错误的咒语或者一滴错误的魔药会产生糟糕的后果。"鲁珀特先生曾严厉地对亨利说,"医生的手上握着病人的性命,任何疏忽都是不可原谅的。"

"你得明白,妖魔医生和人类医生虽然做着相同的工作,但是妖魔的变数更大,致病原因更复杂,而且,如果是对一个种族采取了错误的、混淆的治疗方法,很可能导致整个种族的灭绝。你要万分小心,亨利。"

现在那些话就如同酒瓶底的沉淀物一样被翻搅出来,让诊所的现任主人偷偷地咽下了口唾沫。亨利在口袋里捏了捏拳头,然后挺直了背部,打起十二分精神,用一种最平静、最专业的口气向人鱼问道:"卡尔喀小姐,您是哪儿不舒服呢?"

米娜·卡尔喀小姐,一个开朗的姑娘,娇小而甜美,让人无法不喜欢她。如果不是莎士比亚讨厌水,他也一定会爱上她的。现在这位小姐穿丝制的睡袍,坐在诊断台上的时候露出两条光洁的长腿——看得出她就穿了这一件衣服。即使在生着壁炉治疗室里,这身打扮也显得有点冷,不过人鱼一向是趋冷避热的,所以对于她来说或许现在正是适宜的温度。

"啊,亨利,"她皱了皱眉头,用苦恼的口气叙述自己的病情,"我这段时间非常难受,我没兴趣去跟海豚们玩儿,曾经一连好几天不吃饭,哪怕是最美味的鳕鱼也无法让我有胃口,我的尾巴似乎出了点儿问题。"

"是什么问题呢?"

卡尔喀小姐叹了口气,抚摸着自己漂亮的长腿:"它们不听使唤,我是说,它们越来越不适应水了……"

"可以详细地说一说怎么样'不适应'吗?"

"啊,您看一看就知道了。"卡尔喀小姐很干脆地撩起了睡衣的下摆,这个动作让她那双漂亮的长腿完全裸露出来,年轻的医生双眼发直,虽然对自己说"这完全是工作的需要",但还是忍不住有些脸红。但是他的尴尬并没有持续很长时间,卡尔喀小姐的腿部皮肤上很快浮现出青色的斑块儿,然后慢慢地变成了坚硬的鳞片,在灯光下发出七彩的光,就好像童话故事中描述的那样。她整个人也发生了一些变化,耳朵逐渐拉长,变成了透明的鳍的形状,手掌中间长出一层薄薄的蹼。

但是亨利很快发现了问题:尽管卡尔喀小姐变回了人鱼的本来形态,她的双腿也长出了鳞片,甚至脚都成了尾鳍,但是整个下半身却仍然保持着分离的样子——也就是说,并没有合拢,她就好像是一个身子长出了两条鱼尾!

"啊!"莎士比亚小小地惊叫了一声,"小姐,难道说您是双尾人鱼?"

格罗威尔先生和龙

"不!"卡尔喀小姐睁大了眼睛,连忙否认,"我是单尾一族的。双尾人鱼在很久之前就迁居到亚特兰蒂斯去了,而且他们的上半身更像鱼。"

亨利点点头:"我明白了,小姐,也就是说,您在变化的时候不能完全回复到原形,是吗?"

"是的。"

"那么,除此之外还有什么地方不对劲呢?"

"在海里游的时候,尾巴很难用力。"人鱼用手比画着,"它老是朝一个方向倾斜,我没法控制,这是很危险的,我有可能因此而无法逃脱鲨鱼的追捕,或者一直沉到海底。于是我只能待在浅水区,可那又很容易被人类发现。我这段时间尽可能地留在陆地上,但这不是长久之计,我还是得回家。"

"您之前看过别的大夫吗?他们怎么说?"

"是的,附近的医生我都看过了,他们找不出原因,进行了一些治疗但也没有什么效果。"卡尔喀小姐回头看了看鲁珀特先生,"哦,得感谢您的父亲,他陪同我走了很多地方,而且配了一些药让我稳定病情。"

诊所的前任主人微笑着摇摇头:"您教会了我潜水,小姐,这是微不足道的回报。"

"我明白了……"亨利转头对旁边的莎士比亚说,"把病历准备好,开始记录。"

"是,老板。"黑皮肤的男孩儿朝空中一跃,变成了龙,然后飞到一个大柜子面前。柜子门自动翻转,展示出一摞摞的笔记本,他挑出一个全新的,然后爪子点了一下,本子上浮现出一个简笔画般的人鱼标志。龙回到诊断台边,那个笔记本就跟在他身后，当亨利再次叙述病情的时候，纸面上自动地浮现出了一行行的字迹。

亨利拿起一个针管，轻柔地对人鱼说："小姐，如果您允许的话，我想取一点您的血液做分析，可以吗？"

"嗯，好的。"

卡尔喀小姐把纤细的手腕伸过来，亨利小心地把针刺入她柔嫩的皮肤，一小管红色的血液被抽出来，注入试管，接着很快就变成了绿色——这是人鱼血液的特性。

"现在我还无法告诉您结果，"亨利一边嘱咐莎士比亚把血样放好，一边请卡尔喀小姐恢复人形，"请安心地住下来吧，我会尽我所能地帮助您。"

"谢谢。"卡尔喀小姐握住亨利的手，"那么我想在伦敦逛一逛，可以吗？我还从没来过英国呢！以前波罗的海的朋友到我们那边去玩的时候，给我讲过这里的事情，听起来很挺有趣的。"

"哦，当然可以。"亨利又想了想，"不过我希望您还是别一个人去，您不认识路。像您这样一位漂亮的女士……"

"鲁珀特先生！"人鱼从诊断台上跳下来，亲热地挽住那个男人的手臂，"不如您陪我出去走走吧，有您在身边的话，我就什么都不用担心了。"

正在看书的前任医生摘下眼镜，露出迷人的微笑："荣幸之至，小姐。"

"'荣幸之至，小姐。'这口气可真像个花花公子！他本来可以把它说得更加文雅和具有诱惑力一些。"

莎士比亚一边收拾着诊断台，一边嘟嘟囔囔——当然了，他是在他的前任老板和卡尔喀小姐手挽手一起出去以后才嘀咕的，

格罗威尔先生和龙

而音量也控制在亨利刚好可以听到的范围内。

不过年轻的医生却没有像龙所希望的那样扭头来搭上几句话，他伏在书桌上，面前是一大堆的古书和奇形怪状的魔药瓶子。卡尔喀小姐的血样被分别放在几个培养皿中，剩下的则保存在一大块冰中间。亨利专心地调整着显微镜，那镜头的下端可不是玻璃，而是一只骨碌碌打转的眼球。

龙把诊断台收拾好，然后泡了一杯咖啡放到亨利的面前。

"现在怎么办，老板？"他问道，"您看出什么问题来了么？"

"没有……"医生干巴巴地说，"你要指望我通过几句话和几滴血就立刻说出病因是不现实的，莎士比亚。"

龙耸耸肩："哦，我没有高看您，也不打算那么做。您的口气只是说明您觉察到了自己医术上的不足，特别是相对于您的父亲而言。"

亨利从显微镜的目镜旁抬起头，看着他："我以为你说'站在我这边儿'是真心的。"

"噢，绝对真心。"龙眨了眨眼睛，"可这并不意味着我得罔顾事实。"

亨利翻出一本《单尾人鱼种族大全》开始查阅，同时指挥着笔记本摘录。莎士比亚倚在书桌边上，仿佛很无聊一样玩着自己的手指头。在他检查完十个指甲缝并且发现它们非常干净以后，终于又忍不住看着亨利工作。

"她的血里有什么？"龙问道，"是寄生虫还是毒海草？或者是有人给她施了咒。"

"至少现在看不出来。"亨利一边翻着书页，一边头也不抬地回答，"人鱼的血液很复杂，要分离可不容易，不过现在卡尔喀小姐除了尾鳍不能合上以外，并没有别的症状，血的变色也正常。嗯，从物理状态来说，没有黏稠，没有沉淀，没有混浊，似乎非常良好。"他甚至拿起其中一个培养皿来闻了闻，"腥气也比较浓，这是好事。"

龙的眉头皱了一下，似乎觉得亨利的动作有些恶心："那么您要做深入分析试验吗？今天？还是问问病人再说？"

"只要活的样本在这里，随时都可以做试验。"亨利终于查完了他想要的东西，合上书，把所有的培养皿排列在身前，并且编上号。"现在，莎士比亚，我需要你帮助我。"

"哦！"龙立刻变得兴高采烈，"非常乐意，老板！我就知道，当一个重大挑战摆在您面前时，我，只有我才会是您最坚强的盟友。需要我做什么，请尽管吩咐，不要客气。"

亨利面无表情地指着莎士比亚背后那些放着魔药和试剂的立柜，说："现在把所有海草类药物分拣出来，给我按字母排号。"

"没问题！太简单了，然后呢？"

"然后你就坐在这里，一句话也不准说。"

今天晚上的晚餐是莎士比亚做的。

当鲁珀特先生和卡尔喀小姐提着大包小包的东西回来时，正好看到黑皮肤少年穿着可笑的加菲猫围裙把匈牙利红汤端上桌子。

"噢！"鲁珀特先生惊喜地说，"闻起来可真香啊！莎士比亚，你的厨艺又进步了。"

"那是因为常常练习，先生。"龙谦虚地说，"无论怎么样，

格罗威尔先生和龙

我好歹是对火比较精通的种族,而且这次的番茄和牛肉是特别挑选过的。对了,卡尔喀小姐,我还仿造日本菜的做法给您弄了点儿三文鱼片。"

"谢谢,您真是太体贴了。"人鱼感激地说,"请原谅,我得把东西先放到房间里去。伦敦真是个不错的地方,漂亮的衣服首饰太多了,所以今天我买得有点儿多。"

莎士比亚看着那些包装上显眼的商标,非常宽容地点了点头。于是卡尔喀小姐就提着采购的战利品回到了她的客房。鲁珀特先生则脱下大衣和围巾,莎士比亚立刻接过来,挂在衣帽架上。

"女性……"龙摇摇头,"每个种族都一样,永远对修饰外表那么在意。"

"嗯……"鲁珀特先生颇为赞同地点点头,"不过这也正是她们的可爱之处,从非常简单的事情中就能得到极大的乐趣。"

龙为他奉上一杯热红茶:"您永远都是正确的。"

鲁珀特先生看着彬彬有礼的龙,歪着头:"三十年,莎士比亚,三十年的时间可不短,其实你的忍耐力不错。我以为在我手下工作,你总有一天会忍不住撕毁契约。可是看看现在,你依然很尽职地在为亨利服务。这真让我高兴。"

"让您高兴是我的义务,"龙笑着说,"以前为了这个,我回罗马尼亚向娜塔莎①'借'鳞片配药,为此不得不接受一次断肢再造;我还遵从您的指令分别给十种杂交的爆裂红浆果施肥,然后眼睛差点儿被炸瞎;噢,对了,每一次出诊的时候,您都会让我背所有的器械,如果我提不了,还让我变成龙飞过去……"

---

①莎士比亚的第一任女朋友,一条暴躁的喷火母龙。

"补充一下,你变成龙的时候,我帮你设置了隐身咒。"

"是啊,那可真有效,于是我就能背更多的东西了,"龙龇牙咧嘴地说,"还有,您手里永远有我想要的东西,这一点也非常奇特。"

鲁珀特先生毫不在意地摆摆手:"别挂在心上,只是一些不贵的书,多去拜托朋友们找一找就能买到,你不是喜欢吗?《荒原》《看得见风景的房间》《城堡》《百年孤独》……你爱读这些。我并不想只借用契约的力量让你做事,偶尔也得让你心甘情愿。"

"您真是最了解我的一任老板了,包括知道我喜欢读却无法亲自购买或者书写人类的文字符号,所以您也是最体贴的一任了。"

鲁珀特先生微微颔首,愉快地接受了这个评价,没有去追究龙的语气。

莎士比亚又凑到鲁珀特先生身边:"对了,先生,既然您对我过去的工作满意,作为回报,为什么不告诉我您这次回来的真正目的呢?"

"亨利已经告诉你了吧?"前任医生并没有直接回答,"想从我这里得到不同的答案是不可能的,莎士比亚。他在哪儿?"

"楼下,先生。为了实验而忙碌。"

"看到我们的较量你很愉快吧?"

"不,先生,绝对没有。"

莎士比亚笑得咧开嘴,连眼睛都弯成缝,然后又钻进厨了房。

鲁珀特·格罗威尔低下头来,品尝着那杯红茶,他顺手拿起

格罗威尔先生和龙

桌上的《泰晤士报》,不过很快就发现眼前昏花一片,只好掏出眼镜戴上……

座钟很快就敲响了七下,这个时候莎士比亚已经把晚餐全部都摆上了桌子,他用舌头舔了添桌子中央的蜡烛,烛芯上就跃起了三个活泼的火苗。接着门开了,亨利捧着好几本书回来,他脸色严峻,看上去下午的实验并没有什么突破。

"吃饭了,老板!"龙得意扬扬地展示着自己的劳动成果:烤成金黄色的薄饼、油光闪亮的香肠、热气腾腾的红汤还有粉红色的三文鱼片。

亨利木然地朝龙点点头,然后把书放进自己房间,等他再出来的时候,龙已经把正试穿衣服的人鱼也请了出来,于是他别无选择地在父亲的旁边坐下来。

莎士比亚作为龙,对于人类的食物没有什么偏好,但出于礼貌还是入席了。他的进食方法引起人鱼的好奇——她饶有兴趣地看着他用一只手拿起香肠,然后整根香肠就变成了火炬,龙大口大口地吸收着烟雾,一丁点儿都没放过。

"好吃吗?"她问道。

"嗯!"莎士比亚舔了舔嘴唇,"事实上,如果肥肉的比例再大一点儿就更棒了,油脂燃烧时的味道最美妙。要不要我帮您烤一烤这些鱼,小姐?"

人鱼连忙摇摇头:"哦,不,我不喜欢熟食,不过如果是'大嘴巴'就可以让我尝试烤熟了吃。它们太可恶了,曾经咬伤了我的尾鳍。"

"请原谅我的无知,'大嘴巴'是什么呢,小姐?"

"噢,如果按照人类的学名来说就是'巨喉鱼'。"

"啊,听起来就不像什么好东西……"

比起两位妖魔之间亲切的交谈,桌上的另外两个人倒是拘谨得过分。他们斯文地吃着晚餐,不过年长的是出于一贯的教养,而年轻的则没有什么胃口。鲁珀特先生咽下了一块薄饼之后,决定和儿子聊两句。

"今天怎么样?"他尽量友好地问,"有什么进展吗?"

因为并没有带着恶意,所以亨利也心平气和地承认他毫无头绪。

鲁珀特先生笑了笑:"没有关系,这很正常。别太心急,仔细一点儿。"

医生对父亲的叮嘱非常客气地表示了感谢,然后对吃着生鱼片儿的人鱼说:"卡尔喀小姐,如果您不反对,我等一下能跟您聊一聊。也许你多说说这段时间的事情会帮助我找到病因。"

"没有问题!"人鱼爽快地回答,"您问什么都可以。"

她很快又转过头,继续和莎士比亚讨论起令人胃口大开的美食了。亨利觉得现在笑不出来的自己倒更像是个病人,于是他只好一边切着香肠一边在心底想着:*其实这样也不错,至少她很开朗。*

✦

晚餐之后一般是看电视的时间,那是莎士比亚第三爱好的娱乐——第一是读书,第二是吃东西,偶尔会置换成"跟人类斗嘴"——他每天晚上都会看一个小时。不过今天他没有急着坐到电视机面前去,实际上他很想,可他得收拾桌子,并且还得看鲁珀特先生的脸色。

格罗威尔先生和龙

因为亨利和卡尔喀小姐正在沙发上交谈,所以鲁珀特先生照例默默地在旁边看书,至于电视嘛,当然就关着了。

莎士比亚把餐具统统堆在水槽里,飞快地念着清洁咒,同时下定决心放弃这期的"英国偶像"。如果亨利和老格罗威尔先生的赌约能有大的进展,他将获得更大的乐趣——现实的戏码总要比屏幕上的精彩。

"要喝点儿什么吗?"龙一边把餐具都收回柜子,一边提高了声音问那边的人,在得到"矿泉水"的回复后,他急不可待地从冰箱里拿出几瓶,倒在杯子里端了过去,然后站在旁边,不断地打量着面前的三个人——或者说两个人类和一条鱼。

米娜·卡尔喀小姐与亨利聊得很开心,她开始介绍了自己品尝过的海鲜,然后慢慢地谈到了洪都拉斯。

"其实我是每年夏天才去那里玩儿的,"她对医生说,"洪都拉斯环境不错,我喜欢他们的海滩和日落,还有那儿的香蕉,又甜又软。关键是,那地方人少,而妖魔比较多,这让我感觉自在。"

"这么说您一定也喜欢伯利兹附近的蓝洞了?"

"它很美,里面的珊瑚和海绵奇妙极了!"卡尔喀小姐兴奋地说,然后脸上又很快闪过一丝不安,支吾起来,"……嗯,其实我并没有去很多次,因为蓝洞的外围有很多鲨鱼……而且潜水者也不少……"

"米娜,"在旁边看书的鲁珀特先生忽然对人鱼说,"也许你多说一说接触过的植物或吃过的东西会比较有帮助,还有,跟什么妖魔交往过。"

"哦,对不起……"人鱼用抱歉的口气说,"我就是这样,很容易跑题。"

"不，完全没关系的，小姐，"亨利宽慰她，"也许在不经意之间我们能发现致命原因呢！要知道，有时候当医生就跟做侦探一样，任何蛛丝马迹都可能对治疗起决定性的作用。"

"医生都很了不起，"卡尔喀小姐真心实意地说，"您很认真，鲁珀特先生也是，如果不是遇到他，我恐怕根本没机会来伦敦了。我也相信您可以让我康复的，我很快就能回家了。"

亨利见过很多病人跟父亲说话时脸上充满了感激，但是这感激转换到他身上时，他就有些不大适应。他很想像鲁珀特先生过去那样用几句漂亮话体面地答复回去，但半天找不到合适的词儿，于是保守地笑了笑，不再多说。他瞟了一眼看书的父亲——那个男人又把头低下去了，好像对儿子和人鱼的谈话并不关心。

亨利把注意力重新放回到卡尔喀小姐的身上，继续听她凌乱地说着自己最近的经历。

莎士比亚在一旁安静地切水果，他黑色的眼睛不断地扫过亨利和鲁珀特先生，在把柠檬都切成了规整的片状以后他终于忍不住悄悄地靠近前任老板，轻声说："您在担心吗，先生？是担心卡尔喀小姐说得不够详细，还是担心亨利问出点儿端倪来？"

鲁珀特先生把一片儿柠檬放进矿泉水里，继续翻书，那书的名字是《如何做一个完美的龙骨模型》。

莎士比亚又殷勤地把另外一片儿柠檬加到他的杯子里："先生，要我说的话，您不好好地指点卡尔喀小姐是不行的。显然，她虽然很可爱，但是头脑也很简单，如果不明确地指出需要的信息，她会开始评价今天买的每一件衣服的。"

鲁珀特先生翻书的手指停顿了一下，然后他望着龙，指了指

格罗威尔先生和龙

杯子:"莎士比亚,下次记得把柠檬切薄一点儿,你知道,我喜欢果肉透明的感觉。"

龙闭上嘴,连忙开始加工剩下的柠檬。

鲁珀特先生又低下头,一边看书一边说:"做事要专心,莎士比亚,我告诉过你很多遍了,别一心两用。"

龙再也不说话了。

❦

时间就像易消融的雪花,稍微不注意就化成水,沿着房檐滴下去,流进下水道,再也找不回来了。

在鲁珀特·格罗威尔先生回到伦敦的第五天,离圣诞节还有两天的时候,亨利深刻地感觉到了时间从身边溜走的脚步声,而他却没有办法挽留。这是他与人鱼小姐交谈后的第三天,在这三天中,他把那份血液做了十四次实验,试图找出特异的成分;他还花费了一天的时间,辗转了几个传送门去洪都拉斯,采集空气、泥土和海水的样本。但是结果令人沮丧,无论是血液样本还是空气和海水,都正常得像他父亲永远干净笔挺的衣服一样。而接下来的事情更让他觉得很难掌握——卡尔喀小姐表示她必须在新年之前回去,否则就无法跟同伴们会合去南极了。

"现在怎么办?"莎士比亚沮丧地和亨利坐在治疗室的书桌前,面前是一排培养皿和试管。

亨利用手支撑着额头,反复地翻看着病历本,所有的症状报告和对话都记录在上面了,他起码看了十遍。

龙对医生的沉默有些不满,他拨弄着培养皿的盖子,又重复了一遍问题。

亨利终于抬起头来,看着他:"你觉得该怎么办呢?"

"哦,哦!"莎士比亚夸张地叫起来,"是在问我吗?那么,老板,要不要我来替您当诊所的主治医生呢?"

"实话说,莎士比亚,如果你愿意接任我并不反对。"

"您如果不能治好那条鱼就别想摆脱这个地方,老板,所以就不要抱着不现实的念头了。"莎士比亚轻蔑地耸耸肩,"现在您一点儿头绪也没有吗?"

"我几乎给卡尔喀小姐做了所有的检查,除了尾巴合不拢外,她健康得可以和北极熊搏斗。"

莎士比亚从鼻孔里哼哼道:"看,我早就猜到了,我说过什么来着:这是一个诡计!您父亲就是为了让您失败才把那位小姐带回来的。当他在沙滩上晒太阳时,看到这个美女走过去,发现是位身患怪病的可怜人鱼,于是他就带回来为难您。您安心地待在这里,他开心地玩遍世界,事实就是这样,一点儿也不错!他安排好一切,我们都只有接受的份儿!"

医生没有附和龙的话,他把目光从病历本上移开,若有所思地看着龙,然后把身子转过来,郑重地说:"莎士比亚,我觉得你应该对人类有点儿信心,哪怕是我父亲那样的人,也并不是完全由'自私自利'构成的。当然他过去让你工作得辛苦了一些,不过他至少没有克扣你的报酬,你的藏书大部分是他买的。"

"我并不想诋毁我的前任雇主。"

"你不会,我很清楚。"

"有时候用最大的恶意来揣测人类会减少我对这个种族的失望。"

"你难道就没有惊喜过吗?"

格罗威尔先生和龙

　　龙那张人类男孩儿的脸上出现了一种羞恼的表情，这证明他从心底产生了挫败感。亨利摊开手："瞧，莎士比亚，虽然我很感谢你站在我这边儿，可我希望你不要那么迫切地盼望着胜利。你如果期待从这件事上得到三十年来想要的快乐，那就会承受不小的打击。"

　　"谢谢您的提醒，"龙微微欠身，"不过，老板，您要认输了？"

　　"还有足足两天呢，莎士比亚，卡尔喀小姐说她希望过了圣诞节再走。"

　　"依我看时间延长也没有什么帮助，您的招数都使尽了。"

　　笃笃的敲门声打断了医生和龙的对话——实际上那不能算是"敲门声"，只是鲁珀特·格罗威尔先生穿越了虚拟的墙壁之后出于礼貌而用指关节在墙上敲了两下。

　　"对不起，"他提高声音说，"我只是来看一看，并不想插手你们的治疗行为。"

　　"如果您真的插手说不定亨利会感激的。"莎士比亚小声地嘀咕。

　　鲁珀特先生装作没有听见，但也没有离开，他朝亨利走过来，并且在书桌的另外一边坐下。他咳嗽了两声，然后对儿子说："我想，既然是咱们俩打的赌，我大概还是可以问一问具体的情况吧？我的孩子，你对卡尔喀小姐的病有多大的把握呢？"

　　莎士比亚用同情的目光看着现任雇主，毫不意外地看到他的脸色发白。"如果我说把握是零，您一定会感觉很好，"亨利冷冷地说，"您可给我出了一个大难题。"

　　"不，"鲁珀特先生脸上没有任何笑容，他抱着双臂，严肃地看着儿子,"任何时候听到一个医生说他对病人的把握为零,都是一件非常糟糕的事情。"

年轻的医生愣了一下,发白的脸色又慢慢变红了。

鲁珀特先生把儿子面前的病历本拿过来,一边翻一边问道:"身体检查的情况怎么样?"

"完全正常。"

"魔法感染?"

"一点儿也没有。"

"咒语残留?"

"不,只有一些人类香水儿的残留。"

"也就是说,你按照程序检查没有发现任何问题。"

"是的。"亨利把下巴朝桌子上的那些培养皿抬了抬,"所有的试验都很正常。我还特地弄了一些水精灵来测试,它们全部都在这里面存活下来了。哦,看看这些海水和空气的样本,还有泥土,它们虽然有轻微污染,但是并不能导致人鱼患病。"

鲁珀特满意地合上病历:"很好……值得安慰的是,你做得很好,孩子。一个医生该做的你基本上都做了。"

"如果没有让卡尔喀小姐康复,这些都完全没有意义。"

"是的!"鲁珀特先生似乎更加高兴,"你明白这一点实在是让我欣慰。医生的最终目的是让病人痊愈,我们要的是一个结果,否则过程再完美也只是一个无用的修饰词。"

"啊,请原谅,"莎士比亚忍无可忍地插嘴,"从修辞的角度来说,修饰词都有其本身的作用……"

两位医生同时转向龙,四只一模一样的蓝眼睛一起盯着他。

龙吞了一口唾沫:"好吧,抱歉,两位请继续。"

格罗威尔先生和龙

鲁珀特先生矜持地笑了，又对亨利说："卡尔喀小姐决定无论如何也要跟她的朋友们会合，我无法劝阻她，你知道，女人一旦固执起来，哪怕宇宙毁灭也不会改变主意的。所以我在考虑，如果没法找到真正的病因，或许有另外的治疗方法可以弥补。"

亨利警觉地皱起眉头，而他的父亲依然神情自若地说："要把产生异变的身体恢复到原状，其实可以用再生接骨木。"

亨利倒抽了一口气，睁大了眼睛，他有些不可置信地看着对面的人，一时间没有回答。

鲁珀特先生把病历本放回到儿子跟前，然后轻松地拍拍自己的膝盖，走出了治疗室。好像他什么都没有说，也并没有在治疗方法上给儿子什么提示。

莎士比亚看着那个挺直的背影消失在虚拟的墙壁背后，终于长长地出了口气，好像宫廷贵妇解开紧身胸衣那么轻松。他愉快地说："没有要我泡红茶，没命令我生壁炉，没有要求增加湿度，今天您的父亲真是随和啊，老板。"

亨利看了他一眼，深深地皱起了眉头。

龙对他忧郁的模样很不以为然："有什么好犯愁的，老板？现在鲁珀特先生对您的工作很满意，瞧我说的，那样就表明他胜券在握了。既然无论如何他都会赢，那您至少不能输得太难看吧？"

"你听懂了他说的吗？"

"一个词儿都没漏！他告诉您用再生接骨木，这药我没听过，不过应该能找到吧……我熟悉所有的药材供应商。"

"不，莎士比亚，不，头脑别这么简单。"亨利轻蔑地扫了他一眼，"'再生接骨木'不是药，那是一种手术，只不过运用的药材含有接骨木花汁。它是用物理手段把肌体切割开，然后用魔药促进生长，成为一个整体。这就意味着强行合并肉体，对于病人来说是一件极其痛苦的事情。"

龙张着嘴，过了一小会儿，他转了转眼珠："可是疗效很好，不是吗？否则您父亲是绝对不会说出这样的方法的。老板，如果您想赢，或许该试一试。"

"这并不是最终治疗手段，莎士比亚！"医生烦恼地摇摇头，"再生接骨木是野蛮的疗法，而我们不知道卡尔喀小姐的病因，如果她接受手术后几年或者几个月再发病怎么办？难道不停地回来让我们给她动刀子？"

即使莎士比亚再可恶、再迟钝、再令人厌烦，也无法说出"是的"这个词儿。他舔了舔嘴唇，咳出一两点火星儿："好吧，我早就知道结局了……您一定会输的，老板。虽然说鲁珀特先生可恶，但是您的好心肠已经注定您无法为自己争取未来。"

"别一副悲悯的口吻，你就不能让我安静一会儿吗？"

"好吧，老板。"龙宽宏大量地耸耸肩，"其实我更加同情卡尔喀小姐，她恐怕很难再吃到巨喉鱼了。"

亨利盯着龙，足足有一分钟，久得让龙认为他被施了定形咒语。就在这位助理犹豫着要不要叫醒他的时候，医生忽然问道："你说什么？"

"我说我得给卡尔喀小姐再多弄点儿好吃的，她的尾巴好不了，以后就很难吃到她喜欢的巨喉鱼了。"

亨利的蓝眼睛直勾勾地看着他的助理，接着狠狠地抓了一把头发。这让龙吓了一大跳，"别这样，老板，"他好心好意地劝他，"这不是您的错！"

格罗威尔先生和龙

医生英俊的脸上变换了好几种颜色,就仿佛是外面的霓虹灯,最终他做了个深呼吸,忽然拍了拍龙的肩膀:"很好……非常好……我的意思是,莎士比亚,你还是有点儿用处的……"

龙不满地嚷嚷起来:"每天都让我做饭的人却用这么浅薄的方式道谢实在是太没有礼貌了。"

可是医生并没有因此而道歉,他把龙赶出治疗室,然后急匆匆地把书都翻出来,一本接着一本开始看。

平安夜的前一天又下了雪,就连人鱼也开始觉得冷了。米娜·卡尔喀小姐不再有兴趣去逛街,老实地待在屋子里,这让总是陪同她的鲁珀特先生有了更多的时间来看书。

窗外的伦敦是一片铺满了棉花糖的童话世界,连窗棱上都有冰花。美丽的人鱼穿着薄薄的丝绸睡衣,把头靠在玻璃上,好奇地看着外面,莎士比亚走过来递给她一杯加了柠檬的矿泉水,同时赞叹她就仿佛是安徒生笔下的公主。

"安徒生是谁?"卡尔喀小姐饶有兴趣地问。

于是龙只好尴尬地笑着走开了——他总是忘记妖魔们很少和他有兴趣爱好。

"对了,莎士比亚,"鲁珀特先生把龙叫过来,问道,"最近怎么没有看到亨利了,他老是缩在楼下,连晚餐也在那里吃。"

"我不知道,先生,"保持着男孩儿外形的龙说,"我完全不知道,他也许在做实验。"

"哦?难怪他昨天又要了米娜的血液样本。"

"老板最近很努力。"莎士比亚实事求是地说,"您给他出了一个超级难题，先生，而且您正愉快地等待他失败，所以他总有权利保住自己最后的尊严吧？"

鲁珀特先生摘下眼镜，惊奇地打量着龙："看来你和亨利合作得非常愉快啊，莎士比亚，如果我没听错的话，我认为你是在为他说话——或者说，为他抱不平？"

龙挺直胸膛："先生，我只为正义的那一方说话，这是我的原则。"

"嗯，你只为稍微不那么讨厌的一边说话。"鲁珀特先生笑了笑，然后把手上的《地中海度假指南》放下，"来，莎士比亚，我们到那边去聊一聊。"

龙看了看旁边懒洋洋的人鱼，于是跟着前任老板来到了转角的吧台。

"好了，现在我要一杯威士忌。"鲁珀特先生说。

因为够不着柜子，龙变回了原形飞到半空中，然后把酒倒好，放在他面前："怎么了，先生？您开始提前庆祝胜利了么？"

"莎士比亚，还是那句话：治不好卡尔喀小姐，这里就没有什么胜利者。"

"哦，"龙三角形的小脑袋晃了晃，"至少您成功地打消了亨利脑子里最后一点儿转行的念头，这是您的最终目的吧。"

"你读了那么多书却仍然如此浅薄，"鲁珀特先生转动着杯子，对龙说，"莎士比亚，你要明白，希望属于每个人，外力是不能消灭的。"

"所以如果亨利放弃了转行的念头，那也是他自己太容易退缩，是吧？先生，这样做实在是太狡猾了，而且很阴险。不过，为什么您会在离开了诊所之后再回来干这样缺德的事情呢？其实

格罗威尔先生和龙

您不回来，亨利也干得好好的啊。"

鲁珀特先生对龙充满了恶意的无礼话一点也不介意，反而赞许地点点头："你变得会思考了，莎士比亚，想一想，你当年刚刚成为我的助手时是多么幼稚啊。"

"谢谢您三十年的磨练，不过我还是想知道您为什么要这样对待自己的儿子？"

鲁珀特先生的嘴角勾起了一丝微笑，他还没有泄露出愿意回答的迹象，就听见客厅那边传来了开门的声音。

"他今天回来得真早，"前任医生看了看手表，"居然还没到六点。这可能是个坏消息：在圣诞节到来之前，他已经彻底放弃了。"

"或者是个好消息，聪明的亨利找到了治疗的方法。"莎士比亚又顿了顿，"不过，如果他真的接受您的提示用那个该死的'再生接骨木'，您还会承认他赢了吗？"

鲁珀特先生没有回答，他喝光了威士忌，放下杯子，朝客厅走去。龙连忙扇动着翅膀跟在后面。

亨利·格罗威尔带着几本书坐到沙发上，他的脸色有些憔悴，但是眼睛却依旧发亮，显得很有精神。他向米娜·卡尔喀小姐问好，人鱼不是很活泼地回了礼，那样子跟前几天比起来确实显得委顿了一些。似乎伦敦的一切都对她失去了吸引力，她现在只想呆在水里，跟那些一条尾巴的朋友在一块儿。

"我还以为又要让莎士比亚把晚餐给你送下楼去呢。"老格罗威尔先生来到儿子面前坐下，"怎么样，孩子，卡尔喀小姐已经等不及想要离开伦敦了，你最好尽快地决定治疗方法。"

"是的，亨利，"人鱼露出苦恼的表情，"如果再不回去，我就要错过冬季的巡游了，这非常严重，在我们的种群中相当于错过了一次升学考试。只要能让我的尾巴合拢——哪怕暂时合拢，多苦的事情我都接受！"

亨利搓着手，看了看米娜小姐姣美的脸，又看看父亲。后者的蓝眼睛里平静无波，仿佛什么都没有，无论是暗示、鼓励还是嘲笑，都没有。亨利按着自己的鼻梁，从面前的书堆里抽出那个病历本，一页一页地翻过，然后他深深地叹了一口气："好吧，卡尔喀小姐，事到如今我也只好坦率地承认：我没有办法把一条单尾人鱼分开的尾巴合拢。"

米娜·卡尔喀小姐的脸上先露出愕然的神情，随即不知所措地望向鲁珀特先生。前任医生连忙坐到她身边，拍拍她的手，又追问道："真遗憾……亨利，你确定一点办法也没有了吗？"他把重音落在了敏感的字眼儿上。

年轻的医生摇摇头，于是人鱼和鲁珀特先生相互看了一眼，这次他们不约而同地有些失望。扑扇着翅膀的龙在半空中打量着三个人，忽然用前爪冲着亨利画来画去——那是他偶然在人类的葬礼上看到穿长袍的人做的动作，凭空画一个十字的形状。

鲁珀特先生瞪了龙一眼，警告他不要落井下石，然后想选择一个更好的方式和儿子谈这个问题，但他还没有说话，亨利却突然抬起头来，脸上竟然绽放出灿烂的笑容。

"不过，"年轻的医生用一种极为兴奋的口气说，"我有办法把一条双尾人鱼的上半身还原！"

室内一下子变得极为安静。

米娜·卡尔喀小姐吃惊地张大了嘴，却发不出一点儿声音，只紧紧地抓住了鲁珀特先生的手；而莎士比亚画十字的前爪也僵

· 131 ·

格罗威尔先生和龙

硬地停在半空中，差点儿连翅膀都忘记扇了。但他很快就回过神，咧开嘴，眼睛里显现出兴奋的光——他太过于兴奋了，连尾巴尖儿都在打颤，为了不发出欢呼，他把爪子塞进了自己的嘴里。

鲁珀特先生的脸上开始有一点惊讶，带着意料之外的错愕，但是这样的表情很快就消失了，连半秒钟都不到，他又变成了那仿佛掌握着一切的男人。

但是这样的鲁珀特先生并没有再让亨利觉得有压迫感，他第一次保持着轻松的微笑面对父亲，摊开双手："对不起了，爸爸，我想您从一开始就搞错了一件事情：您给我介绍的病人，也就是卡尔喀小姐，她并没有得什么单尾分离症，她是一条彻彻底底、真真正正的双尾人鱼。"

"哦，为什么你这样认为？"前任医生要求道，"说说你的根据，我亲爱的孩子，是什么让你冒出这样稀奇古怪的念头呢？"

"上一次说到洪都拉斯时，我问卡尔喀小姐是不是去了蓝洞。她很开心地给我说了一些，但是对于一条常年在热带区域游弋的人鱼来说，特别提到珊瑚和海绵有些奇怪。要知道，那些东西对他们来说就像是路边的石子儿一样平凡无奇，甚至色彩斑斓的热带鱼都跟我们身边的麻雀一样常见。蓝洞的深度只有四百英尺左右，单尾人鱼在那里可以享受一下下潜的乐趣，可卡尔喀小姐提都没提，大概是对于双尾人鱼来说，这样的深度实在是太不起眼了。"

鲁珀特先生笑着摇摇头："哦，我亲爱的孩子，这样的怀疑可真是太牵强了。你这是在告诉我你捡到了一根羽毛，就肯定天上有老鹰飞过。"

医生并不气馁，他突然转头来向旁边的龙叫道："莎士比亚，请回忆一下你和卡尔喀小姐讨论美食的时候都说了什么？"

龙把爪子从嘴巴里拿出来，眨巴着眼睛："食物？啊，是的……卡尔喀小姐喜欢吃鱼，生鱼片儿……"

"你们说到了一种她唯一愿意烤熟了吃的鱼，因为她被它咬过，当时我没怎么在意。莎士比亚，你后来在治疗室里无意中又提到，那东西叫做'巨喉鱼'对吗？"

"没错，老板。"

"很好！"亨利对父亲解释道，"巨喉鱼是生活在一千公尺到两千公尺以下的深海区域，而单尾人鱼则生活在四百公尺以上的浅海区域，他们是没办法把自己送到巨喉鱼嘴边被咬的，强大的海底压力会要了他们的命。而如果是在三千公尺下都能生存的双尾人鱼则不一样了，他们的主要食物就是那些眼神不好的家伙，捕猎时完全有可能被咬到。"

米娜·卡尔喀小姐不安地交握着自己的双手，她既没有承认，也没有反对，只是看着鲁珀特先生，似乎把决定权都交给了他。

年长的男人深深地叹了口气："真没有想到，亨利，你的观察力进步了，这一点我无法否认。"

"那么您承认卡尔喀小姐其实是一条双尾人鱼了吗？要我把一条健康的双尾人鱼变成单尾，那是永远做不到的！"

"承认？"鲁珀特先生又笑起来，"我什么也不会承认的。孩子，你得自己去证明。只做出推论可不够，我们需要看到被验证的结果。你知道单尾人鱼和双尾人鱼的区别不单单是下半身，卡尔喀小姐的脸长得可不像鱼啊。"

格罗威尔先生和龙

年轻的医生并没有慌,他笑了笑,把病历本翻开:"没有魔药残留,没有感染,没有咒术残留,看上去是这样。不过后来我才发现自己疏忽了一点,我一直在调查的是外部因素,一直没有查病人自身的问题,所以最后一项就有缺失。外部的咒术残留确实没有,但是当我把卡尔喀小姐的血样重新换了个检测方法时,就发现了问题。爸爸,我记得您当年为了给很排斥人类的马人治病,曾经学过一种局部变形术。"

"哦哦,我记得!"一直在旁边看戏的飞龙迫不及待地插嘴,"是的,是的,局部变形术!那是一种可以改变部分身体形状的咒语,而且只对施咒者本身起作用。由于不用魔药,也不是外力施加,所以一般无法辨别。"

"谢谢,莎士比亚,"亨利头一次和颜悦色地看着他,"你总算说了一点儿有用的话。"

龙弯下腰,在半空中摆出一个非常做作的姿势,于是亨利只好又转开了视线。

"对了,我调配了一些东西,"年轻的医生从口袋里摸出一个小小的玻璃瓶,里面装着透明的液体,"分量很少的还原剂,只要卡尔喀小姐喝下去,就能立刻'痊愈'了。莎士比亚——"

亨利把那个小瓶子丢给龙,命令道:"给卡尔喀小姐加在矿泉水里就行了,它没有任何味道。"

龙欢天喜地地去了,不一会儿就端着水回来。他把一个精美的酒杯恭敬地放到人鱼面前:"请吧,小姐,药已经放进去了,请……您要相信我的老板,他一辈子难得这么聪明。"

米娜·卡尔喀小姐窘迫地看着那杯水,拿不定主意,她红润的嘴唇抿得紧紧的,却不大像是在生气。亨利看着这位女士为难的样子，虽然有些轻微的负罪感，但这很快就被即将战胜父亲的喜悦感压下去了。他耐心地等待着，看着那两个人的反应。

鲁珀特先生抱住卡尔喀小姐的肩膀，在她耳边轻声说几句，人鱼的不安似乎慢慢消失了，脸上又露出一丝微笑。

莎士比亚飞到亨利身边，悄悄地在他耳边说："看到了吗？老板，我从一开始就觉得不对劲，现在没疑问了。很明显，她是他的女朋友，他们俩合伙儿来对付您的。"

亨利觉得背上一阵发麻，他粗鲁地拨开了龙的三角形脑袋，装作没听见他嘟嘟囔囔的抱怨。

而鲁珀特先生结束了和人鱼小姐的谈话。他亲手把那杯水送到女士的手里，卡尔喀小姐冲着亨利亲切地笑起来："谢谢你，既然已经猜出了我的真正身份，那么还是亲眼看一看吧。"

她毫不犹豫地喝下了那杯水，然后鲁珀特先生接过杯子放在了桌上。还原剂不一会儿就开始发生作用，卡尔喀小姐的双腿重新变成了两条分开的鱼尾形状，而上半身则不再像上一次那样仅仅在耳朵和手部发生变化——她的头发长长了，变成了一种暗淡的灰绿色，眼睛变成了没有白色的纯黑，鼻梁更矮，嘴巴也更薄，透明的鳍状耳朵下出现了几层叶片一般的鳃，从颈部到手腕都长出青色的鳞片。

"噢，天啊……"莎士比亚在亨利背后充满畏惧地说，"看她的手……"

那是一双长着尖利爪子的手，长长的指甲呈现出金属般的银白色，似乎能把最凶猛的鲨鱼开膛破肚。

亨利咽了一口唾沫，镇定地说："感谢您愿意恢复原形，卡尔喀小姐，如果您愿意，可以继续保持着刚来时的样子。"

格罗威尔先生和龙

人鱼笑嘻嘻地把头靠在了鲁珀特先生的肩膀上："好了，这样子也不错。亲爱的，告诉亨利实情吧，不用担心我。"

那个亲昵的称呼让年轻医生和他的助手都忍不住抽搐了一下，可是鲁珀特先生一点儿也不介意。他更紧地握住人鱼长着长指甲的手，对儿子说："很抱歉，亨利，我并不想让你觉得我们是在恶意捉弄你，请相信我。事实上，我和米娜，我们刚刚结婚。"

嘭的一声，莎士比亚又像几天前那样摔在了地上，而亨利的脸部肌肉扭曲，就好像刚刚被人灌下了一大瓶过期的可乐。

鲁珀特先生好像并不介意儿子难看的脸色："其实我和米娜已经认识一年了，我们相处得非常愉快，不过我想等关系成熟一些再告诉你。现在应该差不多了，我们上个月才注册的，就在洪都拉斯。"

亨利觉得自己应该真心诚意地道喜，可是舌头就像麻痹了一样无论如何都说不出来。他严肃地绷着脸，干巴巴地说了句"祝贺你们"，然后又追问道："我不明白，你们结婚和特地跟我打赌有什么关系？"

鲁珀特先生满眼柔情地看了看妻子，解释道："因为我决定和米娜回一趟亚特兰蒂斯，这是一趟漫长的旅行，我得去见见她的家人，也许还要住上一段时间——你知道，可能是五年，也可能是十年。所以在启程之前，我必须确保你让我放心，孩子。"

"亚特兰蒂斯？"莎士比亚发出一声惊呼，"先生，那可是在大西洋的深海啊，您怎么可能去得了。您会像一只火柴盒那样被压扁的！"

"不用担心，"卡尔喀小姐——不，应该叫格罗威尔夫人——

对龙说，"我们深海人鱼有专门的魔药可以供外来者使用，潜入深海和在那里生活一段时间都没有问题。亚特兰蒂斯很美的，如果有机会我希望你和亨利也能去！"

"谢谢，夫人……"莎士比亚一脸谦恭地答复，"您的邀请让我很荣幸，不过我是火龙，到水太多的地方就会丢掉性命的。"

亨利草草地对人鱼表示感谢，却口气不善地向父亲追问道："您说的'放心'是什么意思？是害怕我在您离开的时间里丢下诊所逃走？还是担心我玩忽职守？"

"不，不是这样，"鲁珀特先生摇摇头，"亨利，如果你觉得我会和你打赌是因为我要为难你，或者把你拴在诊所，那就错了，只有心胸狭窄而且不自信的人才会做出那样的事情。"

他停顿了一会儿，瞟了一眼儿子身旁的莎士比亚——龙装模作样地拍着身上不存在的灰尘。

"亨利，我给你的选择是真的，"鲁珀特先生继续对儿子说，"你要继续当一个妖魔医生还是放弃，都是我能接受的。我只是在想，你从小就适合从事这一个行业，并且干得比我想象的还要好，所以你不能放弃。你需要更加坚定自己的看法。瞧，你对待病人很认真，各种检查做得很全面，为了采样跑很远也不嫌累，能够意识到自己的胜负和病人的健康比起来后者更重要。关键的是：你对病人负责！"

从来没有被父亲这么坦率地赞扬过的年轻人有些不自然地插嘴："这么说起来，提出用'再生接骨木'的建议也是故意的了？"

"是的，孩子，确实如此。采用我提出的方法确实可以让肢体合拢，不过病人会承受巨大的痛苦，而且这并不是根治。你没

格罗威尔先生和龙

有那么做,这让我很高兴。医术的高明与否和医生的道德是联系在一起的,孩子,最聪明的医生也会把病人毁掉,假若他没有从病人的角度去考虑问题。"

"这么说,从头到尾都是一场考验了?"

"没错。"

"那么,可以放弃诊所的承诺呢?"

鲁珀特先生耸耸肩:"决定权在你。我们都是这样,总觉得没得到的东西才是真正想要的,可谁知道事实怎样呢?亨利,你从小就看着我工作,你问了很多问题。我一直觉得,如果你真的没有兴趣,那么你不会对这个职业那么好奇。而且你安心地在这里干了四年了,一切都很顺利,如果你觉得这四年的生活不是你想过的,那么我也没有权利把你禁锢在这儿。想当运动员还是救生员,或者是潜水教练,都是你的事。反正——"前任医生又看了看旁边飞在半空中的黑龙:"——即使我们两个都离开,也还是会有人留守在这里。两层楼都改建成仓库也可以赚钱。"

莎士比亚挺着肚子,把细小脖子弯下来:"虽然那将是非常无聊的工作,但是如果您吩咐,我可以竭尽所能。"

"我和米娜明天早上就要离开。"鲁珀特先生又对儿子说,"这场考验你通过了,或者说,这个赌约你赢了,亲爱的亨利,你的未来不在我的手里,我也从来没有兴趣掌握它。明天我们离开之前,你可以告诉我你的决定。哦,米娜,现在可以变回来了,你瞧,莎士比亚一直不敢靠近你。"

◆

圣诞节后的那天早上,亨利在诊所的大门上挂上了"照常营业"的牌子,在节日里吃得太多的宠物们挤满了门诊大厅。于是充当助手的莎士比亚忙得不可开交,一有空就跟他的老板抱怨。

"要我说您接受了您父亲慷慨赠予该多好,他给了您自由。"龙拎着一只刚刚吃了药的猫,把它塞进住院的笼子里,"这里变成仓库的话,您就能去海边冲浪,而我就能安安静静地看会儿书。"

亨利没理他,现在他刚刚送走了最后一位客人,正在清理今天的病历——当然是作为兽医接诊的那部分。

"谢天谢地,这两天没有什么妖魔来问诊,否则您又得让我实施空间魔法,那可是很累的。不过,一般来说您还没在圣诞节过后这么勤快地开始工作,一般都借故休息两三天的,这次是什么原因呢?我想想,莫非是由于您父亲?"莎士比亚把笼子锁好,走到亨利面前,挤了挤眼睛,"您去送他和格罗威尔夫人的时候说了什么?关于您决定继续经营诊所,他有没有抱着您痛哭?啊……当然他多半不会,那么他的眼圈儿红了吗?"

"如果你真的想知道,我可以把他的手机给你,莎士比亚。"医生把病历都收拾好,回答道,"他们俩在下水之前,还会在地中海附近买点儿特产,你有一天的时间打电话哦。"

"我对人类的通信器材一贯持保留态度。"龙矜持地站直了身子,"而且,我也不是特别想知道。我意外的是,您和您的父亲,这次竟然如此平静地原谅了对方。"

"你有一个词用得不恰当,莎士比亚,父子之间没有什么'原谅'不'原谅'的,我们谁都没错。"

"您服从他的安排了,老板,这就是最终结果。"

"不,莎士比亚,是我们都尊重对方的结果。那句话是怎么

格罗威尔先生和龙

说来着?'父亲,应该是一个气度宽大的朋友。'"

"是的,可惜您的父亲跟关键字眼儿都沾不上边,他并没有扮演好朋友的角色,而且他睚眦必报。"

"是啊,"亨利沉默了一会儿,又说道,"但他至少是一个很好的人生向导……这样吧,莎士比亚,我给你一个星期的假,你到阿拉斯加去玩玩儿。"

龙有些不自在地吹着口哨踱开:"哦,不要觉得自己被亲情的柔光包裹以后就有必要来温暖我,老板。我父亲和鲁珀特先生完全不一样,他喜欢雪橇狗胜过我。要我给你讲讲我还是一枚蛋的时候的经历吗?"

"嗯……你说过很多遍了……"

"可是我觉得您从来都没表示过同情。"

"那玩意儿你需要吗,莎士比亚?"

"轻蔑啊,老板。"

雪地狂奔——关于龙爸爸

布鲁斯·贝克在酒吧里灌了一大杯威士忌,然后额头开始冒汗。

"把那该死的外套脱下来吧,这里面热得可以把你身体里脂肪烤出油来。"吧台里的酒保对他说,"要知道,现在的室温可是84华氏度。"

布鲁斯扯了扯嘴角算是报答他的好意,却没照做,只是不安地摩挲着手中的杯子。

现在,这个二十出头的年轻人正待在阿拉斯加极北区的一个酒吧里。他还没有来过这么冷的地方,从下了飞机以后就觉得自己应当是一只体重九百磅、皮下脂肪3英寸厚的北极熊,而不是一条只会潜水、逗海豚的热带人鱼。

当然了,虽然此刻布鲁斯·贝克的外表是个英俊的白人青

格罗威尔先生和龙

年,但是他确实是一条生活在太平洋的人鱼,就住在靠近塞班岛的一条海沟里。这可是他第一次出远门,而且是第一次来到可以把他冻成冰棍儿的地方。他总得小心别在打喷嚏或者打冷战的时候把蹼和尾巴露出来,好在目前为止还没有出现那样的情况,也没有人认出他的真身——

"人鱼!"

"嗯?"布鲁斯·贝克的走神被一个压低的声音打断了。

原本擦着杯子的酒保凑到他面前,胖乎乎的脸上挂着诡异的微笑:"我说,你是条人鱼吧?我看出来了!"

布鲁斯嘴里的酒差点儿喷到这张脸上,他连忙看了看周围,没发现有人注意到这边。

"别以为我是《X档案》的铁杆影迷,"酒保撇撇嘴,"这没什么好大惊小怪的,人鱼们都能辨认出同类,我来自波罗的海,那儿的水就像蒸馏过一样清淡。瞧瞧这个——"他忽然张嘴伸出舌头来,让布鲁斯看到口腔内部一些模糊的鳃状物。

"天哪……"布鲁斯·贝克小心地说,"好了,我明白了,快闭上嘴。"他看了看这个酒保快要四英尺的腰,真怀疑他现在回到水里也不能潜入海底了——他的脂肪足以让他漂浮在水面上了。"我不像个人类吗?"布鲁斯紧张地问他,"哪儿有破绽?"

酒保摇摇头:"没有,我只是从你身上闻到了海的味道,那可跟人类接触的表层海水不一样。我说,小朋友,你到这儿来干什么?"

布鲁斯犹豫了片刻,说:"我要去白海。"

酒保的手一滑,差点儿把那个杯子给摔了。他急忙放下手中的工作,皱着眉头凑近这个腼腆的青年:"你疯了,小朋友,那里可是魔法空间的禁区，除了雪和冰没别的，吃条鳗鱼都得游三天。"

"我知道，可那儿能增强我的体质，比任何一条人鱼都强！"布鲁斯激动地捏紧了拳头，随即又缓和下来，"而且……而且我请了一个很好的向导，他答应协助我安全出去。"

"是谁？谁能说这样的大话？"

"他好像叫作B.D.，嗯……介绍他给我的朋友说，一般大家都叫他'雪橇'班森，今天就会来和我碰头。"

"哦，哦！"酒保又笑起来，露出松了口气的表情，"原来是他啊，我知道了。祝贺你，小朋友，你会平安无事的，他可是一个很厉害的向导。他很细心，并且对人都非常友善，你和他一起上路我就没什么好担心的了。"

"是这样吗？"布鲁斯·贝克高兴起来，又偷偷地问道，"那个……我听说他的真身是……"

就在这时，酒吧的门被猛地推开了，一阵凛冽的风雪夹杂着一个沙哑的声音冲进来："给我一杯伏特加，要大杯！"

"嘿，班森！"酒保高兴地招呼道，"马上来。"

布鲁斯·贝克回过头，看到一个身高6英尺3英寸左右的魁梧男人走进来，他30来岁的模样，头发和络腮胡子都是黑色的，并且乱得像一蓬海草；大大的眼睛黑得就像乌贼喷出的墨汁；他穿着脏兮兮的羽绒服，里面只套了一件单薄的T恤，胸膛的肌肉把T恤撑得鼓鼓的，粗糙的大手中捏着一双结实的皮手套。

酒吧中为数不多的客人都向这个男人点头致意，仿佛很熟悉的样子。

格罗威尔先生和龙

他拍打着身上和头上的雪,在布鲁斯·贝克身边坐下来,打量着他。

"伏特加,班森。"胖乎乎的酒保把一个大玻璃杯放在他面前,"瞧,这个小朋友等了你好一阵了。"

布鲁斯有些拘谨地向这个大个子伸出手:"您好,我是克尔顿的朋友,他一定跟你说过我要去白海……"

班森仰头把半杯伏特加倒进喉咙里,随后说道:"你是布鲁斯·贝克?"

"是的。"

"嗯,看来起来还算顺眼。"他咧开嘴笑了笑,"为什么要去那儿?那可不是人鱼喜欢的地方。"

布鲁斯撇着嘴:"可那儿会让我变得很强,在白海待上一年可以提升五十倍的魔力。"

"前提是你得活着走出来,"班森不以为然地说,"抱着你这样念头的人多了,十个里面有三个能成功就不错了。要我说,你应该立刻提着行李回家,这样你的父母就不会为你哭泣了。"

年轻的人鱼突然狠狠地瞪了他一眼,然后使劲摇头:"他们才不会呢!你带我去好了,其他的不用你担心!"

班森和酒保相互看了看,然后高大的男人耸耸肩:"这本来就跟我无关。走吧,小鱼,我们立刻出发。"

"你的行李呢?"布鲁斯怀疑地看着他,"我们上路前不准备点儿食物吗?还有威士忌……我怕冷,是不是还得多带点儿衣服或者电暖器什么的。"

班森瞪着他,就好像在看一个白痴,接着他突然又笑起来。"哦,你是对的,小鱼!"他敲了敲吧台,"老兄,给我来三瓶伏特加，记在账上。"

胖酒保用高深莫测的眼神瞟了他一下，然后取出三瓶酒。班森把酒分别放进口袋里，用力拍了拍布鲁斯的肩，那劲道让人鱼的内脏都感觉到了震动。

"走吧，小鱼，我们立刻出发！"

班森迈开大步走出了酒吧，就像他刚来时一样，让冰冷的风雪趁着间隙扑进了温暖的室内。

布鲁斯有些不悦地揉着自己的肩膀，对着班森的背影皱了皱眉头。

酒保向他探过头，又一次叮嘱道："相信我，小朋友，那大块头可是个好人，你的运气来了。"

好人的定义是什么，布鲁斯可以说出模糊的答案，但是班森·D，离那些答案都还有一段距离。

现在人鱼和这个向导正奔驰在一片茫茫雪原上，风吹起一些积雪，劈头盖脸地扑向他们，暴露出的皮肤感觉到轻微的刺痛。布鲁斯很沮丧，他大声地向班森说："为什么我们不租一辆车？狗拉雪橇？这也太落后了！我们得跑到什么时候啊？"

"哦，他们跑得很快的！"班森喝着伏特加，指着前面五只强壮的狗，"丽斯小姐认得路，其他的小伙子们也很卖力气，不用担心。我的狗儿们是最棒的，不然凭什么他们都叫我'雪橇'班森？"

"好吧！那为什么我得站着？难道不该是你来驾驶吗？"

真的，班森大大咧咧地坐在前面，布鲁斯却站在雪橇上，用

格罗威尔先生和龙

力地握着把手。可怜的人鱼对于腿的使用还不熟练，只觉得乏力，在转弯时好几次差点儿被甩出去。

班森津津有味地咂着嘴，一瓶伏特加已经快见底了，他浓重的胡须底下透露出可疑的红色，这让站着的人鱼更加愤愤不平——一个好人？不，他是个酒鬼。

"不要抱怨，千万别抱怨，小鱼！"化身为人的黑龙向布鲁斯摇晃着头，"我给你带路，这已经够了，你要做的只是站在那儿，享受一下奔驰的快感！"

布鲁斯觉得自己额角的青筋在突突地跳。

班森指着前方，大声嚷嚷："瞧啊，小鱼，我们马上就要进入外围圈了，那是正常时空和魔法空间的过渡区间，什么古怪的现象都有，你以前肯定从来没见过。"

雪橇颠簸起来了，布鲁斯咬紧牙关，牢牢地抓着把手。

龙还在喋喋不休："我说，小鱼，进入外围圈还可以，等你进入白海，想出来可不容易了。你现在后悔还来得及，回头吧，别去那鬼地方了，你的父母会担心的。"

布鲁斯心中有些烦躁："你在说什么？我当然要去！而且……我的父母不会担心的，他们不就需要一个强而有力的孩子吗？这样在整个太平洋人鱼聚会时也能有面子！我当然得让他们满意！"

班森转头来看了看他，然后点点头："行，那么你就准备好吧，小鱼。"

他突然站起来，把手里的酒瓶子扔到半空中，然后张开嘴，吐出一道蓝色的火焰。酒瓶被火焰击中，发出一阵刺眼的白光，与此同时，白茫茫的雪原地平线上呈现出扭曲的幻象，魔法空间的外围圈已经隐约可见了。

✤

"瞧啊!"班森指着那不远处的扭曲空间,"马上就要冲进去了!"

大个子打了个唿哨,雪橇犬们愉快地叫着加速了,布鲁斯使劲闭上眼睛,感觉到风雪更凶猛地打着他的脸,接着,好像有什么东西从身体穿过,一阵本能的排斥让他胃里恶心。

这时雪橇慢慢地停了下来,他听到一阵窸窸窣窣的声音,睁开眼睛正好看见班森脱下衣服,然后变成一只巨大的黑龙。它有着扁平的头颅和细长的脖子,腹部鼓出来,尾巴拖在地上,背部还有一对小巧的翅膀——那翅膀和身体的比例相差过大,看起来纯粹是装饰性的。

那些雪橇犬都围绕着这条超过三码的龙汪汪叫,并且亲昵地用头去蹭它的腿和尾巴。而龙弯下细长的脖子,用短小的前爪触摸着每只狗的脑袋。

"喂,小鱼!"这条龙转头对布鲁斯说,"下来,从现在开始你要步行。丽斯小姐它们累了,得在这里休息。"

"什么?"布鲁斯抗议道,"这、这太荒谬了!放弃交通工具?不,我不能走那么远,我还得保存体力到白海!而且,我的脚可受不了冻,这会让它们变成鱼尾!你……"

"闭嘴!"龙吼了一声,嘴巴里迸出一两点火星,"再啰唆我就把你丢回去!"

布鲁斯仰头看着他高大的体型和黑黝黝的眼睛,吞了口唾沫,乖乖地从雪橇上下来。"好吧!"他耸耸肩,"你是向导,先

格罗威尔先生和龙

生，我听你的。"

龙那又扁又长的嘴微微地向上一翘，布鲁斯认为那表示他很满意。

龙戳了戳脚下几只雪橇犬的脑袋，嘱咐它们留在原地，他那滑稽的大肚子让他很艰难地把腰弯下来才能对上狗儿仰视的眼睛。布鲁斯在心底刻薄地嘲笑他的体形，并且一遍又一遍地抱怨——

一个好人？天哪，这是撒谎！他比我见过的任何一个人都粗鲁，简直是恶棍！

班森结束了和雪橇犬们的告别，挥了挥前爪："走吧，小鱼。"

"等一等！"布鲁斯惊慌地叫住他，指着那堆衣服，"不是还有两瓶伏特加吗，不带上？还有衣服……"

"哦，"龙甩了甩尾巴，"我不需要，你想带着，就得自己拿。"他不再回头看那个呆若木鸡的青年，径直朝前面走去。

布鲁斯愣了一下，随即恨恨地磨牙，那些匍匐在地上的雪橇犬都用不友好的眼光看着他，布鲁斯对陆地上的兽类充满了本能的恐惧，于是他忙不迭地捡起了一瓶酒，又捞起一包衣服，快步跟上前方的龙。

风雪依然继续着，并且跟人类时空的状态完全不一样。这里的空间被扭曲了，每个方向都在刮风，雪也从四面八方扑过来，偶尔还能看到一些雪在完全无风的地方静止地浮在半空中。地面是厚厚的冰原，走一步都滑得要死，布鲁斯得拼命跟上前方的龙，那家伙好像没有阻力一样，用宽大的脚掌稳稳地向前走，一次也没回头看看可怜的人鱼。

雪地狂奔——关于龙爸爸

布鲁斯已经放弃了那包衣服，因为他实在是背不动，而班森无论如何都不愿意伸手帮忙，所以人鱼只好胡乱套了一件在身上，丢下别的。好在伏特加还死死抱在怀里，因为他觉得自己肯定能用上这东西——他冷得发抖，眉毛和胡子都结了一层霜，双脚也麻木了，如果再坚持不住，就把这瓶酒喝下去。

不过可怜的人鱼一点儿也不明白，为什么班森会变回龙的原形在穿越这个外围圈，他完全不向他说明原因也实在是过分。他太冷酷无情了，要知道，龙至少都是有礼貌而且很高贵的生物呀。

突然，走在五码外的班森停了下来，他猛地回过头，对气喘吁吁的人鱼笑笑。布鲁斯给吓了一跳，有些心虚地说："怎、怎么了？"

"要来了……"

"嗯？"

"这就是在外围圈徒步旅行的乐趣啊，随时都有预料不到的风险，"龙哈哈大笑，"小鱼，挪动你的腿，快跑起来吧。"

就在布鲁斯觉得困惑的时候，周围的风雪突然停下来，接着一阵吱吱嘎嘎的闷响传来，黑色的龙立刻迈开大步子朝前面跑去，他的体重震得冰原发颤。布鲁斯傻乎乎地愣着，直到听见那越来越明显的响声，才朝后面看了一眼：

白色的冰原正波动起来，就好像潮水一样向他们扑过来，那高耸起来的冰浪张开了大嘴，要把他们吞下去。

布鲁斯吓得魂飞魄散，拔腿就跑。他拼命迈动着下肢，却力不从心。他盯着前面的黑龙，大叫"救命"，可班森只顾着跑，看都没看他一眼。布鲁斯的眼泪都要下来了，他把那个远远领先

格罗威尔先生和龙

的黑色身影当作目标，咬紧了牙关。

他的速度越来越慢了，双腿也像是变成了石头一样，最终一个趔趄，重重地摔在冰原上，而身后的冰浪已经来到了面前，高扬起来，仿佛一张死亡的幕布，要把他包在里面。

完蛋了！

布鲁斯绝望地闭上眼睛。

但是那刺骨的冰冷和坚硬并没有像他预料的那样扑来，他感觉到一阵灼热，然后哗啦啦的水把他浇了个通透。

布鲁斯诧异地睁开眼睛，看见黑龙正站在不远的地方，嘴里喷出一股炽热的火焰，顷刻间融化了冰浪。这股热气甚至还冲开了后面接踵而至的冰墙，它们稀里哗啦全都崩溃、散落了。

波动的冰原渐渐平息后，惊魂未定的人鱼才找回了呼吸，开始大口大口地喘气。他现在狼狈极了，身上湿淋淋的，脸色惨白，还在不停地发抖。

班森吐出一口青烟，闭上嘴。他用轻蔑的目光看着地上的布鲁斯："你的运动神经真糟糕，小鱼，我就说嘛，你还是应该待在家里。"

布鲁斯看着高大的龙，只觉得一股怒火从心底腾起——这个家伙明明可以在第一时间救他，却故意把他扔在后面独自逃跑！这个混蛋根本不管他的死活！

布鲁斯愤怒地想爬起来大骂，但肌肉发软，站不起来。班森啧啧感叹，终于勉为其难地走近几步，拎着布鲁斯的衣领把他提起来。"你最好振作一点儿，小鱼，"他认真地说，"在白海的外围圈里，正常时空和魔法空间过渡引起的地面异常现象很频繁，刚才那样的冰浪还会出现的。"

雪地狂奔——关于龙爸爸

布鲁斯又怕又气,怀中抱着的伏特加也摔碎了,酒和玻璃渣都裹在衣服里,风一吹,让湿淋淋的水变成了冰。布鲁斯站都站不稳。眼看着龙松开爪子,继续朝前走,忍不住叫道:"等一等!你……你不帮帮我吗?"

班森困惑地看着他:"帮?帮你做什么?"

"点把火让我烤一烤,或者……或者烘干衣服……要不然就捯我走一段吧,随便怎么样都行啊!"

班森黑乎乎的嘴巴再次翘了起来:"为什么要帮你,小鱼?我可不是你的父母,我没必要对你负责!你想活着到达'白海'那就继续跟着我走!"

混蛋!混蛋!混蛋!

布鲁斯气得要发疯,却毫无办法。龙不再回头,并且越走越远,他不得不抖抖身上的冰雪和玻璃碴,蹒跚地跟在后面。现在那些从四面八方吹来的风更大了,冻得他手指和嘴唇乌青。但他别无选择,只能用尽最后一点力气跟着那个无情的向导继续赶路。

也不知道过了多久,他的速度越来越慢了,双腿好像快要失去知觉,连着摔了几个跟头,最后一次把头都碰破了,流出的血立刻变成了冰。

布鲁斯透过乱飞的雪花,看见那个黑色的影子仍然在一步步朝前走,并且变得越来越小。**现在回头会怎么样呢?**他想,**我还能回到雪橇那儿去吗?**

布鲁斯朝身后望了一眼,天空、地面全是白茫茫的一片,他立刻放弃了幻想:现在已经不能后退了,因为他找不到来时的路,而前方那个移动的黑点儿才代表了唯一可以辨认的方向。

格罗威尔先生和龙

为什么要来这该死的地方呢?

布鲁斯模模糊糊地想起了父亲的怒吼——

"你认真地干点儿正事吧?建筑海沟或者挖掘晶矿都很好!争取成为亚特兰蒂斯的联络官也很好!每天都只会和海豚玩儿……你是废物吗?"

废物?真好笑,一条人鱼就不能选择当个海洋生物保护者吗?

还有母亲的眼泪,它们一滴落下来就凝结成了珍珠——

"你太瘦弱了,孩子!听你爸爸的话,学学咱们邻居的孩子,米娜,她是一个多么出色的姑娘啊……"

瘦弱?就因为体格比别的人鱼小?至少他还有脑子!而且,如果他长成酒吧里那胖子的模样,恐怕米娜更不会看他一眼了,想碰碰她的尾巴都不可能……

一阵刺耳的吱嘎声再次传来,打断了布鲁斯的胡思乱想,他突然清醒过来,发现乱扑的风雪已经停了下来。

一种不祥的预感从心底升起,他顿时开始发抖!

又来了!外围圈扭曲的冰浪再次袭来!当他回头的时候正好看见那白色的波浪以飞快的速度向他这个方向扑来。

布鲁斯魂飞魄散,拼命向前跑,每踏出一步就像踩在刀尖上一样,人类有个童话作家曾经准确地描述过人鱼下肢的这种痛苦。布鲁斯从来没有经历过这样的煎熬,他用嘶哑的嗓子喊着前方的班森,指望着他能发发慈悲,再用火焰救他一次。

可那该死的龙回头看了看他,居然停下来,站在原地冲他挥手,似乎在为他加油。"瞧!"他用爪子指着不远处,"那里就是'白海',快点儿、再快点儿!它就要追上你了!"

你以为这是在赛跑吗？混蛋！

布鲁斯确实看到了远处晶莹的乳白色天穹，但是他已经来不及跑到那里了，他完全没了力气，重重地倒下。双腿立刻撑破长裤，变成一条淡蓝色的鱼尾，双手也变成蹼——布鲁斯完完全全恢复到了人鱼的模样。

这次是真的完蛋了！ 他看着远处丝毫没有移动半步的龙，听着身后越来越尖锐的冰的摩擦声，把头埋进臂弯里。终于，随着一阵彻骨的寒冷，他感觉口、鼻、全身都被包住，陷入了黑暗，并且很快因为窒息失去了意识……

再次苏醒过来的时候，天已经黑了。

布鲁斯·贝克正身处酒吧，躺在角落的长椅上，身上裹着厚厚的毛毯。

"我……没死？"他喃喃地开口，盯着面前的人。

"看起来还没有。"胖乎乎的酒保递给他一杯热乎乎的咖啡，"哦，我向美国魔法事务管理部打了个电话，小朋友，你的父母很快就回来接你。"

布鲁斯捧着杯子发愣，忽然像是想起什么："我为什么会在这里？那个恶棍、杀人犯呢？"

"嗯？"酒保莫名其妙地看着他。

"B.D.！'雪橇'班森！"布鲁斯咬牙切齿地把在外围圈的经历叙述了一遍，然后埋怨道，"你还说他是好人！我差点儿被他害死！"

"噢噢！"胖酒保连连摇头，"小朋友，你得明白，他确实是

153

格罗威尔先生和龙

个好人。他变成原形让你跟在身后了,对吗?那是因为白海外围圈有很多魔法的空洞,一不小心就会坍陷,班森用龙的体形踩过的地方,当然是最安全的。还有,你不是说他第一次救了你吗?对抗冰浪也是非常费体力的!"

布鲁斯呆住了,好半天才嗫嚅着开口:"可是……可是后来我被冻住的时候,他袖手旁观……"

酒保耸了耸肩:"我想他即使跑过来也来不及了吧,何况是他把你送到我这里来的……"

"他?这不可能!"

"可惜是真的,小朋友,就放在雪橇上。他把你从冰里融出来费了不少力气,丽斯小姐和别的狗儿们也都累坏了。瞧,它们现在都去休息了。"

布鲁斯怀疑地看着胖乎乎的酒保,并不完全相信他的话。但是老到的人鱼对此并不介意,他为布鲁斯压实毛毯,然后把壁灯调暗。

"好好睡吧,你需要休息,等你一觉醒来就能见到你的父母了。我今天还为了你特别提前打烊呢,这损失可不小……"

年轻的人鱼对他的唠唠叨叨没有理会,只觉得心里放下了一块大石头,甚至有些渴望明天的见面,他从来没觉得回家这件事会让他感觉如此舒服。

在布鲁斯迷迷糊糊地睡着以后,胖乎乎的酒保推开厨房的门走进去。一个头发蓬乱的大胡子男人正在撕下牛肉喂脚下的五条雪橇犬,并且亲昵地摸它们的头。看到酒保进来,他起身问道:"他睡了?"

"嗯,睡得很熟。"

"那就好。"

"我说,老伙计,你干吗费那么大力气折腾这孩子,还让自己吃力不讨好。"

"哦,"男人笑起来,"你还记得我儿子莎士比亚吗?他在这么大的时候也是个叛逆的小子,不吃点苦头就不知道家有多好。"

酒保哈哈大笑起来:"小莎士比亚,是的,是的!我记得他!现在他已经很安稳地在伦敦给一个医生当助手了吧?"

"没错!"班森咧开嘴,"所以啊,对于那小鱼来说,明天将是最幸福的一天,对他的父母来说也是。"

永生不灭——关于龙妈妈

维克多·菲谢尔弹了弹手中的香烟,烟灰立刻就被风呼啦一下刮得不见踪影。

这里是罗马尼亚境内南喀尔巴阡山的大帕伦格峰,再往东北走就能到特兰西瓦尼亚比较繁荣的地区,比如锡比乌,那里有美酒、烤肉、温暖的壁炉,以及漂亮的女人,是离天堂更近的地方。

维克多悲哀地望了望自己周围,他现在可没办法去那儿,只能站在山坡一块高耸的岩石上,底下的榆树、松树、柏树和槭树环绕着他,好像一片绿得发黑的幕布,它们把这块岩石托得更加朝外,如同一个突出的舞台。深秋的风从山林间吹来,吹乱了维克多原本梳理整齐的黑发,他笔直地站着,吸了吸鼻子。他觉得这些飞奔而过的透明精灵正在一点儿一点儿劫走身体的温度,皮

永生不灭——关于龙妈妈

肤上的汗毛都立起来了,如果那个人再不到,他可能会坚持不下去了。

"再等等吧,"他对自己说,"没有关系,迟到是女士的特权,特别是美丽的女士。"

维克多把领子竖起来,然后哆哆嗦嗦地掏出了口袋里的信,洁白信纸已经由于多次翻看而有些污浊了,足以衬得上他同样脏兮兮的大衣。

"亲爱的维克多:您好。"信上这样写着,"我很高兴地告诉您,关于您进入上古巨龙遗址进行考察的要求,已经获得了战后欧洲妖魔事务紧急处理委员会的明确支持,而罗马尼亚魔法事务管理部也表示同意。所以,我的朋友,当您接到我的信时,已经可以开始收拾行李,准备出发了。

"毫无疑问,作为魔法研究学者,您从来不参与到人类愚蠢的政治中去,但是从战后到现在,尽管已经过了10年,东方和西方还处于冷战状态,这多少会对您的行程产生微妙的影响。我恳请您忍耐这些僵化的官僚所提出的要求,允许一位罗马尼亚的当地的人员随行。您一定不会觉得厌烦的,这位叫做安娜斯塔西娅・索菲・伊丽莎白・德赫拉姆的夫人是一位极其标致的美人,她的儿子在伦敦给我当医疗助手。她不会成为您的负担,并且将为您提供巨大的帮助。

"您在到达遗址外的指定地点以后,请耐心地等待,德赫拉姆夫人会主动和您联系的。相信我,有了她,您的考察过程会非常愉快。

最后的落款是"您忠实的朋友J.H.格罗威尔"。

维克多把信重新放回口袋,然后缩起肩膀,回忆着那个面目

格罗威尔先生和龙

慈祥的老人,"他是个好人……而且是个诚实的人,"维克多这样想,"所以按照他的嘱咐再耐心地等上几个小时也是完全正常的。"

西边的太阳正在往地平线以下沉没,现在是下午六点,再过半个多小时天就完全黑了。维克多知道,如果不能在天黑前进入遗址,那么在喀尔巴阡山脉中游荡的狼群一定会很高兴地来找自己玩一场追逐游戏。

他回头望了望高耸的大帕伦格峰,这座海拔两千多米的山峰正在朝地面投射下自己庞大的阴影,再沿着这个山坡往上走,就能找到一个狭窄的洞口,按照资料的记载一直往里走就能到达遗迹了。

"赶快来、赶快来、赶快来……"维克多咬着牙喃喃自语,无聊地在原地转圈。

这个时候,一阵剧烈的震动突然蹿过维克多脚下的岩石,他一下子跌倒在地;而几乎与此同时,隆隆的闷响惊动了森林中的乌鸦,它们咋咋呼呼地飞上天,尖叫着四散逃窜。维克多也被吓了一跳,他以为是地震,但是随即就发现地面没有继续晃动,就好像是炸药爆炸,威力只有那一下,随即又恢复了平静。

维克多爬起来,来不及拍拍衣服上的灰土就朝洞穴跑去——万一真的是地震,那他待在这儿很可能被滚下来的岩石给砸死。

但是他还没跑出去几步,就被人叫住了,那是一个优美的女声:"是维克多·菲谢尔先生吗?"

维克多慢慢地转过身,睁大了眼睛:在地势较为平坦的山坡背后,有一个女人正慢慢地走上来,她三十岁左右,酒红色的头发被风吹扬起来,露出一张漂亮得过分的脸;她穿着剪裁合身的

永生不灭——关于龙妈妈

黑色短风衣,马裤和长靴一尘不染;她苗条的身材站在山坡上,就好像一株美丽的月桂树突然从光秃秃的岩石上长出来。

她一点儿也不像到了有个能工作的儿子的岁数。

维克多点了点头,结结巴巴地对她说:"您、您好,安、安娜斯塔西娅·索菲……索菲……"

"安娜斯塔西娅·索菲·伊丽莎白·德赫拉姆。"她流利地报出自己的名字,然后向维克多伸出手,"您可以叫我德赫拉姆夫人,我是罗马尼亚魔法事务管理部为您指派的特别助手。伦敦的格罗威尔医生应该向您提过我。"

"是的,夫人,很、很荣幸认识您。"维克多紧张地和她握握手,看着她涂了玫瑰色口红的嘴唇,然后低下头,发现她脚上的靴子的跟起码超过了八公分,并且——她连最小的手提包也没有带。

女人真是神奇的生物!

德赫拉姆夫人也上下打量着维克多,然后满意地点点头:"既然您已经准备好了,那么我们就动身吧。"

维克多松了一口气,跟着这位女士一起朝那个并不遥远的洞穴走去。

维克多打开了电筒,照着前面的路。光柱直射出去,照亮了前方,但石灰岩的洞壁上凹凸不平,连带光也被连累,时不时地被突出的岩石猛地切断,就好像是善良的绸缎被硬生生划成几截。这个洞穴一直向山峰腹内延伸,并且非常狭窄,几乎只能容纳一个人走过,偶尔还必须得弯腰低头,或者干脆四肢着地爬行

格罗威尔先生和龙

前进。山洞内弥漫着一股潮湿的碱的味道，还有种细微的土腥味儿。地下渗水浸软了浮土，有些地方覆盖着稀泥。

我的衣服是毁了。维克多边往前走边想，不过德赫拉姆夫人又怎么样呢？她那一身看起来可不便宜……高跟鞋陷进泥里也不好玩儿……当然踩在石头上更硌脚……

身后没有传来抱怨的声音，只有鞋子踏在岩石上的喀喀声，还有衣服摩擦的声音。在行进途中，维克多会停下来喘口气，而德赫拉姆夫人则会告诉他一些捷径或正确的方向。

大约行进了两个多小时后，这个洞穴逐渐变宽，深入大帕伦格峰内部的两人探险队终于在一个大大的分岔口前停下来休息。

维克多将电筒放在身边，然后卸下背包。他坐在干燥的岩石上捶了捶腰，为自己常年待在布达佩斯的小图书馆里缺乏运动而惭愧。那位女士却好像一点儿也不累，她的发型没有乱，鞋跟也没折断，除了马裤和风衣略有些蹭上的灰土以外，她看起来还是神采奕奕。

女人真是神奇的生物啊！维克多在心中又一次发出赞叹。

"马上就要到遗迹了。"德赫拉姆夫人借助手电筒的光打量了这个空旷的岩洞，回头对维克多说道，"我们沿着左边的道路就能够进入巨龙遗迹了。等一下我会在这里解除罗马尼亚魔法事务部设立的紧闭咒，您得做好准备，可能有些微的不适感。"

"好的，好的，我没有问题。"维克多连忙点点头，他的面颊因为即将到达目的地而兴奋地泛红。

这样的神态让德赫拉姆夫人忍不住笑起来："真看不出啊，菲谢尔先生，像您这样对冷僻的巨龙遗迹考古有兴趣的年轻人可太少见了。"

永生不灭——关于龙妈妈

维克多对于她的口气感到不舒服——无论怎么看，已经36岁的自己也绝对比她大；而且，被一个如此美丽的女性用年长者的口吻称赞，男人的自尊心也受到了微创。

"巨龙遗迹么……"维克多摆出一副严肃的面孔，"那可是一段辉煌历史的见证……在魔法史的长河中，巨龙们曾经是妖魔的王者。不过随着时间的流逝，它们的遗族已经越来越少，并且不断分化，拥有纯血的巨龙已经灭亡了。如果能够在这片遗迹中好好地调查，也许能找到巨龙灭亡的原因，这对于保护那些数量越来越少的妖魔也很有益处。"

德赫拉姆夫人盯着维克多，后者努力挺起胸膛，为自己这番有责任感的发言感到骄傲。我并不是小鬼。瞧，我可不是来度假的……维克多暗暗地在心底说，您应该对我笑一笑，夫人。

仿佛听到了他的默祷，在不算明亮的灯光中，美丽的红发女人稍微弯起嘴角，绽放出一个浅浅的微笑，仅仅是肌肉的细微拉动，却好像在这黑乎乎的地方绽开了一朵娇艳发光的玫瑰。

"有趣……"她抱着双臂说，"人类就是喜欢研究自己未知的事情，并且热衷于保护他们眼中的弱者。这是人类占据了世界之后所必须尽的义务吗？"

维克多愣了一下，他想说一个富有哲理而且深刻的答案，但还没来得及，德赫拉姆夫人就飞快地做了"闭嘴"的手势，然后脱掉手套，快步走到左边的洞口，平举双臂，开始念诵咒语。

维克多慌忙退后，紧紧地攥住拳头——随着德赫拉姆夫人一波波的咒语声传来，他的耳中响起了难忍的轰鸣，就好像有人在他耳朵边敲着巨鼓，胸口也犯恶心。但是维克多同时也清楚地看到，周边黑洞洞的岔路尽头，好像有一个光点在逐渐扩大，就仿

格罗威尔先生和龙

佛是有人在黑色的画布上滴了点白色颜料,然后被无形的画笔涂抹开,逐渐将黑暗全部遮盖住。这光随着咒语越来越强,最后照亮了整个洞穴,连手电筒的光都被吞没了。维克多忍不住用手挡在眼睛前面,却又忍不住好奇地张望。

"禁闭咒解除了。"德赫拉姆夫人指着通道的尽头对他说,"走吧,菲谢尔先生,那里就是您感兴趣的上古巨龙遗迹。"

维克多·菲谢尔鼓起勇气踏入了左边那道被强光照亮的洞口。

他并没有感觉到难受,因为除了光线强烈不得不闭上眼睛以外,有一只温热滑腻的手牵着他一步步朝前走,根本不用担心脚下。维克多有些窃喜自己和德赫拉姆夫人的亲密接触,等到过了几分钟,那个悦耳的女声告诉他可以睁开眼睛时,他甚至还遗憾地叹了口气。

不过这口气很快又被倒吸回去了。

维克多看到了遗迹,接着他使劲地眨了下眼睛,以确定面前这一切并不是法术带来的幻觉——

现在他和德赫拉姆夫人正站在一个巨大的洞穴中,这个洞穴大得超乎他的想象,就如同一个巨型田径运动场。洞穴四周的石壁拱起,形成了一个足有二十多米高的穹顶,穹顶的中心有一束光线直射下来,把这个原本应该昏暗一片的洞穴照亮了。在光线所笼罩的正中间,有很多暗褐色的岩石朝着中心隆起,就好像一排排朝同一点倒伏的多米诺骨牌。

维克多知道,在大帕伦格峰的腹地里,是不可能出现这样一个容易造成山体塌陷的空洞的,这绝对是被魔法隔绝出的异常空间。但这个空间依托了喀尔巴阡山脉,所以又呈现出一种天然质朴的岩洞风格。

"真是不可思议……太不可思议了……"维克多喃喃地低语,回头看了看来时的路,那里只有一个漆黑狭小的洞口。

他摸了摸石壁,手上是粗糙的砂岩的触感。空气中弥漫着带有湿气的清新气味儿,跟之前山洞中的碱性气味完全不同,他又朝前走了几步,脚下是平坦的地面,一些细软而干燥的红色沙土铺在上边儿,踩上去非常舒服。维克多感觉到皮肤上有些微凉,好像有极其轻微的气体流动,如同春季的微风。

维克多把目光转向穹顶上的那道光,它看上去是柔和的白色,在边缘也带了一点点淡淡黄色,似乎是日光,但是又不是那么刺眼。维克多明白现在外边已经天黑了,不可能是自然光透进来。

他感觉到心脏因为兴奋而跳得很快,胸膛因为连续的深呼吸而扩张开来。之前在狭窄的山洞坑道爬行的疲惫,还有在解除禁闭咒之初的忐忑不安都被亲眼见到遗迹的欣喜代替了。在过去的五年中,他不间断地去各个修道院搜寻中古之前的神秘线索,然后抱着残破的羊皮卷回到布达佩斯图书馆的地下室来做各种各样的研究,现在眼前的一切足以补偿所有的辛苦。他甚至想对着这空旷的洞穴大声叫一叫,听一听那悦耳的回音。

维克多关掉手电筒,对德赫拉姆夫人说:"我们也许该走近点儿。"

红头发的美人没有反对。

于是这个男人快步向光圈照耀到的遗迹正中跑去,逐渐靠近

格罗威尔先生和龙

了那些倾斜的隆起。实际上,它们比他认为的还要高大,最矮的一个大约也有三四米高,它们排在一起,像一个个钝角朝上的三明治。维克多用手抚摸着它们,虽然上面有些坑坑洼洼的,但还是如岩石一般的坚硬,于是他敲了敲,顺着边儿爬上去。

"您在干什么?"德赫拉姆夫人在他身后叫起来,"这太危险了,菲谢尔先生,您会摔断腿的。"

"我很小心。"维克多朝她挥挥手,一直爬上了这个钝角的顶端。虽然不是最高的一个,但是他也能够更清楚地看清光圈中的景象:

原来这些小丘陵足有近百个,它们就好像来自四面八方的箭头,最终都朝着一个点收拢,那个中心就是光柱的正下方,好像鼓起一块白色的东西。

维克多仔细地看着这些隆起的小丘陵,它们的形状都很相似,起伏的角度柔和而外表圆润,并没有岩石的那种尖锐棱角,而且表面布满了规则的圆形坑洞,就好像是水蚀之后的效果。他趴下来,把脸凑近这些"石头三明治",认真观察着上面的纹路——

"巨龙遗迹!"他突然大声叫起来,"我明白了,我明白了!"

这个男人手脚并用地从隆起的丘陵上爬下来,冲到德赫拉姆夫人跟前,红头发的美女有些吃惊地看着他。

"我知道了,德赫拉姆夫人!"维克多指着那些隆起的东西说:"巨龙,这些全是巨龙的遗骸!"

"菲谢尔先生……"

"为什么这里会禁止进入呢?因为这个遗迹并不是单纯意义上的建筑遗留,这是一个大墓穴!"维克多指着那些隆起的丘陵

永生不灭——关于龙妈妈

大声说,"瞧,这些可不是岩石,它们全部是上古巨龙的尸体化成的!按照古籍的记载,巨龙临死前会按照族群的惯例来到固定的地方咽气。它们的尸体蜷缩,最终变成一个只有原来体型五分之一大的固化体。您看——这些东西,这些高矮起伏的东西……这边的,那边的,全部都是巨龙啊!您看,看……"

"好了!"德赫拉姆夫人严厉地打断了维克多兴奋的演讲,她皱着眉头看了看手表,"我得提醒您,菲谢尔先生,您只能在这里再待三个小时,然后紧闭咒就会重新启动,那我们从里面可很难走出去。"

维克多狂热的头脑被浇了桶冰水,他想起了最重要的事情,拔腿朝光柱下的中心位置跑去,德赫拉姆夫人紧跟在他身后。

巨龙们遗骸结成了一道道围墙,层层叠叠地围绕着中心。维克多在众多的小丘陵中穿来穿去,几乎要迷路了,但是他坚定地朝向头顶上的光照射的方向,最后从遗骸的丛林中走了出来。

他眼前呈现出一片十平方米大的红褐色沙地,在沙地中央有一个纯白色的椭圆突起,大约有一平方米,在光柱的照耀下发出一种晶莹的质感。光从头顶泻下,周围的遗骨都黯淡了,但这中心地带连一根头发、一粒沙都会被照得分毫毕现。

维克多小心翼翼地凑过去,屏住呼吸观察那个东西,柔和的光线在它的表面浮起一层极为淡薄的不存在的膜,使它看起来稚嫩而脆弱,仿佛轻轻一碰就会被破坏。维克多甚至不敢站在它面前,只好弓下腰,慢慢地降低身子。

"多奇妙,"他回过头对身后的德赫拉姆夫人说,"我竟然感觉它是有生命的东西……"

酒红色头发的美人没说话,她的眼睛中带着戒备,好像生怕

格罗威尔先生和龙

维克多扑向那个东西,把它压碎。

但是对于好不容易见到遗迹奥秘的男人来说,那样的事情是疯子才会干的。他小心得几乎有些手脚无措,只好像乌龟一样围绕着这东西爬行,还掏出一副眼镜戴上,仔细观察它的每一个面。

"这是什么呢?看起来绝对不是石头,也不是结晶。"维克多迟疑地嘀咕,"天啊,如果我没有疯,我觉得它就像是一枚卵!可是纯血巨龙的卵早就没有了,即便是存在,也该变成了石头。"

德赫拉姆夫人抱着双臂,对维克多的看法露出毫不掩饰的轻蔑:"您看到的所有文献都这样说吧?"

"嗯……关于活着的巨龙,在公元560年之后就没有记载了,所以我只能看到一些比较片段的资料……所以……"维克多突然觉得自己在德赫拉姆夫人的眼中就像个小学生,他有些窘迫地闭上嘴,重新投入到对那个椭圆形的观察中。

如果说它确实是个卵,那么至少有三分之二被埋在了地面下,这是由于长年累月的积累吗?如果真的如此,那么为什么露在外边儿的地方又干净光洁呢?

维克多用手试着挖了下这"卵"下方的泥土,突然碰到了一条坚硬的长条形东西,他急切地刨开浮土,发现有是一条有手腕粗细的经络般的东西,他心中一动,顺着它的走向不断地摸索,赫然发现这经络一直通向那些巨龙硬化的尸体。

维克多跳起来,像是明白了什么一样开始在"卵"的周围挖开泥土,一条条形状相似的经络逐渐显现出来,它们从四面八方汇集到这个地方,就好像是那些丘陵的势态延续。

维克多重新把目光移向那个白色的椭圆形,他现在几乎可以

永生不灭——关于龙妈妈

肯定,这绝对是一枚卵了。一股说不清的感觉从他的心底慢慢地涌上来,他转过头,看着德赫拉姆夫人。

"我明白了……"他说,"其实上古巨龙们的死亡是一个假象,它们为了纯血后代的延续,隐藏在这里,把同族的养分一点点地供养给未出生的卵……这样一来,纯血的后代可以一直活着,哪怕千万年。只要时机成熟,这个卵中的幼龙就能破壳而出。"

德赫拉姆夫人的脸上非常平静,似乎对于维克多的结论一点也不吃惊:"任何种族都会为了延续血脉而做出自己独特的选择,以前人类的扩张和魔法崇拜的萎缩让上古巨龙们的生存逐渐陷入了困境……但是谁都知道人类早晚也有灭亡的那一天,而巨龙们说不定就是在为那一天之后重新苏醒在做准备呢。"

维克多用敬畏的目光看着她:"您的话虽然很冷酷,但我无法否认。"

德赫拉姆夫人的脸上再次挂上了倨傲而艳丽的笑容。

维克多看着那枚卵,缓缓地伸出手:"真希望我的猜想是错误的,而您说的那一切也不会来临……"

"等等!"德赫拉姆夫人突然尖叫起来,"别碰它!"

维克多的手刚刚接触到那层浮光构成的膜,卵的表面突然绽放出红色,紧接着整个洞穴都发出了隆隆的巨响,地面开始摇动,沙土都在发颤。

"怎、怎么了?"维克多大惊失色地看着周围,那些隆起的丘陵仿佛在像波浪一样起伏,并且频率在逐渐地加快,在光线较为暗淡的地方,岩壁也开始发抖,无数的小石块儿掉落下来。

"你这个白痴!"德赫拉姆夫人不客气地训斥他,"你惊动了

格罗威尔先生和龙

它们的长眠,现在遗迹又要封闭起来了。"

她说的是实话,维克多看到光圈照耀的面积在缩小,这表明头顶的光线正在急剧收缩,四周的岩壁也向中间挤压过来,就好像有巨人试着捏扁一块儿三明治,而他们不巧正好是馅儿。

"能出去吗?我不想被关在这儿!"他跳起来就向出口跑去,却一下子被德赫拉姆夫人抓住了衣领拽回来——她的力气真是大得可怕!

"啧,真麻烦!"

美丽的女人一边抱怨,一边在维克多的惊恐的注视中开始变形:她苗条的身体像吹气球一样膨胀起来,一下子变得足有两米高,皮肤泛出非人类的红色,四肢变成了爪子,颈部拉长,还长出了肉翅——她变成了一条……

"龙!"维克多叫起来:"你……你也是龙……混血龙!天啊……"

"我当然是,难道你没注意到之前我降落在外面时地面有震动?"皮肤呈现出酒红色的龙向他大笑起来,猛地扇动翅膀向头顶上的光源飞去,"好了,闭嘴,现在我们要穿过结界!"

维克多确实闭嘴了,他被抓着升到空中,而上古巨龙遗迹在他和那位女士的脚下逐渐沉入黑暗,不断缩小的圆形光圈好像一个被合上的镜头,黑暗从圆周之外渐渐地浸润过来,那些被惊动的巨龙的遗骨被阴影抚慰着,嘈杂的喧嚣逐渐平息,最后沉寂了,好像是在默然无声地等待下次黎明。

维克多最后看了一眼那洁白的、变成了一个小点儿的卵,然后昏了过去,唯一的念头就是:**女性真是神奇的生物,连龙也不例外。**

人偶

亨伯特玩具店开在一间餐厅的隔壁，餐厅上面是家宠物医院，所以偶尔会有牵着小狗的孩子们蹦蹦跳跳地来光顾。

店主亨伯特先生很会做生意，他把一大片空地拿出来让男孩子们玩遥控赛车，在另外一块空地上用积木搭起了高高的城堡，还有木雕的公主、国王和骑士，都刷着漂亮的漆。但是亨伯特先生最为自豪的，也最受小客人们欢迎的，是那一柜子的人偶——全部是可爱的娃娃，陶瓷的脸蛋儿、丝制的卷发、五颜六色的外套，还有亮晶晶的玻璃眼球。这些人偶栩栩如生而又精致可爱，以至于很多小朋友会哭着闹着要爸爸妈妈买一个回家。

亨伯特先生是一个好脾气的商人，他从来不会因为男孩子们一个接一个的问题而不耐烦，也不会对挑三拣四的小女孩儿发火。有时候毛躁的男孩会不小心把人偶碰伤，他总是笑眯眯地说没有关系，然后再费力补一补。

今天有几个客人又来到店里，其中有个戴眼镜的男孩儿，他

格罗威尔先生和龙

最多七岁，一副瘦弱而苍白的模样。他的父母穿着很精致的外套，连头发丝儿都一尘不染。

"您好，"他的父亲说，"我的小埃德蒙今天过生日，我们想送他一件生日礼物。"

"好的，先生，"胖乎乎的亨伯特先生挥了挥手，"我这里有很多玩具，男孩子们喜欢的我都有，请随意挑选。"

那位身材苗条的母亲走上去，吻了吻儿子的头顶："选吧，宝贝儿，你想要遥控车吗？还有飞机模型。哦，瞧这个，智力拼图，它可以锻炼你的大脑……"

男孩子推了推眼镜，灰蓝色的眼睛冷漠地扫过一个个柜台，当他看到最大的玻璃柜子时，目光中透露出一丝兴奋。一个漂亮的公主人偶正好站在第三层上望着他，她蓝色的眼睛和金色的卷发就好像有生命一样，蕾丝蓬蓬裙上有迷人的玫瑰图案。

男孩儿兴奋地看着这个人偶，然后怯生生地指了指。

"是她么？"亨伯特先生笑着点点头，"真不错呀，埃德蒙，你太有眼光了，这是我们最高贵的公主。让我给你取出来——"

"等一等！"

突然，一个严厉的声音制止了亨伯特先生的动作，他回过头，看见那位父亲面色阴沉地走过来，不悦地看着自己的儿子。"洋娃娃，埃德蒙？"他鄙夷地说，"真不害臊！你是一个男孩子，居然喜欢洋娃娃！这实在是太软弱了，那是女孩儿玩的！没有出息的男孩才选那个！"

戴眼镜的孩子脸色更白了，他吞了口唾沫，用小猫似的声音说："可……可是……爸爸，她很美……"

"那又怎么样？只能摆在那里看看而已。"高大的男人似乎更

人偶

生气了,"你真让我失望,埃德蒙。我原本以为你会选择比较有实用价值的,比如那些需要动脑筋的遥控模型。你永远都只会那么懒惰吗?"

男孩儿的眼眶有些发红了,他看了看周围,还有两位别的客人看着他们,一个金发的高个子男人似乎想开口,却被旁边深肤色的少年拉住了。

旁人的目光让那位母亲有些难堪,她连忙蹲下,抱着儿子劝道:"好了,宝贝儿,另外换一个吧,你瞧,还有那么多玩具呢。"

可怜的埃德蒙有些哽咽,他恋恋不舍地看着玻璃后面的人偶,终于咬着嘴唇走开,挑了另外一个动物拼图。

高大的父亲总算满意地点点头:"很好,埃德蒙,很好。我知道你会改掉自己的坏毛病。我还会给你一个生日礼物:明天你的新家庭教师就要来了,他是一位画家,他会让你也成为一名画家……"

亨伯特先生默然无声地把那个拼图包装起来,然后接过信用卡划了钱。

一家三口走出大门,沿着街道走向一个高档住宅区。女人的高跟鞋和男人重重的步伐掩盖了小孩子活泼的脚步声。母亲拉着儿子的手,一言不发地走着。在进入小巷子里的时候,她发现掌中的小手越来越硬,而原本紧跟在身边的儿子步子渐渐放慢了。

"快一点儿,宝贝儿,你的钢琴课快开始了……埃德蒙……我在给你说话,走快些。"越来越沉重的拖曳感让这个母亲终于生气地朝儿子低下头,准备更严厉地责备他。

这个时候,抱着拼图的男孩儿仰起头,他的轮廓缩小了,皮

格罗威尔先生和龙

肤呈现出陶瓷的光泽，头发硬得如同化纤，当他把脸转向自己的母亲时，没有生气的无机质眼球泛出冰冷的玻璃光泽。

母亲惊叫起来，松开了手，走在前面的父亲猛地转过身，正好看到儿子脸朝下地摔在地上，发出了清脆的碎裂声……

与此同时，站在玩具城堡前的另外两位客人在窃窃私语。

金发的男人叹息道："真是可怕的父母。为什么你刚才阻止我，莎士比亚？"

"嘘——"深肤色的少年指了指亨伯特先生，"他们已经让他生气了，所以我们不必再去费力气教训那两个暴君了。"

"你怎么知道？"

少年诡秘地笑了笑，朝亨伯特先生打招呼："杰克，老朋友，快告诉我的老板你做了什么？"

亨伯特先生从柜子里取出那个公主，挪动着肥胖的身体走到他们面前："没什么，一个小小的幻觉而已。我觉得他们不需要儿子，只要一个人偶就够了。是不是，维多利亚？"

他挠挠公主的下巴，那个美丽的陶瓷脑袋前后摇晃起来，发出咯咯的笑声。

时间的血

"你喜欢哪一部?"

当亨利·格罗威尔医生凝望着车窗外时,身旁的少年突然提出了问题。那是一个黑皮肤的少年,但不是纯种的非裔,倒有些像波多黎各人和隔代黑人的混血儿,他灵动的眼睛闪烁着金绿色的光芒,带着狡黠的神气。

亨利先道了歉,因为他一直看着外面的风景,所以并没有注意这个少年说了什么。这也不能怪他——因为这次远距离的出诊,他才第一次来罗马尼亚,火车渐渐驶入了南喀尔巴阡山脉以后,漂亮的绿色丘陵便吸引了他的目光。今天的阳光又分外地好,把春季繁盛的青草以及一蓬蓬野花照得如同姑娘们翡翠般的眼睛和黄金一样的秀发,简直美得无与伦比。

"哦,好吧。"少年勉为其难地把问题重复了一遍,"我是

格罗威尔先生和龙

问,您比较喜欢弗吉尼亚·伍尔夫的哪一部作品?"

"呃……"亨利发出了困难的呻吟,作为一个专门治疗妖魔的医生,他确实对文学不怎么热衷,比起面前的这个作为他助手的少年,他常常有些惭愧。

"莎士比亚,"他叫着助手的名字,"我想我只读过她的《达洛维夫人》,对这位女士的其他作品根本不了解,所以无从比较,要我选出'最喜欢'的,实在是件对她很不礼貌的事情。"

"啊,我想起来了!"莎士比亚挑高眉毛,"你钟爱妮可·基德曼,她因为那部《时时刻刻》得了奥斯卡最佳女主角奖,所以你才去看了《达洛维夫人》。身为一个人类,在接触影像图画之前居然没有先读过文字,可真是浪费您的天赋,我对此非常遗憾。"

亨利的嘴角抽搐了一下:"真抱歉了,不过身为龙的你只能看人类的文字而不能写,也很浪费你的创作天赋,我对此同样感到遗憾。"

是的,这个少年,莎士比亚,他的原形是一条黑龙,有着平凡的两翼,离两千岁的成年期还有四百多年。不过在从他五百岁那年踏入人类社会开始,他就对这种短寿又卑微的生物所创造出的一种叫"文学"的东西充满了热爱。这让他的人生观和世界观无论是在龙还是在人的社会里,都有些离经叛道。

面对雇主的挖苦,莎士比亚大度地一笑:"我们在艺术的认识上从来不能达成一致,老板。好吧,如果您仍然有兴趣充实自己,我倒是乐意向您推荐那位女士的另外一部作品,《奥兰多》。"

他合起手上的书,给亨利展示封皮——那上面是一个用手斜撑着头颅的俊美少年。

"啊……"亨利想了想,"其实我——"

"您看过电影,我知道。"黑龙用悲悯的口气说,"蒂尔达·斯文顿,其实她不是您喜欢的类型。"

亨利接过了龙的书,脸上有些微微地——仅仅是微微地——发热。"我会读的,"他向莎士比亚强调,"据说我们要去的地方除了读书可没有别的事情可做。"

"您说的是天堂吗,老板?"

亨利不再开口。

龙心满意足地交叉着双手,哼起了歌。

火车在勒姆尼库沃尔恰停留,莎士比亚操着流利的罗马尼亚语为他们租来了两辆自行车,然后把行李放在后面。

亨利对此毫不吃惊,因为莎士比亚的母亲——一头美丽的红色母龙——生活在这个国家,并且担任着妖魔事务部的联络工作,母子俩的关系说不上好,但是莎士比亚仍然勤于练习这种生僻的语言。"尽管我还是一颗蛋时就被那该死的法师偷走了,她再没有见过我,可由于家庭传统总有一天我得和她碰面,"黑龙曾经这样对亨利说过,"你要是以为她会纡尊降贵地跟我说英语那可就大错特错了,她是彻彻底底的统治者,一个女王。"

至今为止亨利一直没有机会见到那位"陛下",现在他为莎士比亚总算没有浪费他学的语言感到高兴。

"让我看看地图。"黑龙用一种极为专业的自助游爱好者的神态研究着面前的纸,"您说的是什么地方来着?"

"霍尔米契。"亨利说出那个困难的发音,"据说距离这里只有两个小时的路程,是一个不怎么起眼的小镇,班车很少,因此科佩塞斯库先生才建议我们租自行车……"

格罗威尔先生和龙

"他应该来接我们。"莎士比亚绷着脸,"这次可是距离最远的一次出诊。"

"科佩塞斯库先生不能那么做,我们的火车是白天到,而他是——"亨利突然警惕地看了看周围,压低声音,"——他是一个吸血鬼。"

莎士比亚耸耸肩:"很好的理由……如果我说我不会在岩洞顶上倒挂金钩您是不是就能允许我转头回家去?"

但是龙的抱怨很快被接下来犹如郊游一般愉快的短途旅行平息了。

他们按着地图出了勒姆尼库沃尔恰市区,然后朝着西北骑行。一路上人非常少,满眼都是高大的落叶乔木,杨树、樟树、榕树……每个枝头上都缀满了新发的嫩叶,密密麻麻地生长着,仿佛小男孩儿毛茸茸的脑袋。空气中弥漫着淡淡的木质清香,每吸一口气都是一次肺部SPA。

当他们接近霍尔米契镇时,天色已经完全暗下来了,树林退去,变成了低矮的灌木丛,星星点点的萤火虫在远处飞舞着,隐约还能听到汩汩的溪水声。

镇上的夜晚非常安静,人们都待在屋子里,狭窄的街道上几乎看不到游荡的身影。房子都是两三层的低矮建筑,刚刚长出叶子的爬山虎包围着它们,给它们穿上年轻的春装。在古老的花岗岩墙壁后面,温暖的灯光好像童年的梦一样带着香味,从门窗缝隙中渗出来,在路面的石砖上铺上了明暗花色都不同的地毯。虽然路灯很暗淡,可是这些窗户的光亮足以让亨利和人形的黑龙看清脚下。

"哦,有件事情您得老实告诉我,老板。"莎士比亚慢慢推着

时间的血

车往前走,"您其实没有订旅馆对吗?或者说,您指望着那位伯爵——哦,请原谅,吸血鬼都是这个爵位,您指望着他给咱们在城堡里准备房间?"

"科佩塞斯库先生说他会来接我们,我想他应该起床了。"

"万一他没有闹钟呢?万一他的棺材被钉死了呢?"

亨利觉得自己饿了,饥饿让他一点儿也不想浪费口舌跟莎士比亚拌嘴,但是如果不反驳,黑龙就会开始滔滔不绝地演讲。最终拯救他的是街道那头缓缓走来的一个矮小的影子——

那是一个头发花白的老人,大概六十多岁,留着漂亮的大胡子,穿着普通的棕色外套和棉质长裤,手中提着一个小小的马灯。他小小的灰色眼珠里充满了能用"和蔼""慈祥"来形容的光彩。

"他可以去扮演圣诞老人!"莎士比亚嘀嘀咕咕,"然后吸那些笨小孩儿的血。"

"别有那么强的种族歧视。"亨利低声训斥道,"看,他过来了,你得微笑。"

"亨利·格罗威尔医生?"老人笑眯眯地用带着口音的英语问道。

"是我。"年轻的英国人点点头。

"真高兴见到您。"老人向他伸出手,"我是米哈伊·科佩塞斯库,请原谅我只能在这里接您。我已经为您准备好了房间——很抱歉,只有一个房间。"

"没关系,科佩塞斯库先生。"亨利笑着说,"如果很窄的话,莎士比亚可以变形,像鹦鹉一样蹲在架子上。"

老人大笑起来:"真了不起!"他上下打量着面前黑皮肤的男

格罗威尔先生和龙

孩儿,"我知道您,尊敬的黑龙先生,我认识您的母亲。"

"哇喔……"莎士比亚很不礼貌地叫了一声,"我听说她和吸血鬼没有交情。"

老人稍微皱了一下眉头,忽然变得严肃起来:"事实上,我有一件很重要的事情得告诉你们。"

亨利愣了一下:"请……说说看。"

老人咳嗽了一声:"格罗威尔医生,写信请您出诊的人的确是我,但其实生病的人不是我,而且……我也不是吸血鬼!"

"得了!"黑龙很大度地说,"其实出诊费不贵,如果您发现其实病已经好了,我们也不会多收钱的,大不了就是来回机票的问题……"

"他今天没有吃晚饭,"亨利笑眯眯地对老人说,"科佩塞斯库先生,莎士比亚只是对您手里的这盏灯垂涎三尺。"

"哦哦,我是听说过龙是吃火和烟的,等下我会准备好……"老人忽略黑龙的刻薄,回到自己要说的事情上,"格罗威尔医生,生病的人是我的主人,克里奇阁下。他带着我隐居在这个镇上已经六十年了。让咱们边走边说吧,我在炉子上还热着土豆汤呢,您可以坐下来慢慢喝……"

亨利点点头:"好的,我相信您的屋子肯定是个舒适的地方。"

"不不,"老人连忙摇头,"我住在教堂里。我是那里的守夜人。"

亨利张口结舌,好半天才勉强笑了笑:"真想不到,我是说,克、克里奇阁下,他也住在那儿?"

"是的,"米哈伊·科佩塞斯库善解人意地说,"其实吸血鬼并没有那么排斥十字架,请这边走……"

在前往霍尔米契镇教堂的路上,米哈伊·科佩塞斯库委婉地说明了他隐瞒的事情。

"我不得不这样做,格罗威尔医生,"他用沉重的口气说,"克里奇阁下病得很重,我能看出来。他已经很久没有吃东西了,以前他从不让我过问他的饮食,所以等我发现他停止进食的时候,事情已经很严重了。我尝试着给他弄来了最新鲜的处女血——"

亨利瞪大了眼睛。

"哦,绝对合法!"老人连忙解释,"现在可不比20世纪前那样了,如今吸血鬼伤人觅食可是重罪,我们一直小心地不越界,我刚认识他的时候他就在喝小山羊血了。不过在罗马尼亚,您知道,在私人诊所那里,要搞到一些人血其实并不算太难,只需要出高价,而克里奇阁下非常富有。"

"好的,我明白了,继续吧,科佩塞斯库先生。"

"总之,这样难得的美味,他连看也不看,就好像我端着的是一杯番茄汁。"

"您能保证他确实没有吃东西吗?也许在您看不见的地方他也吃了一点儿。"

科佩塞斯库先生黯然地摇摇头:"他的睡眠时间在延长,有时候甚至会一个星期都不醒来。"

亨利皱起眉头:吸血鬼如果长时间没有摄入足够的鲜血,就会渐渐地陷入沉睡,然后在睡眠中枯萎。这个枯萎的过程可能持

格罗威尔先生和龙

续几百年甚至上千年,最后化为尘土——除非有人在这中间重新为他们注入鲜血,那样的例子极少极少。

老人烦恼地叹了口气:"我不知道原因,医生,克里奇阁下并不愿意和我谈论这个话题,他是一个有着古老做派的人,如果不礼貌一点,甚至可以说是孤僻。我试探过,他虽然丧失了食欲,但不认为这件事需要请医生,所以他可能不会欢迎您的到来……"

"等等,"莎士比亚插嘴说,"您的意思是,我们来给他看病,他有可能用拐棍儿或者别的什么打人很痛的玩意儿把我们赶出去?"

"不会的,"老人笑眯眯地安慰黑龙,"您和医生是作为游客来这里暂住,您的母亲是我朋友,她给心爱的儿子介绍了一个不错的度春假的地方,您会度过愉快的两周。"

莎士比亚的眼白在黑漆漆的夜色中显得异常地多,几乎要胀出眼眶。老人仍然在微笑,于是他把暴突的眼睛转向同行的雇主。

亨利的脸扭曲了一下,却平静地点点头:"这样很好,我并不是第一次遇到这样的要求。我们一直优先考虑病人的感受。"

莎士比亚盯着他。

"我们会完全配合您,科佩塞斯库先生。"亨利说。

莎士比亚的嘴角在抽搐。

"我们会不动声色地为他诊断,找到病因,我们绝对不会让他发现真正的意图。"

"格罗威尔医生!"老人用力握住了亨利的手。

"乌拉!"莎士比亚冷冰冰地看着他们。

时间的血

后来三个人没有再继续说话，但这不是因为气氛的凝滞，而是由于目的地已经到了——

那是一座小巧而古老的东正教教堂。外围残留着旧式碉堡，中间拜占庭式的主体建筑有一大四小的灰色穹顶，上面高高地矗立着十字架，在月光下发出淡蓝色的光辉。虽然大门紧闭，但是彩绘的玻璃窗还是隐约透出些微光，那是长年燃烧着的蜡烛。

"我住在那边。"米哈伊·科佩塞斯库指着东北角上的一扇门说，"那里可以通往地下室，神父将那个地方让给我了，克里奇大人也很满意。"

"住在教堂里的吸血鬼。"莎士比亚嘀咕道，"这就好像有人告诉我其实《追忆似水年华》是大仲马的作品。"

亨利看了他一眼。"我的意思是这很不搭调。"黑龙向他的老板解释道。

"请进，请进。"科佩塞斯库先生很热情地为他们开了门，"随便坐吧，先生们，我去给你们沏点儿茶。"

亨利和莎士比亚将自行车靠在门外，然后进了门。

这间房子大约有五十平方英尺，布置得很整洁，里面隔出了一个小小的茶水间，外面摆放着简单的沙发、橱柜和木床，还有一个写字台。在一面墙上钉着好几幅画框，里面是圣母怀抱圣子的模样，还有耶稣受难图，下面的桌子上装饰着鲜花和蜡烛，还有一个颇有年头的铁十字架。这间屋子有三个门，一个是他们进来的，还有一个在地板上，就是通向地下室的，另一个则通往教堂，虚掩着，能看到隐约的烛光。

莎士比亚跺跺地板，神秘兮兮地给亨利耳语："您猜'他'起床了吗？也许我可以叫醒'他'。"

· 181 ·

格罗威尔先生和龙

"别那么没礼貌，"医生皱了皱眉头，"你该想想怎么配合科佩塞斯库先生。"

"我从来没有见过我母亲，您指望我怎么跟她的老朋友热络起来？"龙刻薄地说，"为了一个得厌食症的吸血鬼撒一个谎，我们就得用一连串的谎来弥补——"

他忽然停下来，把身子倾斜了一些，眼睛直盯着亨利背后的远处。

医生愣了一下，刚要回头，就看见莎士比亚霍地站起来，推开通向教堂那边的门，大步迈了出去。

"你干什么……"

亨利的话还没有说话，莎士比亚已经像赫尔墨斯一样飞奔出去，只用了十几秒就直冲到教堂的另一头，把一个矮小的白色身影扑倒在地。亨利有着绝佳的运动神经，但他赶到时也仅仅是刚好看到黑龙把那个男孩儿提起来。

"哈！"莎士比亚得意扬扬地拎着那男孩儿的衣领，"瞧，一个圣职助手，同时也是一个兼职小偷。"

被他抓住的男孩儿的确穿着一件白袍子，手里还抱着一盆用来装饰圣坛的鲜花。他大概十四五岁，个子不高，有一头柔软的淡黄色头发，皮肤白皙，眼睛是碧绿色的，遇到这意外时他的脸上并没有愧疚和惊恐，倒是很小心地查看怀中的花儿。

"慢点儿！"亨利警告他的助手，"你在干什么？"

"这小朋友偷东西！"莎士比亚摇晃着他手下的少年——虽然他变化的形象有也不过十七八岁，但是身高占了很大优势，"我看着他鬼鬼祟祟地在圣坛面前来回走动，然后抱起什么东西就往侧门那里跑。"

"也许你该听听他怎么解释?"亨利提醒道,"别像捡到绝版书那样咧嘴傻笑。"

"快点解释!"莎士比亚继续摇晃着单薄的男孩儿,"我得帮你翻译成英语,那很花时间!"

那个男孩儿张了张嘴,什么都没有来得及说,就听见另外一头响起了米哈伊·科佩塞斯库的惊呼:

"克里奇大人!天哪,发生了什么事?"

克里奇·亚历山大·马尔库斯生于1512年,曾经是一个匈牙利人①,甚至算得上是圣·伊斯特万国王的后裔分支,不过土耳其人打过来的时候他也只能跟着父母逃到了罗马尼亚,然后被这里的某个吸血鬼夫人看上了,接受了"初拥"。如今他已经五百多岁了,仍然是一副青春年少的模样。

莎士比亚的鲁莽导致他的手臂上有些擦伤,这让科佩塞斯库先生非常不满,因为吸血鬼缺少进食以后连自愈能力都变弱了。幸亏亨利随身带着一些药,然后又多念了几遍治愈魔法咒,才让忠心的老仆人平静下来。

科佩塞斯库先生用事先准备好的说辞介绍了这两个陌生人,保证这个老朋友的儿子和他的"指导老师"只是来度假,住一两个礼拜,于是年长的吸血鬼向他们表示欢迎。

"我一点儿也不想伤害您,"莎士比亚交握着双手,努力让眼睛里浮现出一些水汽,"我只是一条比较有正义感的龙,我常常觉得如果看到过分的事情不去出力,那将否定我的价值。您看,

---

① 匈牙利人的姓在前,名在后。

格罗威尔先生和龙

我爱这个地方,我一来就爱上它,当然会自觉地保护它。我的身体往往比脑子先行动,大人,您知道情感的力量——"

"很强大,是的。"吸血鬼接上他的话,但说的是流利的英语,"好了,莎士比亚先生,最有价值的话是最精简的,您的歉意我已经收到了。"

克里奇的声音还介于男孩和男人之间,显得清亮悦耳,又有些难以描述的淳厚。他就这样倚靠在沙发上,一边活动着受伤的那只手,一边向黑龙微笑,那表情实在是非常得体。亨利觉得,跟他的风度比起来,莎士比亚的八百年岁月似乎都白活了。

"您的英语好极了。"医生真心诚意地夸奖了吸血鬼,"您刚才在做什么,大人?为什么会到圣坛前面去搬花?"

"哦,这是我种的白玫瑰。"克里奇轻轻地抚摸着身旁的那一小盆花,它长得并不茂盛,但是已经开始结出花骨朵了,"平时都放在教堂里,所以晚上得呼吸点儿新鲜空气,早上还能沾一些露水。"

"您爱种花?"亨利饶有兴趣地问。

"谈不上,只是种过几株玫瑰而已。"

莎士比亚按着胸口,咳嗽了两下,突然提高声音:"含苞的玫瑰,采摘要趁年少,时间老人在飞跑,今天,这朵花儿还满含着微笑,明天它就会枯萎死掉。"

室内忽然有些安静,端着土豆汤进来的米哈伊·科佩塞斯库先生如同石像一样呆立原地,而克里奇也有些惊异地盯着黑龙,只有亨利镇定地向主人笑道:"一个赔礼,大人,莎士比亚把这首诗献给您。"

"哦,谢谢。"克里奇笑起来,"罗伯特·赫里特的诗可不是献给我的。"

莎士比亚怪模怪样地盯着他,而吸血鬼则重新抱起花盆,慢慢地走出了屋子。

"嘿……"黑龙如梦初醒一般地看着亨利,"我开始喜欢这家伙了,他是个知识分子。"

年轻的医生感到有些脱力,他想自己可能是饿过头了,所以眼前发黑,也没有力气说话。他转过头去,默默地吃着科佩塞斯库先生的土豆汤,一边从窗户里望着外面——

远处是教堂的墓园,月光照着那片灰色的世界,只能看见一些古老的墓碑的轮廓。它们高低起伏的影子形成一种诡秘的波浪,黑暗又沉寂,凝固在时间中。一个白色的影子慢慢地飘浮到这些波浪中间,好像一只萤火虫投入大海,渐渐地被吞没了。

亨利收回了目光,心中却有些高兴——

一个得了厌食症的吸血鬼,还好他有个养花的爱好。

亨利在科佩塞斯库先生准备的房间里睡到了第二天早上。

那是紧邻着起居室的一个储藏间,临时被改作了客房,大约只有十平方英尺,刚好能摆下一张单人床,还有一个很旧的长沙发。

莎士比亚没有抱怨,毕竟他变成常用的龙形以后躺在上面完全合适,他不再因为要学着鹦鹉或者别的鸟那么睡觉而烦恼。

科佩塞斯库先生的工作决定了他基本上要在中午以后才起床,所以亨利和莎士比亚也遵循主人的作息规律。可惜他们还没能完全调整好生物钟,所以在十一点左右就起来了,并按照主人

格罗威尔先生和龙

留下的字条儿，去镇上的"郁金香"餐厅吃点东西，科佩塞斯库先生甚至还推荐了几样菜。

"这是我们逛逛的好机会。"龙兴高采烈，换上一身青绿色的外套，"瞧，'圣诞老人'在睡觉，他的主子也在睡，我们可以暂时把工作放到一边去。"

"是需要逛一逛。"亨利赞同莎士比亚的观点，"但是我觉得我们得好好了解这个地方。一个吸血鬼无缘无故是不会得厌食症的。想一下丘吉尔先生，如果你还记得他的话。"

"那个大蛤蟆？"龙毫不费力地回答道，"是的，英国唯一一个具有波斯血统的可变形妖魔。"①

"他的消化问题就是环境污染给弄的，所以我们得先排除让克里奇大人生病的外部因素。"

"好吧……听您的，老板。"龙有些失望，但是眼睛又转一转，"我注意到了您的用词，您称呼他为'大人'。"

亨利愣了一下，他明白莎士比亚的意思，吸血鬼都是令人讨厌的家伙，高傲、苍白、神经质，斤斤计较，架子大，很多妖魔都不喜欢他们。但是说实在的，克里奇绝对不会给人负面印象，他的长相俊美，气质温和，而且彬彬有礼，虽然有点冷淡，可是哪个吸血鬼热情如火呢？

亨利打心眼儿里不希望这样一个难得顺眼的吸血鬼因为胃口问题而永远睡去。

"我们从墓地后面走过去吧。"亨利对他的助手说，"昨天晚上克里奇大人抱着那盆玫瑰去那儿了，也许那花儿还在。"

"可能吧，但是依我看把生命力旺盛的花朵送给死人，真是

---

①请参考莎士比亚系列中的《格罗威尔先生的特殊病例》。

存心让他们不得安息。"

"别那么偏激。"

"其实这是一种黑色幽默，老板，您真没文化。"

亨利带着愤世嫉俗的龙从墓地走过，那里有条路绕过教堂回到镇上，不远不近，适合早上散步。

这片墓地很古老了，因为一直有人出生，有人死亡，所以它一年比一年热闹。墓碑的式样和风格多得能凑成一个博物馆：有些早就衰败了，风化、剥落，如同老妇人的脸，坑坑洼洼的，连主人的名字都看不出来；另一些还是簇新的，有简单的笔直线条和冷冰冰的墓志铭；还有的甚至就是一个光秃秃的大理石十字架，上面只有名字和生卒年月。

"按理说，人类对于活着的岁月越看重，就该越注意死后的记号，但现在反而更忽略了。"莎士比亚感叹道，"这只能说，你们越来越浅薄了。坟墓可是一个人一生的总结。"

"如果我能自己选择，我肯定要修个伟大的金字塔。"亨利心不在焉地敷衍，仔细地看着这些年代不同的墓碑。其实上面的单词他一个也不认得，但是那些墓碑前都放着熟悉的鲜花。它们并非采摘下来的，而是种在花盆里。

"看来昨天咱们睡了以后，吸血鬼大人还做了很久的体力劳动。"龙煞有介事地评价道，"他种了不止一盆花呢，而且还这么公平地分给了每一个墓地居民，真是个浪漫的家伙。我猜等科佩塞斯库先生起床以后，又要把它们重新送回教堂去，这主仆俩太默契了。"

他们绕着墓地走了一圈，并没有发现什么特别的事情，于是从教堂正面的大路走出去，向着镇上热闹的地方走去。

格罗威尔先生和龙

霍尔米契虽然偏僻，面积也不大，但是公共设施倒很健全，因为有路牌的指引，莎士比亚竟然真的找到了科佩塞斯库先生介绍的小餐馆。尽管已经是中午了，人很多，可仍然有为熟客保留的座位，当莎士比亚说自己是科佩塞斯库先生的客人时，胖胖的侍应生立刻把他们带到一个靠窗的餐桌前。

"给我们来一份酸菜肉卷，玉米羹，再来杯咖啡。我要一份奶油冰激凌。"莎士比亚飞快地用罗马尼亚语点了菜，然后用英语对亨利说，"开始调查吧，夏洛克·福尔摩斯，在这样的场合里人们的嘴都不严。"

"跟男招待谈谈，抓住机会。"亨利低声叮嘱龙，"虽然克里奇大人在晚上出来，但是总会有人知道他的存在，看看他有没有跟这些人接触过。"

莎士比亚叽里咕噜地跟侍应生说几句，那人咧开嘴笑了笑，回答了一些，然后又去招呼别的客人了。

"他说了什么？"亨利追问道。

莎士比亚慢条斯理地用手指头敲击着桌面："啊，他的语言真是粗鲁又贫乏，如果原封原样地转述实在让我不能容忍，我得修饰一下……"

亨利恶狠狠地盯着他。

"好吧……其实他们经常见到那个穿白衣服的'男孩儿'，那是科佩塞斯库先生的孙子，因为身体不好才过来养病的。据说是畏光症，所以白天都在屋子里学习，一般晚上才出来走走。"

"这个谎话很蹩脚，不过倒说得通。"亨利评价道，"几十年的时间都这样吗？他们怎么让村民们都保持这样一致的印象？再套点儿话，让他们再多说一点儿。"

时间的血

不一会儿侍应生将罗马尼亚的传统美食端了上来，亨利大快朵颐，而莎士比亚则缠着那人东拉西扯，直到侍应生有些不耐烦地借故离开。

"守夜的'圣诞老人'是这里土生土长的居民，"黑龙把了解到的事情告诉他的雇主，"他好像有六十多岁了，妻子死了十年了，儿子在外国工作。齐奥塞斯库执政的时候他曾经偷偷跑到匈牙利，不过上世纪90年代中期就回来了，一直担任着教堂守夜人的工作。这里的人对他的评价倒不坏，老实、安静、和蔼，酒量很好，会拉手风琴，此外没有别的。关于他的那位'孙子'可什么也探不出来了，很多人都是打了照面或者远远地看到过。"

莎士比亚突然略微倾过身子，压低了声音说道："这里面肯定有一半都是假话！我并不想污蔑那端盘子的，但他一定是被施了催眠咒！"

亨利想了想："只需要试一试就可以了。"

妖魔医生从口袋里摸出一支钢笔，在白色的餐巾上写了"吸血鬼"这个词，然后要求莎士比亚用罗马尼亚语在另一张餐巾上又写一遍。他将钢笔收好，拿出了一小瓶男用香水，小心地喷了一些在两张餐巾上。

"黑珊瑚水，可以防止法术反噬。"亨利简短地解释道，"现在再把那个侍应生叫过来，告诉他我们要点菜。"

"您可真狡猾！"莎士比亚不怀好意地笑起来。

他招呼满堂穿梭的胖招待过来，那家伙脸上充满了对啰唆的外国人的厌倦，但是莎士比亚用小费化解了他的怨气，他先点了点自己这张餐巾上的词："我要一份这个。"然后又指着亨利的餐巾，"再给这位先生来一份这个。"

格罗威尔先生和龙

那个侍应生满脸堆笑地把那两个单词抄在了本子上,送到厨房里。不一会儿,一份肉皮冻和一份炒杂碎送到了他们的面前。

"看,我说的没错,果然是催眠咒!"莎士比亚的表情好像是中了奖。

"哦,"亨利挑高眉毛,"有关吸血鬼的概念全部替换掉了,一旦碰触就会自动转移到别的东西上去。这是一种非常高明的催眠术……"

"那位小毛头大人真聪明,这样一来麻烦会少很多。"莎士比亚难得说了句实话,"不过,老板,您吃得下这么多东西吗?"

吃了饭以后大约是十二点三十分,亨利撑得像只充气的河豚,他掩住口偷偷地打了个嗝,如果不顾脸面的话,他甚至想松开皮带。龙非常惬意地享受了自己的奶油冰激凌,同时更加惬意地享受着亨利的窘迫。

"好了。"亨利结了账,站起来,"我们可以走着回去,顺便做一点毒物和法术残留的测试。"

"这个怎么办?"龙细心地指了指写着单词的餐巾。

"留在这里没有关系,反正他们会很快清洗,即使洗不掉,也不会有人认出真的单词。"

现在阳光正是最灿烂的时候,金色的光辉亲吻在皮肤上,感觉非常温暖。淡淡的青草味儿弥漫在空气中,偶尔飘过一阵微风,会混合一些说不出来的花香。狭窄的街道上人并不多,偶尔会有些上了年纪的老妇人提着藤编的篮子走过,即使对着亨利和莎士比亚这样的陌生人,也会报以友好的微笑。

时间的血

"谁能想到,这样的地方会住着一个吸血鬼呢?"黑龙忍不住感叹道,"人类的想象力可永远难以和现实的精彩媲美。"

作为人类一员的亨利很想驳斥龙的荒谬,但是他想了半天觉得拿科幻电影去和龙争论未免有些底气不足。"别时时刻刻都不忘给自己找优越感。"医生没好气地说,"咱们得走到偏僻的地方去,否则一念咒就会被人当疯子。"

"一切都听您的。"莎士比亚笑眯眯地看着他。

亨利选择了房屋之间的狭窄小巷,观察到没有人的时候,从怀里的香烟盒里倒出一些粉末,把它们撒到墙角和空中。那些粉末飘散出去以后,立刻变成了拇指大小的晶莹球体。这些球体附着在石头和别的什么东西上,无声无息地隐没了进去。

他们继续朝前走,在小道旁的灌木丛里又撒了一些,在看见溪水时同样没有放过。那些粉末同样变成可爱的透明球体,欢天喜地地融入了它们可以附着的东西。

"气味妖精很正常。"亨利若有所思地注视着周围,"如果有什么容易让妖魔感染的病毒,这些小家伙儿会躁动着变成黑色。"

"或许还应该去查一查吸血鬼住的地方。"莎士比亚建议道,"万一他的棺材几百年都没有好好地清洗过呢?"

亨利有些恶心,可这个建议还算靠谱。他想了又想,终于忍不住问道:"我知道你有自己的偏好,莎士比亚,有些妖魔你喜欢,有些你讨厌,这很正常,我也讨厌干奶酪而喜欢鱼汤。但是我觉得你对吸血鬼的讨厌似乎分外明显,即使是克里奇大人,你也没点儿敬意。"

黑龙低头沉思了一会儿:"他们是被写到书里最多的一种妖魔,浪漫和恐怖的结合体,但龙不是给巫师们打工就是傻乎乎地

格罗威尔先生和龙

喷火……这才是歧视吧。"

亨利觉得问那个问题的自己真是太蠢了。

等他们走回教堂的时候,米哈伊·科佩塞斯库先生已经起床了,正在把鲜花搬回圣坛下。看到亨利和莎士比亚,他笑呵呵地扬起手打招呼。

"吃得怎么样?"守夜人问道,"但愿这里的菜还合您的胃口,格罗威尔医生。"

"是的,非常棒。"亨利真心实意地说,"我的食量大了一倍。"

"英国人到哪儿都会觉得当地的菜好吃。"莎士比亚嘀咕了一句,又向主人勉强赞美道,"别的我吃不了,不过冰激凌还算够冷。"

"您需要帮忙吗?"亨利快步走向科佩塞斯库先生。

"哦,不,谢谢,我马上就干完了。"他朝教堂里偏了偏头,"神父在里面接受一些信徒的忏悔,咱们等会儿到我房间里谈吧。"

亨利点点头,和莎士比亚来到了主人的起居室,不一会儿科佩塞斯库先生进来,把通往教堂的那扇门锁上了。

"我们今天在外面测试了一下,这个地方没有危害妖魔的毒素存在,人类污染基本上也没有,至少外部环境是没有问题的。"亨利对主人说,"如果您允许的话,我想看看克里奇大人的房间。"

老人摸了摸胡子,踌躇了一会儿,正当亨利以为他要拒绝时,他却点了点头:"可以,不过我想黑龙先生最好留在房间里,如果神父敲门,就叫我上来。"

亨利点点头,完全没意见。

"那下面肯定见不得人。"莎士比亚悄悄地在雇主耳边嘀咕,"您看,我说的一贯有道理。"

亨利板着面孔仿佛没听见,然后收拾了一些东西就跟着科佩塞斯库先生进入了地下室。

地下室的墙壁上有些昏暗的小灯泡,照亮了大约二十级的台阶。尽头是一个狭窄的小房间,很低矮,但是打扫得很干净,靠墙的位置摆放着一个小橱柜,上面的球形台灯发出朦胧的光芒。在橱柜另外一头是一张精美的雕花铁床,单人床,克里奇躺在上面,柔软的黄色头发散落在雪白的枕头上,皮肤和枕头几乎一个颜色,粉红的嘴唇张开,吐出极其轻微的呼吸。

他就像一个睡美人。

亨利的脑子里突然冒出这个念头,但他很快就转开眼睛,古里古怪地望着科佩塞斯库先生。

"您在找棺材?"老人低声笑了笑,"哦,医生,他们当年只是为了躲避日光而已。"

"啊啊,我确实很传统。"亨利自嘲道,压低了声音,"不过,他睡着的样子跟人类几乎没什么区别,就像一个普通的孩子。"

科佩塞斯库先生忧郁地感叹:"如果真是普通人一样地沉睡就好了。克里奇大人的睡眠越来越久,也越来越沉,我们就算大喊大叫也不能惊醒他,您要做什么就请吧,医生。当然了,轻一点儿会显得有礼貌一些。"

格罗威尔先生和龙

亨利接受了他的建议，取出粉末状的气味妖精，把它们温柔地撒向地面、墙壁和床周围。那些小东西很快就变成了透明的球体，隐没了进去。不过有些不小心碰到了克里奇的头发或脸，立刻紧张地弹跳了几下，逃到一边儿去了——它们也不敢去冒犯吸血鬼的身体。

亨利长长地叹了口气，对盯着他的科佩塞斯库先生说："克里奇大人的居住环境中没有什么危害他的毒素，这是好消息，不过对作为医生的我来说，这或许是个坏消息——我没有发现可能存在的致病因素，所以很难对病人下准确的诊断。"

"慢慢来，医生。"和蔼的老人劝慰他，"大人今天晚上会醒过来，也许您能再试试别的方法。"

"不能让他觉察而又有效的方法。"亨利又叹了口气，"这可是要求一个医生有间谍的本事。"

科佩塞斯库先生尴尬地搓着双手，这模样倒让金发的年轻人为自己的不专业而内疚起来。"我可以采一点样本吗，先生？"亨利微笑着转换了话题，"我的意思是，取一点克里奇大人的头发或者指甲什么的。"

"哦！"科佩塞斯库先生连忙点点头，"如果只要一点点是没有问题的，我来帮您。"

他从身上的钥匙扣上取下了一把便携式小剪刀，又戴上金边夹鼻眼镜，这才单膝跪地，弯下腰，非常小心地拈起"睡美人"的几根头发。

"这么多吗？"

"哦，请再多一点，只多一点儿就可以了。"

"好的……"

科佩塞斯库先生最终将一小撮淡黄色的头发放在洁白的手帕中，包好了递给亨利。

"非常感谢。"医生将样本揣进怀里，然后表示他暂时不需要再做什么了，于是主人把室内的光线调暗了一些，领着他出去。

看着老人佝偻的背影，亨利心中原本就有的疑问像发酵的面团儿一样变得越来越大，终于有些冲动地说出了口："对不起，科佩塞斯库先生，请原谅我的冒犯，我实在是有些好奇：作为一个人类的您，为什么会成为吸血鬼的仆人呢？我的意思是，您似乎对克里奇大人非常地忠心。"

科佩塞斯库先生转过头来笑了笑，脚下却没有停，他沉默地把亨利带出了地下室，又关好门。就在亨利以为他不会回答这个问题的时候，他却慢吞吞地开口了。

"人老了，回忆小时候的事情就得费点儿时间。"科佩塞斯库先生摸摸胡子，又掰着指头算了算，"大概有六十多年了吧，从我第一次见克里奇大人到现在，的确是整整六十三年了。那个时候苏联人已经占领了罗马尼亚，他们可不会对纳粹盟国客气，把什么东西都拿走了，到处一团乱。我和父母失散了，流浪到一个偏僻的郊外，什么吃的都没有，几乎快要饿死了，那个时候是克里奇大人捡到我……就像捡了一只小狗，但他给我面包和黄油，让我活了下来。"

"您不知道他是吸血鬼？"

"他第二天就告诉我了。"老人耸耸肩，"天哪，我那时候只有六岁，吸血鬼就只是奶奶们嘴巴里的传说。我记得我当时给克里奇大人说：'你可以喝我的血，但是能每天给我一块儿面包和一杯牛奶吗？'他就回答了一句'好啊'，然后就把我养活大了。"

格罗威尔先生和龙

亨利吃惊地叫起来:"他吸了您的血?"

"不,一次都没有,"科佩塞斯库先生看着亨利的眼睛,"所以他一直都是我的主人,我得还那些面包、牛奶和黄油的债。"

霍尔米契镇的神父跟他的教堂一样古老,满头白发,弯腰驼背,头昏眼花,忏悔的教徒常常得冲着他耳朵大声地叫,才能得到宽恕。他每天只能为上帝服务一小会儿,做弥撒和举行其他仪式的时候,圣职助手们都得打起全副精神。不过他倒给了科佩塞斯库先生和克里奇一个很宽松的生活环境。他们就像两条平行线,神父管着白天的教堂,而科佩塞斯库先生和他的主人接管夜晚的教堂。当亨利看着夕阳落下,天边的云朵由金红色变成了暗红色,心中有些奇妙的感觉。

"这是休假吧,老板?"莎士比亚注视着亨利的表情,说道,"您没有诊断出那吸血鬼的病因,他们也不着急,既然不赶时间,住在这地方也挺不赖的。"

"你每次说反话都很蹩脚,"医生无趣地看了龙一眼,开始收拾面前的便携式显微镜和一些药水——那上面放着吸血鬼的少量发丝。

"哦,您在做检测,看来结果可以打A。"

"是的。"亨利点点头,"除了少量营养不良造成的发质干枯以外,并没有什么病毒和诅咒的迹象,所以在身体上应该完全没有问题。"

"他真的完全没有吃东西?"

"应该是的,吸血鬼摄入的血液要在身体内转化成维持生存的'新血',但是我发现他的体内'新血'残留量已经低于正常值了,至少有七十年都没有吃东西了吧。"

"难以置信,能肯定他不是为了减肥吗?"

亨利为莎士比亚轻佻的口气皱起了眉头:"克里奇大人就要醒过来了,我希望你注意言行。"

"对于厌恶的对象仍然保持礼貌,这是人类才有的虚伪。"

"把敌对情绪赤裸裸地流露出来的都是单细胞动物。"亨利粗暴地瞪着莎士比亚,"如果你说了什么影响病人情绪的话,那本《奥兰多》就别想要了。"

"啊!"黑龙怒气冲冲,"反正你也没有看,不如趁早把它还给我!"

亨利第一次在莎士比亚面前微微地红了脸,他沉默地摸进宽大的外套口袋,把那本狭长的小开本硬皮书摸了出来。他看着封皮上绿色的背景和少年的头像,伸出手来轻轻地摸了一下,然后翻开——在夕阳的光线中,他读到了这么一段文字:

"在这之后,日复一日、周复一周、月复一月、年复一年,他经常光顾此地,看桦树化为金色、蕨菜萌发嫩芽;看月圆月缺;看(或许读者能想象出下面的句子)四周草木由绿变黄,又回黄转绿;看日升月落,雨过天晴,四季循环往复。天下之事,两三百年一成不变,唯有些许尘灰、几只蛛网,一位老妇人半小时就可以抹净。如此一来,人们不禁觉得,只须使用"岁月荏苒"(此处可在括号内标上确切时间)、万事依旧这类简单用语,一切就尽在其中了。

"然而,不幸的是,时光尽管精确无比地创造了动植物的兴

格罗威尔先生和龙

衰,对人的心智却没有同样简单的功效。此外,人的心智对时光的作用也同样奇特。一旦嵌入人的精神的奇异成分,一小时就可能拉长,甚至可能超出其时钟长度的五十或一百倍。另一方面,在人的心智的计时中,一小时又可能由一秒钟来精确表示。对钟表表示的时光与心智的时光之间这一奇特的差距,人们知之甚少,因此很值得进一步充分探讨。"

亨利突然之间有了一种特别的感觉,他有了继续读下去的欲望,这种迫切的渴望甚至比跟莎士比亚斗嘴更加强烈。于是他低下头,就这么靠在窗户边开始阅读,甚至连龙什么时候从他旁边离开都没有觉察。他看着奥兰多漫长而富足的生命,看着青年时代的爱情。他一直这么读啊读啊,直到天完全黑下来,书页上的字迹都变得模糊不清,甚至如同浓重的黑雾一样化成了一片。

"您为什么不开灯?"

说话的是科佩塞斯库先生,他刚刚把神父送回了他住的一幢独立小屋——那里离教堂很近——正赶回来做晚餐。老人顺手把灯打开,又把外套放在了沙发上:"我看见您的助手在墓地那边游荡,请问有什么需要我帮忙的吗?"

"哦……"亨利如梦初醒似的把书合上,"您不用管他,他只是在欣赏那些墓志铭而已。"

科佩塞斯库先生忙忙碌碌地烧了一些牛肉,然后端到亨利的面前,还为他斟满了一杯葡萄酒。他们吃完饭以后天完全黑下来了,就在太阳的光线完全消失的那一刻,地下室的入口传来了"咔哒"一声轻响,接着一个有着淡黄色头发,身体瘦削的少年走出来。

时间的血

"晚上好,克里奇大人!"科佩塞斯库先生问候道。

"晚上好,米哈伊。"吸血鬼看着亨利,"晚上好,格罗威尔先生。"

"您好。"

吸血鬼把注意力放回到自己的仆人身上:"那么,我的水壶在哪儿?"

"已经准备了。"科佩塞斯库先生殷勤地从角落里拿出一把浇花用的喷水壶,还有一把小巧的花铲和剪刀。

"谢谢。"克里奇接过他的东西,揭开盖子看了看,对于配好的肥料水表示了赞赏,然后就出门往教堂里走去。

"请等一等。"亨利急急忙忙跟在后面,"也许我能帮帮您的忙。"

克里奇停下脚步,转头望着这个陌生的年轻人,碧绿的眼珠好像猫一样,让亨利有些心虚。他忐忑地攥紧了手,但是吸血鬼却反而笑了起来,点点头。

摆放在圣坛附近的鲜花大概有几十盆,都是很平常的蔷薇、月季、三色堇等等。它们虽然并不算名贵,但是都被照料得很好。亨利看着克里奇耐心地给每一盆花浇水、松土,然后又把枯败的枝叶剪去。亨利打扫完掉在地上的枝叶以后,克里奇已经开始把花盆都搬到墓地那边去了。

亨利很自觉地抱起一盆三色堇跟在后面。

"谢谢,格罗威尔先生。"吸血鬼真诚地表示了感谢。

亨利很高兴他先开口,这样搭话显得非常自然了。"这没什

格罗威尔先生和龙

么，克里奇大人。"亨利对他说，"我并不是恭维，但是您的花儿确实养得很好，瞧它们的模样，多漂亮。"

"这不是我的功劳。"吸血鬼摇摇头，"每年这个时候花儿们都会盛放，即使把它们栽在野地里也一样漂亮。这可是春天，格罗威尔先生，生命力最旺盛的一个季节。"

"不过您确实很照顾它们，是这样的，您喜欢花吧……"

吸血鬼朝他眨眨眼睛："我喜欢一切活着的东西。您知道，我其实是个活死人，我和他们是一样的——"他向一大片墓碑抬了抬下巴，"——唯一的区别是我会动。"

他走到一个墓碑旁，把手上的月季花放到它面前。

"多伊拉·托恩斯库，1903—1967年，'他是一个温柔的丈夫，一个慈祥的父亲，他的一生没有遗憾。'"克里奇念着这块碑上的墓志铭，笑了笑，"我记得这家伙在喝酒以后喜欢唱《盛开的玫瑰》，而且老是跑调，不过死后的评价倒是合适……"

他又从亨利手中接过一盆玫瑰，放到了旁边的墓碑前，那上面写着"拉丽塔·托恩斯卡娅，1914—1969年"的字样。"他太太的确是个美人，"克里奇接着说，"我记得她很会做裁缝活儿，能绣很漂亮的头巾。"

"您都认识这里的人？"

"我住在这里已经有一百年了，"吸血鬼转头来笑了笑，"这墓地里有一大半的人我都认识。请让一让……"

克里奇擦过亨利身旁，继续朝着教堂走过去。妖魔医生看着吸血鬼白色的背影，恍惚间好像看到一个穿越了时光的灵魂。

"他真是像个女人。"

莎士比亚的声音突然从亨利背后传来，他正在一个家族墓室的后面，浓密的植物和藤条遮住了他的大半个身子，而深色的皮肤让他在夜色中很不显眼。

"你在那儿干什么？"亨利古怪地看着他。

莎士比亚张嘴吐出一点儿火焰："借光欣赏哥特式的浮雕，我猜这家人是名门望族。"

"继续欣赏吧，别出声就行。"

"想听听我的建议吗，老板？"

"拣有用的说，谢谢。"

龙从墓室后面走出来几步，严肃地看着亨利："老板，那个家伙已经行将就木了，我觉得他会死。"

医生垮下肩膀："我知道你讨厌克里奇大人——"

"不是这个原因，老板，"莎士比亚的表情仿佛是被侮辱了人格，"他在怀旧，这可不是一个永生者做的事儿。您看我，我的年纪比他大，可我青春洋溢，但他刚才的口气如同一个老人，而且是那种迟暮的老人。"

亨利虽然觉得黑龙的话有些令人恶心，但是的确有些道理。

"他来了……"亨利还在脑子里盘算，黑龙已经重新缩进了阴影里，"也许您再多陪他搬搬花儿就能发现新东西。"

墓室后面传来了拍打翅膀的声音，莎士比亚已经不见了。亨利转过身来，对抱着两盆花的吸血鬼露出微笑："让我来帮您，克里奇大人。"

他俩来来去去地搬动着那些花儿，把它们放到每个墓碑前，克里奇偶尔会说说哪些是他认识的人，亨利专心致志地听着。他们大约摆放了七十多盆花，亨利把最后两盆抱了出来，一盆蓝色的风信子，一盆白玫瑰。克里奇正蹲在一个墓碑前，凝视着上面

格罗威尔先生和龙

的字迹——吸血鬼的眼睛都能在黑暗中看清楚一切。

亨利注意到他脸上的表情，似乎平淡而冷漠，但是嘴角紧绷的样子又像故意维持着现状。亨利几乎不敢去破坏这一刻的沉寂，他小心翼翼地将白玫瑰放在旁边的墓碑前，又轻轻地把那盆风信子端到了克里奇看着的墓碑前。

吸血鬼脸上的肌肉终于放松下来了，他感激地冲着亨利点点头，又低下头来看了看墓碑前的花。"也许这样更合适，"克里奇一边说着，一边把面前的白玫瑰和旁边的风信子调换了一下，"天亮以后，米哈伊会帮我把花儿们重新放回圣坛前的。不管怎么说，今天能得到你的帮助，我非常高兴，格罗威尔医生。"

亨利礼貌地客气了几句，在克里奇走开以后，他留意了一下吸血鬼凝视的墓碑，那上面雕刻的字已经模糊不清了，只能勉强记下生卒年代和大概的式样。

得找莎士比亚来好好认一下。亨利在心底暗暗地说。

"齐娜·耶雷米娅，1890—1930年，'她的容貌是春天的白玫瑰，就算季节过去，馨香却永远流传。'"

黑龙低声读着墓碑上的铭文，然后把它们翻译成英语。

现在正是白天，温暖的金色阳光已经把昨天夜色中的冰冷和阴霾全部都驱散了，白色的玫瑰还放在墓碑前，花瓣上的露水反射着钻石一般的光芒。

"是个女人……"亨利喃喃地说，"似乎还是个美人。"

"反正现在是个死人。"莎士比亚冷冰冰地说，"您说那小家伙特别调换了花盆？"

"他特别把白玫瑰放在她的墓前,看来是因为这个铭文的原因。"

"我看不见得。"黑龙摇摇头,"昨天我在你们走了之后又逛了一圈——请放心,我是用的人形——有些墓碑会把女主人比作乱七八糟的花,我大概见到了让'芍药'夫人欣赏'矢车菊'一类的。"

亨利摩挲着下巴:"让他多留心一下的肯定是熟人。也许他喜欢她,不过他为什么没有让她接受自己的'初拥'呢?"

"老板,"莎士比亚惊奇地看着他,"我现在能确定您虽然长得很帅,但是肯定没有恋爱过!"

亨利对他怒目而视。

"别恼羞成怒,我说的是事实吧!"黑龙眉开眼笑地说,"吸血鬼怎么会去把自己爱的人变成一个活死人呢?"

亨利的心猛跳了一下,皱起眉头——他不得不承认在某些时候,莎士比亚说的是正确的。"如果,"他调整了一下呼吸,"我是说如果,霍尔米契镇的环境对吸血鬼的体质没有损伤,而克里奇大人也没有受到毒物和诅咒的威胁,那么他的厌食症就只能从心理上找原因。我们得再观察几天,看看这个人对于克里奇大人是否真的非常重要。"

"我愿意赌一颗龙牙!"莎士比亚脸上充满了笃定,"他是因为爱情才这样对自己的,绝对没错!真是糟糕,我对他的好感又多了一点——尽管只有一点儿。老板,您去哪儿?"

亨利已经转身朝着科佩塞斯库先生住的地方走去了。

黑龙提高了声音冲他叫道:"您得听我的,老板,多帮那小家伙搬几天花盆,这些事情就一清二楚了!您会知道我是对

格罗威尔先生和龙

的……"

亨利把龙远远地抛在身后,很不礼貌地叫醒了正在补眠的守夜人。科佩塞斯库先生揉着惺忪睡眼有些惊讶地张开嘴。

"抱歉吵醒您,可是我绝对有充分的理由。"亨利潦草地道了歉,又问道,"齐娜·耶雷米娅您认识吗?"

"谁?"

亨利又重复了那个名字。

"哦……"老人摇摇头,"我到这个地方的时候太小了,只记得有一户裁缝姓耶雷米娅,现在他们家还有几个孙女住在北边的屋子里,依然做裁缝生意。"

"谢谢,科佩塞斯库先生。"

亨利站起身来,从皮包中找出一些东西揣进口袋里,又招呼外面的莎士比亚跟自己一起出门。

"等等,医生!"老人光着脚跳下床,"您为什么要问这个?跟克里奇大人的病有关吗?"

"我会回答您的,但不是现在!"

✦

"我偷偷地把催眠药粉吹过去,然后她们会统统倒下,咱们就能大摇大摆进去了!"黑龙盯着远处的那幢房子,贼兮兮地笑了,"您觉得我的计划怎么样,老板?"

"万一有人路过看到就立刻会报警了。"亨利瞪了他一眼,把一小瓶药水递给他。"隐身比较安全。"医生说完便喝了一瓶。他的身体渐渐地变得如同烟雾一般模糊,然后完全消失在了空气里。

"真蠢,这是玩闪避球游戏吧。"莎士比亚不满地嘀咕道,老实地喝下了自己的药水,和医生一起走出了背街的小巷。世界在他的眼睛里发生小小的变化:一切有形的东西还保持着原样,但是半透明的烟雾和挥发在空气中的气体则更显眼,而同样喝过药水的人则如同一块大果冻一样,呈现出粉红色。

亨利小心地避开周围的人和东西,踏进了那座挂着裁缝招牌的房子。

那是一栋两层的传统民房,一楼扩大了店面,挂着布料和成衣,一个中年妇女坐在沙发上翻看着衣服的图样,她身后的靠垫缀着精巧的流苏,几个老派的绅士正在量尺寸。整个房间里充满了玫瑰的香味儿,柜台和茶几的花瓶上都有漂亮的白玫瑰。

在屏风后面是工作间,一个大的操作台旁边站着个子高大的老妇人正在剪裁,而年轻的姑娘正在缝纫机上劳作着。

亨利找到了楼梯,轻轻地踏上去,在一旁的墙壁上挂着很多照片,有古老的黑白相片,还有彩色的。最下面的是以前的客人们穿着成衣留下的照片,稍微靠楼上的地方渐渐变成了家族的照片陈列。耶雷米娅家的女人们都有柔顺的黑发和深褐色的眼睛,有些照片上有主人的赠言和签名,莎士比亚很快在一张小小的肖像照上发现了与墓碑上一样的名字。

"齐娜·耶雷米娅,"他指着那照片,冲粉红色的亨利做口形,"我找到她了,老板。"

那是这位女士十六岁时的留影,长得很清秀,笑容中带着一种青春的天真;她穿着带领结的外套,卷曲的黑发编成辫子垂落在胸前;她的眼睛很亮,即使是穿越了几十年的时光,即使只是在一张纸上,也非常清澈。她的手上拿着一束白玫瑰,像捧着珍宝,但是她无疑比那些花儿要动人得多。照片上写着"最爱的女

格罗威尔先生和龙

儿齐娜",落款是她的父亲。

"是个美人儿,对吧?"龙无声地对亨利说。

"得把这张照片带回去!"亨利用透明的手按住那个相框,默默地念了几句,照片的颜色变得浅了一些,一张同样大小却非常轻薄的相片儿出现在了他手里。他把它合在掌心,那照片立刻被隐藏了起来。

亨利朝门边歪了歪脑袋,黑龙便和他一起准备出去。他们放轻了脚步,绕过楼梯口熟睡的猎狗;一个老人走过来,拉出的软尺差点打在亨利的脸上;他们小心翼翼地躲过了一个女裁缝,她正拿着一件做好的西装给一个老人试穿;男裁缝从柜台里面走出来,手里捧着一大捆布料;沙发上的女士把图样翻得哗哗响,然后终于敲定了一套,"我要这个样式!"她猛地站起来大声说,就要撞上刚好走过的莎士比亚。

亨利的心跳都要停止了,却看见她举着的书刚好擦过了黑龙的鼻尖,莎士比亚向后仰了一下——没有碰到,仅仅差一英寸。

谢天谢地。英国人在心底默念了一句,但是紧接着就看到龙的目光凝视在了女人高举着的紧身裙图样上,接着他又把目光转向那个女人——她的身材微胖,胸部硕大。

亨利心中突然冒出了极其不祥的预感,他来不及阻止,就看见龙灰色的嘴唇(在服用隐形药水以后)动了动,然后无比清晰地吐出一句话:

"真难看。"

亨利有三天没跟莎士比亚说话,整整三天。

时间的血

这不能怪他,因为黑龙不合时宜的对服装的评价,亨利不得不把他拖走,并且在事后花了很大力气用催眠咒消除那一屋子人倒霉的记忆。

浪费时间,浪费精力,浪费药品,浪费法术,这一切都是因为那条龙管不住自己的嘴。

亨利在疲惫的时候会靠在窗前的台灯下读那本《奥兰多》,他觉得人类对于永生者的想象折射出的是自己的心,但是无论怎么样,有一些东西总是相似的,只要是活着的智慧生物,就会对时间的流逝心生感触。

奥兰多是把永生当作一种生活,那么克里奇呢?

最近四天中,克里奇清醒过三次,照样平淡无奇地种他的花,而亨利照样帮着搬了花盆。齐娜·耶雷米娅的墓碑前一直是白玫瑰,当然,曾经出现过粉红的风信子和红色的蔷薇,但是很快又变成了白玫瑰,这几乎是印证了之前莎士比亚那极傻的猜测。

"他爱她,她死了,于是他就开始绝食。"

一个快五百岁的吸血鬼因为爱情而自杀?亨利并不相信,即使是奥兰多,也并不把爱情视为生命的全部。

克里奇的沉睡时间的确在延长,当亨利好不容易下决心再和他谈一谈时,已经是第十天了,而且他醒来的时候是在半夜。科佩塞斯库先生为他照料着那些花儿,亨利帮助他把花儿送到每一个墓碑前。

吸血鬼穿着他的白衬衫和黑色长裤从屋子里走出来。今天的月色很明亮,能清楚地看到他淡黄色的头发绿色的眼睛,他的皮肤越发地白了,就好像陶瓷一样反射着淡淡的青色的光。

格罗威尔先生和龙

亨利听到半空中有熟悉的振翅声渐渐离开，但是却没有回头，他已经叮嘱过龙不要来打搅他和克里奇的私人谈话，甚至连科佩塞斯库先生都回避了。

"我在等您，克里奇大人。"他对吸血鬼说，"我想您一定愿意亲手把这盆花放到耶雷米娅夫人的墓碑前。

"谢谢。"克里奇的脸上挂着温柔的微笑，从他手上接过了白玫瑰。

他们像老朋友一样谈论着凉爽的夜风，经过重重的墓碑，朝那个女人安眠的地方走去，毛茸茸的青草擦着两人的裤脚，好像温顺而驯服的猎犬正伏在地上。

亨利看到克里奇将白玫瑰放到了齐娜·耶雷米娅的墓碑前，默默地看了一会儿，然后伸出手，用指尖描绘着那些已经风化了的字母。这是亨利头一次，看见一个吸血鬼做出如此富有情感的动作。

"您爱过她吗？"亨利轻轻地问道。

克里奇歪过头来，带着一点稚气地看着英国人，然后笑了："我正在猜您什么时候会问出这个问题。毕竟您第一天来就想发现我的秘密。"

亨利愣住了，有些不知所措。

克里奇从口袋里掏出了两条写着字的餐巾："用关键词查验是非常聪明的做法，您的头脑很灵活，但是别忘记了，我既然可以规避关键词，那么要反向追查也是非常容易的。"

亨利的脸微微地发烫。

克里奇却没有继续让他难堪的意思，只是把餐巾收回口袋里，然后在墓碑前坐下来，把身子斜靠在上面。"我对格罗威尔这个姓氏有点儿印象，"吸血鬼眯起眼睛，"很久很久以前，有些朋友告诉我在英国有个不错的妖魔医生。"

"科佩塞斯库先生非常担心您。"

"啊，米哈伊，小米哈伊。"有着男孩儿外表的吸血鬼摇摇头，"他把我当成亲人，真伤脑筋，他应该有家庭，比如妻子和孩子，但是跟着我，这些全部都得不到。"

"您救了他的命，并且……"亨利顿了一下，"您没有把他当成食物。"

"和人类牵扯上关系是最糟糕的，我早就知道了。"克里奇轻轻抚摸着耶雷米娅的墓碑。

"所以呢？人类是您绝食的原因吗？"亨利再一次重复自己的问题，"您爱过她吗？齐娜·耶雷米娅。"年轻的医生一边说，一边从怀里掏出了那张相片——他用显影魔药重新强化以后，比原来的那张更加清晰、生动。

克里奇绿色的眼睛亮了一下，然后把照片从医生手里拿过来。"齐娜……"他喃喃地叫着好听的名字，摩挲着照片上女人的轮廓，"难以置信，我仍然记得她第一次出现在我面前的样子，又矮又瘦，穿着姐姐们留下的裙子，走一步就会摔倒，可谁能想到她长大了以后会这么美。"

亨利没有出声，他把手揣进裤袋里，站在旁边等待着。

"您想听故事，格罗威尔先生。"吸血鬼笑起来，"哦，这可没什么精彩的，我只不过继承了一处财产，所以才会来到这里。那个时候齐娜大概十二岁，提着篮子漫山遍野地跑，她喜欢白玫瑰，也是第一个相信我有畏光症的孩子。我那个时候住在这附近的一幢房子里，装作养病的富家子弟，她就会每天晚上在我的窗

格罗威尔先生和龙

台上放一枝白玫瑰。真奇妙，我看着她从不起眼的花骨朵儿慢慢地变成了这个样子。"

克里奇把照片向亨利晃了晃："实话说，我的确动了给她'初拥'的念头。"

"被什么事阻止了吗？"医生追问道，"或者说，您改变了主意？"

吸血鬼的眼睛望着远处："我等她长大，几百年的时光都过去了，我不在乎多等几年。她满了十六岁以后我会问她是否愿意永生……那天她来的时候淋了雨，全身都湿透了，放到我窗台上的白玫瑰也被折断了。她很难过，但是没有哭，我说也许我能够让玫瑰恢复原样，于是您知道，我用了一点小小的魔法。"

"她被吓着了吗？"亨利有些担心。

"不！一点儿也没有，她是个非凡的女孩儿。但是她对我说……"吸血鬼的话突然中断了，他的眼睛仍然望着远方，颜色却似乎变深了一些。

亨利偷偷地念了一点咒语，却感觉不到生物场有什么改变，他相信这只是克里奇在回忆内心最隐秘的一段往事。

吸血鬼的喉头动了动，转头来看着安静的年轻人："她说，其实完全没有必要让它们恢复原样，花朵就是因为会凋零才显得宝贵。"

亨利意外地愣了一下："她……并不想永生？"

克里奇摇摇头："那个时候我已经484岁了，却突然之间明白了原来一直想要的永生其实让生命变得一钱不值。当我从匈牙利逃到罗马尼亚时，所有东西都没了，我的父母染上了病，母亲先死去，父亲也要死——如果没有碰到我的创造者的话。哦，也

· 210 ·

许您听说过她,医生,米卡拉·卡恩斯坦伯爵夫人。"

那是最美丽最神秘的古老吸血鬼之一。

"当年我觉得一直活下去太美好了,如果没有碰到齐娜,我会对此坚信不疑。"

"您放弃了把她,嗯,改造的念头?"

"对,我从她的生活中消失了,当然,只是她觉得我消失了,我可以让她完全看不到我。起初她为我的'搬走'而痛哭,但是她很快就认识了新的朋友。我看到她满了十八岁,和裁缝铺的伙计结婚。他们生了五个孩子,四个男孩儿,一个女孩儿。她的身材从苗条变得健壮,刚刚三十岁就出现了白发,双手布满老茧、红肿、开裂,她天天为了丈夫和孩子操劳,是家里最重要的人,后来一场肺病结束了她的人生。这或许是一件幸运的事情,至少她不知道有两个儿子都战死在国外,也不会知道她的小女儿被苏联人强暴。"

亨利不知道说什么,但无论如何也不会认为这是圆满的人生。

吸血鬼靠着那墓碑,用手轻轻地拍打十字架:"您认为我会后悔吗,格罗威尔先生?我会为没有给她永生,使她摆脱凡人的苦难而后悔?我也以为我会,但是她临死的时候很安详,她的嘴角带着微笑,手上捧着白玫瑰。她的丈夫和儿女围着她痛哭流涕,他们经常来这里看望她,孙女儿、重孙都会。"

亨利迷惑地看着吸血鬼。

"生命因为有限而珍贵,因为有尽头而值得珍惜,所以我……"克里奇笑起来,"我厌倦了永生。"

少年面孔的吸血鬼冲着年轻人摇头:"您治不好我,格罗威

格罗威尔先生和龙

尔先生，您没有那样的能力。"

亨利的自尊心受到了轻微的碰伤，但是更浓重的是涌上全身的无力感，他挣扎着想要说出什么："可是……您想过科佩塞斯库先生吗？他把您视为亲人……"

"我会比米哈伊活得长，会先送走他。"克里奇站起来，"您很出色，医生，这是无疑的。格罗威尔家族的医生都很出色，但你们不是神灵。有些事可以做到，有些事做不到。"

"我们挽救每一个可以挽救的生命！"亨利大声叫出来，"我不希望您自杀，大人！"

"自杀？"吸血鬼露出诧异的表情，但很快就低头笑了两声。"不，不，我的孩子。"他拍了拍亨利的手臂，"我只是重新找回了生命的价值。"

"谁会记得您呢，大人？耶雷米娅夫人有她的丈夫和孩子，还有她的子孙后代，您呢？"

克里奇看了看身后的墓碑："其实……我出于一种自私的心理，并没有催眠齐娜，她一直到死都记得在少女时代和她有过爱情萌芽的那个少年，这不是很好吗？还有米哈伊，他把我当成父亲、主人和朋友，这不是足够了吗？"

亨利再也说不出什么话来了，他握着双手，半天没有动。吸血鬼朝他笑了一下，又弯腰用手指划过白玫瑰的花瓣儿。他垂下眼睛，睫毛在白皙的脸颊上投下阴影，整个人有一半被浓黑的夜色所包围，有一半则暴露在月光中，当他重新直起腰转身的时候，月光缓缓地扫遍了他的全身，似乎给了他一场温柔的沐浴，他变得有些不同了。

"回去吧……"克里奇走向教堂的时候，头也不回地向亨利摆摆手,"回英国去,度假应该结束了。"

年轻的英国人背靠着墓碑,注视眼前的白玫瑰——

它是春季最先开放的头期,柔嫩,妩媚,花瓣小心翼翼地护卫黄色的蕊,空气只需要轻微浮动,它就会摇曳着,把浓郁的芳香送出去。

亨利觉得自己的指头太粗,稍微用点儿劲儿就会折断这朵花。他把手收回去的时候,拍打翅膀的声音再度传来,接着一个身材如孩童大小的黑龙落到了地上,他三角形的头颅昂着,鼓出来的肚子上那些密密麻麻的鳞片反射着亮光,短小的上肢交握在胸前,粗大的尾巴拖在身后。

"你全听到了?"亨利对龙说。

"除了最开始相互客套。"莎士比亚慢慢地走到他身边,小心地看着地上的花儿,嘴里轻轻地念着,"含苞的玫瑰,采摘要趁年少,时间老人在飞跑,今天,这朵花儿还满含着微笑,明天它就会枯萎死掉……"

亨利听着龙的声音,想起第一次听到这首诗的时候是感觉那么滑稽。"你已经八百岁了……"他对自己的助手说,"为什么你始终没变呢?"

莎士比亚笑起来,嘴巴里冒出火星,他赶紧退了一步,以免灼伤娇嫩的玫瑰。

"因为我面临的不是永生,"龙这样说,"我可以活三千年,如果长寿甚至可以活到四千年,但是我终究还是会死。或许我和克里奇的区别是……我用一种更天真的态度生活。"

亨利看着个子矮小、大型玩偶一般的龙,很想哈哈大笑,但是最终只扯出了几条难看纹路。

格罗威尔先生和龙

"扶我一把。"他朝莎士比亚伸出手来。龙扇动翅膀飞到半空，拖着亨利朝墓地外走去。

※

米哈伊·科佩塞斯库先生是一个周到的主人，即使他之前刻意隐瞒两位客人的身份而没有去车站迎接，但是他们要回去时，米哈伊却把自行车放在汽车后备箱，然后亲自把他们送到了勒姆尼库沃尔恰。

亨利看到老人的脸色憔悴，眼睛也非常红肿——他哭过，毫无疑问克里奇大人已经把所有的事情告诉了他。

"对不起，科佩塞斯库先生。"亨利从内心深处感到抱歉，他在站台上紧紧地握住老人的手，但是知道这对充满了悲伤的老人来说并没有什么作用，"对于医生来说，有治得好的病人，也有治不好的……"

"我明白，格罗威尔医生，我完全明白。"老人苦笑道，"如果仅仅是疾病，或许还好些。"

"您……还有克里奇大人，还有一段时间，其实对于人类来说，也不算短了。"

"是的。"米哈伊·科佩塞斯库点点头，"是这样，所以我也该没有遗憾……无论如何，感谢您来到这里，格罗威尔医生，祝您一路顺风。"

"再见，科佩塞斯库先生。"

老人佝偻的背影汇入了站台的人流中，亨利静静地看了一会儿，转身上车，来到自己的座位上。

莎士比亚放好了行李，撑着头在窗口望了望走远的人，对亨利说:"《奥兰多》看完了吗,老板?我想您应该喜欢。"

亨利从口袋里掏出那本书,他知道黑龙永远在担忧自己不值钱的财产。

"除了性别变化的那部分让我对女人有些奇特的理解以外,我还很喜欢永生的这个设定,尽管那只是想象,人类的生命毕竟有限,我们的永生和真正的永生依旧是不同的。"

"哦,看来您的文学水平有些提高。"龙勉为其难地赞许道。

亨利翻看着这本书,找到一段话,轻轻地读道:

"眼下是十一月。十一月过后是十二月。之后是一、二、三、四月。四月之后是五月。而后是六、七、八月。再后是九月。然后是十月,瞧,我们又回到十一月,完成了整整一年的循环。"

钻石蔷薇

亨利·格罗威尔先生并不像其他英国人那样喜欢谈论天气，甚至不像老派的伦敦人那样出门就带伞。他和越来越多的年轻人一样爱时髦，喜欢低着头，不是看智能手机就是玩平板电脑，更何况宠物医院下面临街的咖啡馆就有免费网络，随随便便就能让人轻松消磨掉几个小时。

在没有病人的时候，格罗威尔先生就喜欢这么做。特别是雨天，在干燥而温暖的环境里，通过玻璃窗看着外头的行人，再低头翻翻推特上朋友们发布的消息，那可真是棒极了。

对雇主的这个新嗜好，莎士比亚表示非常鄙视——当然他也一直鄙视格罗威尔先生别的嗜好，或者说他一直鄙视人类的各种嗜好，但无时无刻不用平板电脑上网，这基本上是他最瞧不起的。

"你知道,在埃及有一种妖魔,"莎士比亚一边轻快地整埋着他的藏书,一边对自己的老板说,"当然现在他们都不容易看到了,叫作卡托布莱帕斯(Catoblepas)。他长得很丑,又小又笨,四肢迟钝,但是他的目光可以杀人,而且头特别大,时常垂到地上。所以卡托布莱帕斯这个词儿在希腊语里的意思就是'向下看的'。他们的数量一度让我以为这个种族正在走向灭绝,但现在我觉得根本不用担心嘛,咱们周围可到处都是。"

格罗威尔先生刚在手机上回复了一位好友的信息,赞扬她的新比基尼非常漂亮。然后他抬起头来,问道:"我搞不懂一条龙为什么喜欢收藏书,并且老是对给它发薪水买书的雇主心怀不满。"

"雇佣关系和心灵自由是两回事。"莎士比亚一点儿也没觉得难堪。此刻他正以四英尺大小的形态拖着一个大肚子、扇动着翅膀在半空中飞翔,手里拿着一本《金蔷薇》,说话时喷出一点点烟雾和火星儿,"而且你居然还没有意识到我的爱好比我那些同胞更有价值这回事,让我非常失望。我不喜欢那些金子和宝石,我打赌也不是每一条龙都喜欢。我们干那些看守的活儿可都是人类安排的工作,久而久之就成了一种传统职业。"

"你不是挺喜欢颠覆传统的吗?"

"所以我来给你们家当……嗯,护士……这个称呼怎么样?"

它甚至用简单的幻术在身上变出了一件粉红色的护士服,虽然只有短短的五秒钟,但亨利仍然感觉到喉咙里有东西哽住了。他转过头去,压下那阵恶心。

"好吧,"他说,"既然你是护士,就拜托你的嘴巴多说一点儿温暖人心的词儿。等一下会有一位普忒特(Potato)先生来

格罗威尔先生和龙

访,我希望你能对患者怀有最大的同情,这是职业道德。"

黑龙眨巴着眼睛:"他是个什么?我是说,什么来头?"

"普忒特先生是本地侏儒家族里有头有脸的人物,你也可以称他为'土精灵'中的诗人。"

"'土豆'①诗人。"

亨利就知道这条黑龙不会把自己的要求听进去。他看了看表,起身去打扫房间角落里的五星盘,并用精美的小磁碟装上满满一碟的茴香粉,放在旁边。

"你怎么知道它会从五星盘上进来?"莎士比亚开始习惯性抬杠。

"还记得我们曾经治疗过一位得感染症的侏儒吗?他叫'孔雀石',他是被炸药弄伤的,搞得很狼狈。"

"那是因为他全身都是绿色的,并且不会用变化魔法,而且他的眼睛不能见光。"

"打个赌好了,侏儒可都不怎么喜欢见光。"

"五便士。"

"不如一英镑!"亨利得意地说,"外加一本克里斯蒂娜·罗塞蒂的诗集。"

黑龙欣喜地摇了摇尾巴,表示同意。

这场赌约刚刚建立,门外就传来电梯铃的叮咚声。

"啊,一定是送牛奶的。"亨利突然有些心虚。他故作欢快地拉开宠物诊所的门,却失望地看到老式雕花电梯门前站着一个身材矮小的人——他是如此之矮,似乎只有六岁小孩一样,但他又如此之老,雪白的胡子几乎要垂到腰间了。他有一个硕大的鼻

---

① 普忒特(Potato)在英文中的字面意思是"土豆"。

子，穿着缩小版的黑西装三件套，戴着精致的便帽，握着一支杉木手杖。他沟壑纵横的脸上，戴着一副圆圆的墨镜——亨利觉得自己在不久前的伦敦时装周报道上见过，是古驰的，好像……

"你好!"这个小老头儿尖声尖气地说，"我找亨利·格罗威尔先生，我有预约。"

"我就是。"亨利的口气让小老头以为他想要取消预约。

不就是一英镑吗？最多两英镑。

亨利很快调整了自己的情绪。他是位专业人士，从来都很敬业。

"请进，普忒特先生。"亨利侧身让这个侏儒走进去，然后才跟上。

"您要喝点儿什么?"一个黑皮肤的少年穿着护士装礼貌地问道——黑色飞龙化成人类的模样，他故意的。

侏儒用古怪的神情看着他："不，谢谢。"

于是莎士比亚心安理得地走到旁边，开始读他的《金蔷薇》。

亨利和侏儒在看诊台前坐下，那把专属于病人的椅子立刻变得更高更小，完美地贴合了侏儒先生的身形——当然，如果来就诊的是个山怪，那椅子也会变得足够大。

"您来得顺利吗?"亨利想用一个轻松点儿的开头，"我以为您会从五星盘里过来，毕竟您看上去非常……嗯，不平凡……我是说，时髦。"

"很顺利，我搭了辆出租车。"普忒特先生高傲地抬起下巴，"现在社会开始尊重矮子了，比普通人矮很多那种。"

"哦，社会永远在进步，人类的慈悲心和优越感也同步。"亨利打开旁边的柜子，一摞摞泛黄的病历开始自动地用两个页脚在

· 219 ·

格罗威尔先生和龙

他面前行走,其中一个出列,然后啪的一声倒在他手边。

"您以前来看过病?哦,这是家族病历,请原谅。上一次来看病是143年以前,我的曾祖父的曾祖父为您诊断的,是一点小小的金属切割伤。"

"伟大的龙血金属,"侏儒补充道,"那个凿子在铸造的过程中加入了三滴龙血!火龙之血!这让它更锋利,当然造成的伤口也更难痊愈。"

亨利看到莎士比亚抬起头,恶狠狠地瞪了病人的背部一眼。他咳嗽了两声,抽出百利金钢笔,翻到新的一页开始写:"那么,普忒特先生,您这次是哪儿不舒服呢?"

"不,医生,不是我。"土豆先生尖着嗓子说,"我预约不是为我自己,是我的亲戚,他叫福莱西。他并不是纯种的侏儒,他妈妈是个长得勉强还不错的矮人。他最近眼睛不好,又不愿意出门,所以我才来请您去我们家出诊。"

"但是……"亨利在心底怪叫:开什么玩笑,去侏儒的地宫出诊?他们住在八百英尺的地下,像蚯蚓一样把下面挖得弯弯曲曲,自己去了只能爬着走!

"但是我如果出诊的话,药品可能不太够,而且侏儒的眼神一直都不是太好,这个跟您和您家族的生活方式有关系……"

"您必须出诊,医生!"普忒特先生威严地用手杖敲了敲桌子,"您知道我是用家族病历,这就跟,嗯,就跟现在的VIP卡一样,我们有权利获得特殊服务。"

这都是因为几百年前开业之初作为妖魔诊所固定客源实在太少,所以第一位格罗威尔医生才想出了遗祸不浅的馊主意——这促销点子真是太逊了!

"好吧……"亨利一边咒骂着他那位远古的祖先,一边屈服了,"我可以去,普忒特先生,还有我的助手。"

莎士比亚耸耸肩——作为一条曾经从事过传统职业的龙,他对地下世界毫无畏惧。

"我会给您额外酬劳的,医生。"侏儒先生掏出一枚红宝石戒指,他的声音微微压低了一些,"福莱西病得很重,请一定要救救他。"

※

每个病人都有怪癖,亨利·格罗威尔先生对此习以为常。他见过明明是个狼人却喜欢在月下散步的,并且声明自己"最爱那蒙尘的银盘";他也见过每次问诊之后都要偷窃一个药瓶儿的女巫,她的理由是:既然医生收了诊金,在开药之后无论如何要给点儿赠品。

如今他也记住了普忒特先生,身为一个侏儒却喜欢在大街上昂首阔步,并且气派地高高举起他的手杖叫出租车。

"去肯辛顿公园!"他尖着嗓子在后排座椅上叫道。那司机看了看后排三个人,最后视线落在中间凹陷的位置。

"好的,先生。"司机努力保持着礼貌,绷着脸转回头,嘴角已经翘起来了。

他们三个就这么挤在狭窄的后排座位上直到下车——亨利最先下,他为土豆先生拉开门,接着是莎士比亚,更加趾高气扬的存在。他付了车钱,感觉自己像个跟班。

普忒特先生杵着手杖走在肯辛顿公园的林荫道上,亨利和莎士比亚走在后面。尽管现在游客不多,但这个奇怪的组合还是有

· 221 ·

格罗威尔先生和龙

很高的回头率。"他真是个怪胎,对不对?"莎士比亚用尽可能小的声音对雇主说,"精灵喜欢树木我可以理解,可他是个侏儒,对吧?他的个子一点儿也不像有个精灵老妈或者老爸的样子。"

"闭嘴。"亨利朝莎士比亚挥了挥拳头,小心地看了看周围,"他是VIP。"

莎士比亚哼了一声,鼻孔里喷出一股黑烟。

普忒特先生仿佛没有听见他们的议论,只是两条短小的腿以极高的频率向前移动,一直带着医生和他的"护士"来到了人一处迹罕至的植物苗圃。

那里有一个掩盖在绿植之下的通风口。

"哦,不……"亨利呻吟起来。

但普忒特先生熟练地用手杖钩起那个通风口上的铁栅栏,往里面一跳。

"棒极了!"莎士比亚说,"我打赌里面是消防员常玩的那种滑梯!"他立刻毫不犹豫地跟上。

亨利小心翼翼地把外套扣好,竖起衣领,仔细看了看皮鞋,然后紧紧抱住药箱。

"太好玩了!"通风孔下面传来莎士比亚的欢呼,"快点,老板,别磨蹭!"

亨利早就知道,只要他讨厌的莎士比亚一定喜欢。简直时时刻刻都在验证这条真理。

他跳下去了,栅栏自动盖回原位。但下面并没有滑梯,他们坐在一条狭窄的独木船上,铁铸的,因为年代久远而发黑。这条独木船下面是一条下行铁轨——是单轨,独木船底有两个精致的滑轮咬住了它。

"出发了！"普忒特先生说，"马上就到，我们在伦敦的地下无所不能！"

他手杖的头上发出一点亮光，他轻轻地用它碰了一下铁轨，那独木船开始移动，接着一下子从起点滑下去，沿着轨道一路狂奔！

亨利闭着眼睛，感觉风呼呼地刮着脸；坐在前面的莎士比亚大呼小叫，兴奋无比；普忒特先生则因为得意而尖声尖气地发笑——就仿佛他在开一辆劳斯莱斯幻影。唯一难受得要吐的只有亨利，他快要失重了，他以为自己会被这急速狂飙的小破船给抛起来。

大概过了十五分钟，速度开始慢下来了，轨道似乎变得平缓。莎士比亚又发出了赞叹。亨利努力回忆自己是不是没有带他坐过云霄飞车，如果没有，那就永远不会——他不想黑龙除了书之外还对第二件事着迷。有一个爱好的员工还容易对付，多了可受不了！

"快看，老板，"莎士比亚推了推他，"你这辈子也没见过这么了不起的建筑艺术！"

那刻薄家伙嘴里能说出这样的评价实在惊奇。亨利紧紧抓住船的边缘，睁开了眼睛——

他已经深入了伦敦地下，比最古老的下水道还深，比最底层的地铁还深。或许有几百英尺，或许有几千英尺。

在这里，岩石被唤醒，并被凿出精美的穹顶。它们由巨大的圆柱支撑着，每一根柱子都有三百英尺高。在它们之间，岩石又被镂刻出层次，无数根单轨毫不冲突地纵横其间，然后又钻进黑洞洞的隧道。一些发光晶石被镶嵌在圆柱顶端，像一朵朵盛开的

格罗威尔先生和龙

花,它们的光芒如同月亮,虽然不算璀璨,却温柔地照亮了这个地方。

"它们通向更下层的社区。"普忒特先生说,"这里是光明大厅,基本上算最大的中转枢纽。上头正对着的是你们的索霍区,大概摄政街的某个位置。再往下走就没有这么宽敞的地方了,最大的换乘站也只有这里的三分之一大。"

"了不起!"亨利真心实意地说,"这是矮人们建造的?"

普忒特先生从鼻子里哼了一声:"就算是吧。但那些月亮晶石是我们侏儒的杰作。没有我们,这地方就漆黑一片。我要说的是,侏儒很早就来到了这里,所以我们也是主人。"

"他们跟远房亲戚感情不太好。"莎士比亚压低声音说,"我劝你注意一下人情世故,主人。"

"谢谢提醒,我不会以你为榜样的。"

独木船慢慢滑向一个停靠站,那里搭着金属跳板,通向一个停泊着两艘独木船的平台。跳板和平台都是悬空的,下面黑乎乎的什么也看不清,也不知道有多深。一个侏儒站在平台上,笑眯眯地向他们行了个礼。

"主人,还有尊敬的客人们,我在这里等候多时了。"他看上去是一副中年人的面孔,头发微微谢顶,但亨利知道他在侏儒中还算个年轻人,最多只有一百来岁。

"辛苦了,斯冬。"普忒特先生威严地说,一蹦一跳地通过跳板走向平台,"现在我们有两艘'飞鸟'了,咱们就两人一艘吧。医生,请跟我来。"

亨利战战兢兢地挪过跳板,走过平台,终于在普忒特先生身后坐下。他回头看了看,莎士比亚和那位斯冬上了另外一艘,眉开眼笑，跟坐云霄飞车的小孩儿一个模样。

永远也别想搞懂一条龙。亨利在心里嘀咕，紧紧抱着他的药箱，准备忍受第二场"飙车"。

他们向着伦敦地底下的更深处前进。在这交错狭窄的隧道中，每隔一段距离就会有一块月亮晶石照明。不知它们镶嵌在这片坚硬的黑暗中有多久了，据说只要月亮存在，它们就会永远发光，它们是月光在大地中的残留，只有对宝石有着特殊鉴赏力的侏儒们才能找到并打磨好它们。

亨利觉得很奇妙：矮人们擅长建筑、挖矿和冶炼，而侏儒擅长开采珠宝，操纵土元素。他们长得很像，而且是亲戚，但似乎都不怎么喜欢彼此。可他们又共同开辟了这座地下城，并且一住就是成百上千年。

他们换乘了两次这种叫"飞鸟"的独木船，终于在一个平台前停下。这里仿佛是一个天然溶洞，但又经过了一番修整和装饰，照明的月亮晶石镶嵌在入口，并一路向里延伸。溶洞没有房门，只有一道用细铁丝精心编织成的垂帘，上面缀满了细小的宝石。当亨利他们穿过时，宝石折射出各种颜色的光，就像一片星海。

"上面是伦敦桥。"普忒特先生说，"我指的是最上面。"

"多奇妙！"莎士比亚恭维道，"人类贫乏的想象力一定不会想到地下的世界如此美丽壮观。"

普忒特先生虽然觉得这位男护士有些古怪，但奉承话肯定还是爱听的。他露出微笑，继续往里走。

"请坐，先生们。"他们又穿过一道星海垂帘时，主人吩咐道，"请随便喝点东西，我让斯冬去请福莱西出来。"

格罗威尔先生和龙

　　亨利和莎士比亚很失礼地没有接上话，因为他们都已经被眼前这宽敞的大厅给惊呆了：打磨得平整光滑简直可以溜冰的地面，高级丝绒堆成的沙发，镶嵌着各种宝石的铜水烟壶；腿和四角上包裹着黄金饰物的黑铁小矮几，上面放着透明水晶打磨成的杯子；天花板上垂下来一串密密麻麻的月亮晶石，每一个都有鸡蛋大小，足有上百颗。整个大厅都被一股柔和而明亮的光笼罩着，所有事物都披着一层淡淡的银色。

　　"我的天哪！"莎士比亚忍不住在亨利耳朵边低声说，"怪不得他买得起古驰的定制。"

　　有这样一位VIP实在是幸运！亨利已经心花怒放。当然，他一点儿也没有希望普忒特先生或者是他的亲戚们经常生病的意思。

　　他们活像两个乡巴佬一样在这个奢华的大厅里坐下来，坐在那堆精致的丝绒沙发垫子中间。普忒特先生从墙上凿出的蜂窝洞里取出一瓶酒，上面的年份让莎士比亚都有些小小的激动——即便是他完全不能喝人类的饮料。

　　这样美好的体验很快被斯冬回来的脚步声打碎了，后面还跟着一阵粗鲁的咆哮。

　　"我没生病！一点儿病也没有！"那个声音越来越大，"谁见过矮人的视力好？我们只需要看清楚月亮晶石照亮的范围就行了！"

　　普忒特先生站起来，跳上了桌子，蓄势待发地等着那个人。

　　"我猜他是想显得更高点儿！"莎士比亚毫无愧疚地继续嘲笑VIP。

　　满脸带笑的斯冬先出现了。他就像个最正常的侏儒，性格开朗，惹人喜爱，即使在这种时候也依然笑嘻嘻的。后面跟着的人个头比他高，身材也很粗壮，挂着一根拐杖，大步往前走。他跟普忒特先生的年纪似乎很相近，也是留着雪白的胡子，但那胡须绝不像他的亲戚一样整洁漂亮，而是仿佛被猫抓过，朝四面八方乱翘着。他的眼睛睁得很大，仿佛真能逮住任何飞过的蚊虫，但亨利看着他直接冲到普忒特先生旁边足有两英尺远的地方，对着空气咆哮：

"我说了我不需要医生，我的眼神好着呢！"

讳疾忌医的病人亨利见过不少，这一位还不算太离谱。

普忒特先生满意地笑起来。他整理了一下仪表，才拿起他的手杖戳了戳那位福莱西先生。

"这边儿。"他傲慢地说。

那位矮人和侏儒的混血儿呼的一下转过身，终于抓住了方向："我很好，老东西，别来烦我。"

"你以为我想？"普忒特先生耸耸肩，"你这个星期在房间里撞倒了我两个中国花瓶——你知道那位土地神一百年前把它们入境有多困难吗？我原本可以用它们再储藏一个冬天的板栗。"

"板栗一点也不好吃！"福莱西先生回击道，"去你的花瓶！要让我看见那些拿针管的家伙，我就用我的拐杖打他们的头！"

"他的手杖是包铁头的，"莎士比亚偷偷地对亨利说，"打人肯定很痛！"

但亨利是专业人士，他走上前去，站在离福莱西有一定距离的地方。"日安，福莱西先生，我是亨利·格罗威尔，格罗威尔诊所的主治医生，我将竭诚……"

"格罗威尔？"坏脾气的病人打断他，"那个总是听门德尔松

格罗威尔先生和龙

的小子?"

"您说的是我父亲,鲁珀特。"亨利笑着说,"而且他更喜欢德沃夏克。"

福莱西的口气变得稍微温和了一些,但他仍然昂着头:"他是个有趣的人,我们对女人有着相同的高眼光。看在他的分儿上你可以体面地走出去,我不会打你。"

真感人啊!莎士比亚冲着老板挤眉弄眼,做出口形:告诉他你没带针管!

但亨利更丧气,他想到了他父亲的双尾人鱼女朋友。①

最后是普忒特先生结束了这场不愉快的会面。"医生会留在这里!"他站在桌子上说,"今晚他给你做检查。不管你怎么说,福莱西,这是我的屋子,得听我的话!"

福莱西先生满脸通红,他的胡子仿佛都要燃烧起来了,亨利真担心他们会开打——只是不知道哪个小不点儿的赢面大一些。

但最终那位病人只是狠狠地跺了两下脚,举起拐杖一阵乱抡,然后噔噔噔地回到了他来的地方。

"有个同父异母的弟弟就是这么头疼!"普忒特先生挺直的背部微微放松,"你有兄弟姐妹吗,医生?"

"现在还没有!"亨利面带微笑。他每天都在祈祷不要突然出现一个长着鱼鳃的弟弟或者妹妹,看着福莱西先生就知道跨种族的婚姻不会结出什么好果子!

◆

他们在普忒特先生的家里住了下来。

---

① 看过《狮子育儿法及其实践》的读者还想得起来吗?

钻石蔷薇

伦敦的地下和地上有着截然不同的作息时间：当地上伦敦沐浴在日光下时，月亮晶石的光芒会变得暗淡，而月亮一旦升起，这些石头的光芒就慢慢地增强，直到变得最亮。这个时候，整个地下世界就开始活跃了。

"这么说咱们是在'深夜'的时候跑到人家家里来的？"莎士比亚悄悄地问亨利。它在黑暗中不再维持人类的外形，又变回了大肚子小翅膀的模样。

"是的。"医生不得不承认，黑龙的这个形容还真没错。此刻他们正趴在溶洞的另外一个洞口，洞口很小，正对着另一个开凿整齐的通道，轨道从那里穿过，月亮晶石的光芒正在上方渐渐亮起。不时有一艘"飞鸟"从他们面前掠过，真的像在黑暗中飞过。

"我觉得普忒特先生和他的兄弟感情不太好，"莎士比亚说，"但他为什么要为他请医生呢？对这种老爸跟其他种族的女人生下的混血儿，作为长子一定是很不喜欢的，况且那位福莱西先生本人又不愿意接受治疗，普忒特先生就算任由他瞎掉也可以理解。"

亨利在脑子里幻想了一下长着金发的双尾人鱼什么的，背后一阵发凉。"或许他是个好人，心地善良。"亨利虚弱地说，"换了我也会这么做的。"

莎士比亚看着他。

"干吗？"亨利瞪了他一样，"你那是什么眼神！"

"继续口是心非吧。"黑龙甩了甩尾巴。

这个时候，端着盘子的男仆斯冬走了过来。托盘上放着一大块香喷喷的黑森林蛋糕，还有一杯牛奶，旁边则是一束檀香木。

格罗威尔先生和龙

"你们的下午甜点,先生们。"

亨利尝了尝蛋糕和牛奶,舒服地眯了眯眼。"从巴黎达洛优甜品屋每日定做,我都是通过五星盘去把它们取回来的。"斯冬笑眯眯地说,"您一定喜欢。"

莎士比亚则用他的前爪抓起那束檀香木,喷出小小的火焰点着了它。当烟雾和火星冒出来,他开始拼命地吸,就好像抽水烟的阿拉伯人。

亨利把这位开朗又友善的侏儒留下,向他打听病人的情况。

"你在普忒特先生家干了多久了,斯冬先生?"

"还不到七十年,先生。"

"这么说起来,你对两位主人也是略有了解?"

"确切地说我只有一位主人——普忒特先生。"这个管家毕恭毕敬地说,"雇佣我的是他,福莱西先生是作为亲戚住在这里的。从这个方面来说,他也是一位客人,只是待的时间更长一点儿。"

"从你来工作开始他就住在这儿了?"

"是的,先生。"

"他的视力很糟糕,一直是这样吗?"

"侏儒的视力要好一些,矮人们要差点儿。本来侏儒和矮人的混血儿应该不至于如此,不过福莱西先生这几年视力恶化得的确有些快。"

"为什么是这几年?"

那个笑呵呵的管家微微皱起眉头:"我想想⋯⋯哦,对了,应该是从罗斯夫人去世以后开始的。"

"那是谁?"

斯冬看了看周围，神神秘秘地说："一般普忒特先生不喜欢提到她。她是个漂亮的女矮人，是福莱西先生的母亲，老普忒特先生的第二任妻子。她去世后没有多久，老普忒特先生也因为悲伤得了一种叫作厌光症的病，彻底离开了这里，到最古老的矿坑里隐居去了。所以就剩下了普忒特先生和福莱西先生。"

"多么让人难过！"莎士比亚一边吸着鼻子（当然不是因为感动），一边说，"也就是说那位老先生把前妻生的孩子和后来跟别的女人生的孩子丢在一起就撒手不管了。"

听起来的确够混蛋的。

斯冬先生的面部肌肉有点抽搐。亨利觉得差不多了，他向斯冬先生表示感谢，并且表达了他和莎士比亚都觉得他是一个很让人喜爱的侏儒。

斯冬先生依旧笑容可掬："谢谢您，先生，可我不是侏儒，我是哥布林。"

他留下这句话，又欠欠身，转头离开了。

亨利和莎士比亚对望了一眼，黑龙首先开口："我就说了，老板，别有种族歧视，斯冬先生证明了还是有和蔼可亲、不恶作剧的哥布林存在的，而且长得也过得去。"

"这可是件新鲜事。"亨利开始吃那块蛋糕，然后嫉妒法国人的口福。

窗外轨道上的"飞鸟"不断地呼啸而过，亨利咽下最后一口蛋糕："既然普忒特先生都让我们治了，总得想想办法。莎士比亚……"

"干吗？"黑龙吸进去最后一口檀香木烟火，然后把剩下的一小节在自己厚厚的大脚掌上按熄。

· 231 ·

格罗威尔先生和龙

"去跟福莱西先生谈谈，怎么样？"

"好啊，"莎士比亚说，"反正只要保持足够距离，他的手杖就打不到我们！"

于是他们俩鼓足了勇气去找那位病人。

普忒特先生家里的月亮晶石简直像最不值钱的石子儿一样多，更让亨利气血翻涌的是，为了强调"光线的多彩"，普忒特先生在镶嵌月亮晶石时，又在中间搭配了很多红宝石、黄宝石、蓝宝石、钻石……他们沿着来时的路来到之前发生小规模冲突的大厅，然后就看到普忒特先生正在那堆柔软的高级丝绒垫子中间孤独地喝着葡萄酒。

"真让人难以忍受，对不对？"普忒特先生也看到了他的两位客人，颇为伤感地摇摇头。

"让我把这墙壁上和天花板上的石头随便撬下一两个来，我就会感觉好点儿了。"莎士比亚在亨利身后小声嘀咕，而他的雇主则用最同情的口吻回应："您其实很关心福莱西先生，我能理解，只是生病的人脾气都不太好。"

"这跟生病无关。"侏儒小老头抬起头，"矮人都是暴躁的家伙，他们脾气恶劣，永远不懂礼仪。我实在不明白我父亲怎么会觉得女矮人像火一样热辣！"

"而且我听说她们都长胡子，"莎士比亚同情地补充，"您父亲的品位非同一般。"

"但他还是我父亲，并且福莱西还是我弟弟。"普忒特又自暴自弃地斟满了葡萄酒，"所以你们还是得治好他。我付得起诊金。"

"当然，当然。"亨利说，"我们正准备去找福莱西先生谈一谈。"

"哦,估计没什么时间了。"普忒特先生抬头看了看月亮晶石柱最上端的一个圆盘,它由无数月亮晶石拼接、打磨,组成了一个圆月的图案,光线的改变就代表着时间的改变。

"福莱西每天都要去逛一逛地下市场,他马上就要出门了。"普忒特先生哼哼,"一个半瞎子居然喜欢逛街,简直难以理解。"

"他的眼睛这么不好,您允许他出门吗?"

"我拦得了吗?"普忒特先生又喝了一杯,"反正,他有特别的技巧。"

话音还没落,就听见一阵咚咚咚的手杖杵地声传来,须发凌乱的福莱西先生走了出来,穿戴整齐,手上牵着一根绳子,绳子的另外一头系在笑眯眯的斯冬先生手上。

"哥布林牌导盲犬。"莎士比亚赞叹道。

斯冬先生向主人和客人们问好,福莱西先生则哼了一声,用手杖捅他:"赶紧走!"

他们两一前一后地消失在大门外,亨利和莎士比亚对望了一眼。"我们要跟上去吧,老板?"黑龙说,"掌握病人的日常行为才能找到病因。"

"说的也是。"亨利点点头。他揉了揉胃部,吃饱了,散散步吧,反正也很少有机会来这个地下世界。

※

他们溜了出去,像两个贼一样鬼鬼祟祟地跟在福莱西先生身后。

其间斯冬回头看了看他们,亨利拼命给他打手势,于是聪明

格罗威尔先生和龙

的哥布林就当作什么也没发生，依旧朝前走。

他们来到了一个轨道站台，那上面标记着是去往"白面包房"。当"飞鸟"抵达以后，牵着哥布林导盲犬的福莱西先生率先坐了上去。

"跟紧点。"莎士比亚用脚掌一把抓住亨利，扇动着翅膀就尾随了上去。

"飞鸟"的动力远比黑龙拼了老命使劲舞动的小翅膀要强劲，他得紧紧地跟着轨道追，跌跌撞撞的飞行姿态让亨利好几次都担心黑龙会碰到隧道顶上的石头——当然他也真的碰到了，那石头碎成了渣。黑龙呼痛的声音被风吹散，隐隐约约传进前面那两个人的耳朵里。

"后面出了车祸吗？"福莱西先生问。

"没有，先生，"斯冬一本正经地回答，"有几只蝙蝠撞到头了。"

他们很快到了"白面包房"站。当福莱西和斯冬渐渐走远之后，莎士比亚和亨利也到了。黑龙把他的雇主像一个沉重的布袋一样扔在地上，然后自己也一屁股坐下来，鼓出的肚子急促地起伏着，红舌头挂在嘴巴外。

亨利爬起来，赶紧用手拍拍衣服上的灰土，然后梳理好被风吹乱的头发。

他环视周围，发觉这里其实是一个人流密集的大站，宽阔的平台上有许多侏儒、矮人和哥布林来来去去，还有一些发出荧光的小精灵飞舞着，他大概是唯一一个人类，而旁边是唯一的一条龙。所有行人都会转头看他们一眼，当亨利居高临下地对他们微笑时，他们又都散开了。

"快起来,"亨利抓住莎士比亚的前爪,"他们向下走了。"

在站台外面沿着岩壁开凿的一条向下的梯子上,福莱西先生和斯冬正慢慢往下走。那条楼梯很宽,但最外面没有护栏。岩壁一直往地下深处延伸,看不见尽头,唯有无数的月亮晶石镶嵌出带着光亮的通道,一直蜿蜒曲折地消失在最深处。

亨利咽了口唾沫,穿过一群不及他腰部高的小人儿们,踏上了那条石梯。这是为侏儒、矮人和哥布林们开凿的石梯,高个子的亨利只能低头弓腰往下走,每当迎面而来的人示意他让一让,他就得紧紧贴在岩壁上,生怕某个路过的戴红帽子的哥布林"不小心"推他一下。

亨利发现自己从来没有这么为身高痛苦过。

而莎士比亚也没有力气再飞了,翅膀耷拉下来,步履沉重。一个急匆匆的矮人跑过他旁边时,踩到了莎士比亚拖在地上的尾巴尖,他也只是张了张嘴,无力地喷出一股黑烟。

亨利在石梯的转弯处休息。他刚刚下了五百多级台阶,总算看到了宽敞的地方。这里是专门开凿的休息平台,有两三个石凳。"这地方就是'白面包房'?"他往前面看了看,还有很多很多石梯,牵着绳子的福莱西先生还在慢吞吞地往下走,"到底是什么地方?"

"哦,这是集市。"旁边一个侏儒热心地介绍,往上头指了指,"上头正对的是白金汉宫。据说他们刚开始修那个的时候,我们也刚好在扩建这个地方,矮人族的两位工程师打赌说上头修的是面包房,所以……"

"这可真是价值观不同,大家对标志性建筑的选择也不同。"莎士比亚坐在地上,抱着自己的尾巴。

格罗威尔先生和龙

"那下面是什么集市呢?"亨利继续问道。

"是附近最大的珠宝交易市场。"侏儒说着,拍了拍自己的腰包,"我们每周都会来逛逛,几乎所有的侏儒都会来的,没有什么地方比这里的宝石种类多、品相好了!"

亨利向这位侏儒道了谢,然后催促莎士比亚赶紧起身,继续他们的跟踪。

"我说,老板,"黑龙在休息以后稍微找回了点元气,"你觉得一个矮人和侏儒的混血儿跑到宝石市场来做什么呢?"

"大概这个地下世界里除了这儿能逛逛街,就没别的消遣了。"亨利漫不经心地回答,同时终于来到了白面包房的最底下。

他和莎士比亚站在最后一级台阶下面,没有迈开一步。莎士比亚扇着翅膀慢慢地升起来,头也不回地对亨利说:"老板,我觉得在这里逛街已经是再好不过的消遣了……"

一片狭长的空地在他们眼前展开,笔直又平坦地通向远方。空地两边开凿出了许多洞窟,每个洞窟门口都装饰着发光的宝石,还有各种造型的壁灯、火把,看起来富丽堂皇、灯火通明。许多商贩在洞窟外摆放着自己的得意作品,它们都被透明的魔法球包裹着,有人走近时便在他们身边浮动,之后又会慢慢回到原来的位置。亨利和莎士比亚看到了水晶雕刻的人像,绿宝石拼接的蛇形饰品,天青石和碧玺串在一起做的手杖,镶嵌着由金链和钻石描绘出的花朵的黑色大理石板……

许多侏儒站在自己的店门口,大声地跟主顾们交谈,讨价还价。他们都是内行,所以杀起价来分外惊心动魄。每个人都使出了全副力气笑里藏刀,对旁边走过的人一点儿都不关心。

莎士比亚和亨利慢慢地走进这个市场,感觉眼睛都要花了。

"我们得找到福莱西先生和他的导盲犬。"莎士比亚盯着一个魔法球里的水晶巨魔像,对亨利说,"他们肯定在某个店里,你觉得呢,老板?"

"我同意。"亨利看着另外一家店门上的镶嵌画,全是用钻石组成的,粉钻、蓝钻,"我们都认真地找,好吗?"

"没问题,老板。"

他们俩转回头来看了看对方,不约而同地叹了口气,强迫自己把目光从那些闪亮的玩意儿上抽回来,放到灰扑扑的、矮小的人们身上。

在这条狭长的空地上,店铺多得看不到尽头。热闹的声音在岩壁之间回荡着,似乎永远不会减弱。这条路似乎并不是一直平坦的,它延续到远方以后便开始向下倾斜,就像河流一样将灯光往地下的最深处倾泻。

亨利和莎士比亚留心看着这些店铺中的客人,却没有发现福莱西和斯冬的影子。

"咱们是不是错过了?"亨利几乎不抱希望地问,"我觉得咱们起码已经走过一百家店了。"

"事实上是八十五家,"莎士比亚也有些飞不动了,他重新开始使用他的脚掌,"我数着呢,老板。我敢保证我的眼神比那个暴躁的病人好,但是我没看见他们,真的。他们来这里熟门熟路,就跟兔子钻草丛一样。"

亨利撑着他过度劳累的腿喘了口气:"还有一个办法,我们现在回到出口那里。他们总要回去的,我们可以在那里截住他们。"

"是啊,真棒!"莎士比亚摊开手,"然后你问他们去了哪

格罗威尔先生和龙

儿,做了什么,有没有什么不可告人的秘密,那位半瞎子就一五一十地对您和盘托出?"

亨利有些泄气,这的确让他们的跟踪变得毫无意义。

就在他们俩陷入僵持的时候,莎士比亚突然拽了拽亨利的衣角:"看,老板,他们回来了!"

真的,就在前方,牵着斯冬的福莱西重新出现了。他们从街市的另一头走过来,走得很快,一路上还跟别人撞了几下。

斯冬很远就看到了这两位客人,但当亨利向他摆摆手以后,他只是停了一下,就若无其事地擦过他们身边,领着主人的弟弟离开了。

"喂,"亨利若有所思地对莎士比亚说,"你注意到福莱西先生的眼睛了吗?"

"看上去更糟糕了。"黑龙喷着烟雾摇摇头。

他们的病人双眼发红,布满血丝,看上去如同大哭了一场——如果不是事先知道他是那么一头倔驴,谁都会这么想的。

"他到底干什么去了?"亨利朝街市的那一头望去,"那边有什么特别的吗?"他拦住一个擦身而过的侏儒寻求答案。

手上戴着八个钻石戒指的胖女侏儒警惕地打量着亨利:"你比我高了一倍。你想打劫我吗?"

"对一位这么可爱的女士?"亨利皱起眉头,"不,夫人,我只是在观摩你们的精致艺术,要知道上面的人可很少有机会下来。"

"是啊,所以我们这里可安全了不少。"那侏儒把手中的口袋往怀里塞,顺着亨利指的方向看了一眼,"你刚才问的什么?"

"我们难得看到这么多好东西,但还想要看点儿特别的。我们现在不确定是不是需要走到尽头,夫人,听说最深处有不少好东西,可不知道还得走多远。"

"我劝你们不要再往前走了。"她说,"那里头其实没什么店了,都是一些加工作坊,或者原石买卖。这条路一直会延伸到果核地窖。"

"那地方听起来很有趣。"

她耸耸肩:"是挺有趣的。正上方就是你们的威斯敏斯特大教堂,每次敲钟时,震动通过岩石和矮人们长年挖出来的孔洞一直传到下面,那些石头就嘎嗒嘎嗒地响,所以才有那么一个名字。"

"总之……"她有些不耐烦了,"再往前走就没什么好买的了,我这是忠告。再见,先生。"

她走过亨利和莎士比亚身边,他们听到她嘀咕:"人类,龙,居然还想来买宝石?多可笑,两个穷鬼……"

亨利和莎士比亚感觉受到了极大的侮辱,但更悲伤的是,他们找不到一丁点儿反驳的依据。

"回去吧,"亨利沮丧地说,"咱们压根就不该来这儿。"

黑龙很难得地赞同了他一次。

※

亨利和莎士比亚回到了普弌特先生家。他们搭了一艘"飞鸟",因为黑龙明确表示他今天受到的伤害已经够多了,实在没有力气继续负重飞行。

"还好车费可以记在普弌特先生账上。"莎士比亚走下"飞鸟"的时候看了看船头上的活动刻度线,"我们消耗了五个魔法

格罗威尔先生和龙

点,不知道换算成英镑得多少钱。"

亨利拖着步子走进房间,月亮晶石的钟面显示地下世界最喧闹的时段就要来临。

"上面要到晚上了吧?"亨利看了看腕表,"人们睡觉的时候肯定想不到,在他们床底下这么远的距离还有一个不知疲倦的社会。"

"这是他们的幸运。要是看到女王皇冠上的钻石在这下面就跟鹅卵石一样不值钱,他们恐怕再也睡不着了。"莎士比亚滚在那堆柔软的垫子上。

亨利左右看了看,大厅里没有普忒特先生的影子,只有他的空酒瓶放在包金的矮桌上。

这时斯冬急匆匆地从福莱西的房间出来,一边走一边摘掉手腕上的绳子。

"啊,先生们。"他一看到亨利他们就赶紧致歉,"我得赶上我的主人,他给我留了字条,要我去光明大厅接一位采购原石的客户。"

"耽误一分钟,可以吗?就一分钟!"亨利一把拦住他,"斯冬先生,你今天跟福莱西先生去哪里了,你们一直在一起吗?"

"没有,"哥布林揉着自己的手腕,"他把我拴在一家店外头的天青石柱上,自己一个人往前走的。"

超级负责任的遛狗人,亨利在心中翻白眼:"那么,您看到福莱西先生最终去了哪家店吗?"

"不,先生,那个地方来来往往的都是人,您见到过,他的背影一会儿就被挡住了,我什么也看不见!如果我跟您一样高就好了!"

亨利知道他说的是实情，于是他向斯冬道歉。这位有礼貌的哥布林回了个礼，急匆匆地出门了。亨利看着福莱西房间的方向，摸了摸下巴。

"你在想危险的事情，老板。"莎士比亚看着他，"土豆先生不在，你最好别冒进。"

"我只想找福莱西先生谈谈，只有我们两个人。"

"那就意味着你被胖揍的时候我不知道，也帮不上忙。"

"谢谢你考虑到这个可能，但我觉得福莱西先生对我的态度还算客气，应该不至于对我动粗。"

"那得是你问诊的时候不说到他讨厌的字眼儿。"莎士比亚又顿了一下，"可谁知道他讨厌什么呢？我建议你别说'爸爸''哥哥'和'侏儒'。"

亨利整理了一下衣服，然后弯下腰钻进低矮的过道，来到福莱西先生的房间门口。

和外面镶嵌着宝石与月亮晶石的大厅不同，这间屋子外头是磨砺过的花岗岩，拼成了一个拱形，中间有两扇钉着铜锁的木门。

亨利鼓起勇气敲了敲门。

"滚开！"房间里传来了咆哮，"斯冬，没你的事儿了！"

他嗓门可真大！

"是我，福莱西先生，亨利·格罗威尔！"

"也没你的事儿！我要休息了！"

声音小了一些，也没有那么盛气凌人。亨利想了想，这是个好现象。

"我只想跟您聊聊。他们都不在，就我一个人。"

格罗威尔先生和龙

屋里安静了一会儿，亨利很有耐心，过了好一会儿才又敲了敲。

"进来吧。"福莱西终于变得平静。

亨利推开门，闻到一股烟灰味儿。这房间里跟外面截然不同，没有宝石，没有黄金，也没有月亮晶石，只有一根插在墙上的火把照亮了一小块地方，简直称得上朴素。在光线减弱的地方，放着各种打磨工具和石头——是的，简简单单的石头，绝不是宝石的原石。

它们正处于从天然形态到石凳、石环扣和石雕等有名字的东西的过渡阶段。

这就是矮人的天赋，他们能把任何一块普普通通的石头变成精致的艺术品。看起来在福莱西先生身上，矮人母亲的血脉的确占据了主导。

"自己找地方坐，"房间的主人盛气凌人地说，"我可没那个老东西会招待人。"

亨利看出来了，于是低头找了一个石凳的半成品，把它滚到福莱西身边，坐了下去。那个半矮人正靠在一把石头椅子上，把双腿放在搁脚凳上放松，闭着眼睛，揉搓着双手。

他的眼睛的确不太好，眼周红红的，还有点水肿的样子。

亨利偷偷地从口袋里掏出他的医用手电筒，如同铅笔一样大小，但射出的灯光很闪亮。

他拿着手电冲福莱西先生的眼睛晃了好几下，对方依旧保持着姿势没有动。

对光感反应相当迟钝。亨利偷偷地在心里记录，把手电收了起来。

"我想说点实话,福莱西先生。"亨利用最有礼貌的口气选择切入点,"我父亲曾经给我说,他觉得最难治疗的病人就是认为自己没有病的。那对医生其实是一种折磨,因为他们清楚地知道抗拒会让整个治疗失效,可医生别无选择,因为放弃就代表双方的彻底失败。我向您请求,别让我陷入这么悲惨的情况中,因为那会让我父亲带着他的人鱼未婚妻来看我的时候,有足够的理由嘲笑我。"

半矮人终于睁开了眼睛:"你父亲找了个人鱼?"

"双尾人鱼。"

"太有品位了!"福莱西发出了由衷的赞叹。这足以刺伤亨利,但也意味着对方愿意交谈了。

"能告诉我您能看到我的手指吗?"亨利晃着他的手掌。福莱西憋红了脸,没有打算回答,但亨利毫不放弃,简直就像按下了重复播放键。

"不行……"在第二十次被询问以后,福莱西还是回答了。

*真是一个重大的进步。*亨利在心底大大地松了口气,继续慢慢地把手指向着福莱西眼前移动:"现在呢?"

"嗯,看见了。"半矮人不情不愿地承认。

亨利的指头几乎要贴在他鼻子上了。

"告诉我您这种视力大概持续多久了?"

"我一直这样。"

"好吧,"亨利换了个问法,"您出门得牵着斯冬先生有多久了?"

"我是带个跟班,他很合适。"福莱西动了动脖子,"三个月吧,我记得……"

格罗威尔先生和龙

亨利在心底把时间上对得上的眼部症状都过了一遍。他又仔细打量着福莱西红肿的眼角,再次用医用手电筒照了一下,这次福莱西睁开的眼睛明显眯了一下。亨利又按了两下忽闪忽闪的。

"嘿,"福莱西皱起眉头,"你在干什么,小心我把你扔出去!"

"好吧,抱歉抱歉。"亨利收起了电筒。

这时门口传来了普忒特先生的声音。

"啊哈!"他的口气让亨利一听就知道要糟糕,"福莱西,很高兴你答应让格罗威尔医生治疗了,感谢老天爷你还有一点儿理智!"

"我的理智就是不拿起任何一块石头丢你!"暴躁的半矮人一下子跳起来,"滚出去!"

"这是我的房子!这是普忒特家!"侏儒提高声音,用手杖重重地顿了一下地面。

"我也是父亲的儿子!"福莱西的胡子都要飞起来了。

亨利眼看着他们像两条斗犬一样狂吠,立刻起身拦住了普忒特先生:"我还有问题问您,病人家属!"他一面大叫,一面把普忒特先生带出房间,关上了木门。

他不能看着他们把对方的眼珠子挖出来——虽然福莱西先生近乎瞎了,但他的战斗力肯定比普忒特先生强。

被拦住的侏儒还在愤愤不平:"你能想象吗,格罗威尔医生?你能相信吗?我请你来治疗他,他居然用那种态度对待我!"

因为你的态度也不大好。亨利并不打算真的对 VIP 客户这么说,只能尽量劝他来到外面的大厅里,向他说明初步诊断情况。

亨利在大厅中看到莎士比亚没心没肺地驱使着斯冬再给他拿

檀香木时，忍不住咳嗽了两声。黑龙总算想起了自己的职责，从那堆柔软的丝绒垫子上爬起来，摆出严肃的姿态。

"请这边坐，先生。"他把握着檀香木条的爪子放在背后，仿佛在诊所里一样自然。

心烦意乱的普忒特先生没有在意这种反客为主的小细节。他坐了下来，用手指拍打着矮桌："他怎么样，医生？到底是什么毛病？"

亨利歪了一下脑袋："光感很差，而且畏光，眼周红肿、流泪，但是并没有发现绿色或者其他颜色的寄生体，应该不是感染。我猜想是某种刺激导致的。因为在地下生活，矮人天生眼睛就比其他种族要脆弱，如果是强光什么的刺激到……"

"强光刺激？他做了什么？"

"这得问您，先生，您知道福莱西先生去白面包房市场的事儿吗？"

"哦，斯冬告诉过我，但他从来没有买回什么。矮人天生对宝石之类的毫无鉴赏能力。"

"他也有一半的侏儒血统。"

"可他从来都只打磨石头，他跟我和父亲一点儿也不像。"

"那他去市场做什么呢？"

普忒特先生看了看亨利，又看了看莎士比亚。

"您有什么不好明说的吗？"莎士比亚好心好意地劝道，"没关系，医生会对患者的各种难言之隐都守口如瓶，只要有益于治疗您完全不必忌讳。"

亨利当然不会告诉普忒特先生这条黑龙有多少次偷偷地翻着病历本大笑，虽然他的确不会把病人的隐私说出去。

格罗威尔先生和龙

普忒特先生终于叹了一口气:"福莱西有一半的侏儒血统,尽管如此,但并没有遗传到任何天赋。以前我见过一些半侏儒,他们就算不能一眼看穿原石的质量,也可以做一些简单的切割工艺。但是福莱西不能,他完全对宝石没有办法,父亲的手艺他一点儿都没能继承,他完全不像是我们家的人。"

"所以您和他感情不好?请原谅,也许我不该这么问,但这和病人是有关系的。"

普忒特先生哼了两声:"他介意这个,但我并不介意。"

"那么老普忒特先生呢?"

"土豆"沉默了一会儿:"他大概很遗憾……"

"听说他得了厌光症,现在住在矿坑里?"

"嗯。"普忒特先生点点头,"一方面是厌光症,一方面是想全心全意地找一些品质较高的钻石。他始终无法放下传统手艺,他还有些需要完成的作品。"

"是什么作品?"

普忒特先生鼓起腮帮子,忽然像只蛤蟆。

"我不知道!"他怒气冲冲地说。

莎士比亚和亨利并排躺在地上,身下是柔软的丝绒垫子,双手枕在脑后,眼睛看着天花板上的月亮晶石。现在是晶石光芒正从暗淡重新变得明亮,意味着地上的世界又进入了黑夜。

"昼夜颠倒真不好,"莎士比亚伸伸懒腰说,"我昨天几乎没怎么睡着,老板,我的生物钟紊乱了。"

"说得你好像没有待在地下几百年看守财宝一样。"亨利现在完全没心情关心员工,"我觉得福莱西先生的视力问题跟他在白面包房市场里做的事儿有关。我看得出他从那里离开以后症状更明显了,而且有恶化的趋势。"

"他不会告诉我们的。"

"所以我们得再跟踪他一次。"

莎士比亚的肚子一起一伏,沉默了很久:"我要求坐车,老板。这费用明明可以算在出诊津贴里的。"

"当然,坐吧,坐吧。我们这次接待的是VIP。"亨利难得那么大方。

地下的傍晚就是地面的清晨,月亮晶石的光芒代替了太阳的光辉。与此同时,门外的"飞鸟"也来往频繁。

按照亨利的要求,普忒特先生对他们的某些举动是毫不干涉的,并且要求斯冬全力配合。所以亨利偷偷地给斯冬说,希望他这一次能别那么老实地让福莱西先生把他拴起来。

"只要不是我自己解开的绳子,应该都不算违背命令。"哥布林用柔和的表情看着亨利,又眨了眨眼睛。

看着正往自己手腕上缠绳子的斯冬,亨利觉得哥布林其实还是一种很狡猾的生物。

于是在普忒特先生再一次出门去忙他的生意后,亨利和莎士比亚再次看到福莱西先生用手杖和绳子催促着斯冬领他出门,再一次去往白面包房。

"父亲的婚姻太过波折会给子女留下深深的阴影。"跟在后面的莎士比亚语重心长地对亨利说,"你看,幸亏你是独子……"

"风那么大你还要说话!"亨利在"飞鸟"上冲着莎士比亚的耳朵叫,"不怕灌进去吹熄了你喉咙里那点小火星儿?"

格罗威尔先生和龙

　　莎士比亚闭上了嘴。不是因为火星儿，而是他看到亨利的额头上有点暴青筋。
　　他们再次到站，再次沿着那狭窄而拥挤的台阶往下走。这次莎士比亚已经学乖了，扇动着翅膀在台阶之外飞，不跟那些侏儒们挤。
　　他们从容地跟在福莱西和斯冬身后，莎士比亚悄悄地跟亨利闲聊。
　　"你怎么看这一家子的复杂关系？我是说不负责任的老爸，早死的两个老妈，冷傲又盛气凌人的哥哥，还有脾气暴躁的同父异母弟弟。我总觉得那位福莱西先生的病透着蹊跷。"
　　"你要是跟我说波吉亚家族的故事我觉得不太可能。"亨利说，"他们只是侏儒和矮人，比人类的心眼儿少得多。"
　　"我第一次听到你对自己的种族有如此真实的评价。"
　　亨利早就学会了过滤莎士比亚的某些话："我觉得关键还是在这个市场里。我们得弄清福莱西先生究竟干了什么。"
　　所以他们这次跟踪得很谨慎，很小心。
　　又一次来到白面包房市场，他们不再像没见识的乡巴佬一样瞠目结舌，而是紧紧跟着福莱西和斯冬。
　　以亨利的身高，能很轻易地从一片矮子里头紧盯住想跟上的那一个。
　　他们没有再去流连两边店铺里的珍宝，一直走过最绚烂的街道。光亮逐渐减弱，地势开始下沉。
　　在最后一家充满了魔法展示球的店门口，福莱西将斯冬手腕上的绳子拴到了一根漂亮的天青石柱子上，然后杵着手杖往前面走去。那里人流变得越来越少，灯光也越来越黯淡。

"好了，好了，"莎士比亚走上去为斯冬解开了绳子，"被解放的司布林，现在你自由了，跟着我们去帮帮你主人的兄弟吧。"

他们继续往前走，里面的店铺变得稀少，但每一个都足够古老。镶嵌的月亮晶石也因为年代的久远而略有些灰暗。店铺也不像前面的那些一样摆满各种光彩夺目的成品，而是许多没雕琢过的石头。有些店主架起小小的台子，趴在上面干着自己的活儿，对走过店门口的人毫不在意。

"这是做买卖的两个风格，"莎士比亚评论道，"所以有些人会破产。"

亨利没时间去理解莎士比亚的俏皮话。他们顺着斜坡往下走了很久，现在他们已经完全看不到之前那些店铺的灯光了。

就在这个时候，福莱西停了下来，他转向左边，走进了一个铺子。

"慢慢靠近，不用真的走进去。"亨利拉着莎士比亚和斯冬停下来，伸长了头去看那个店铺——那是一个毫不起眼的原石铺，入口处只是用月亮晶石按照侏儒的古通用语拼出了"白色花"这个词儿。

他们还没有走过去，就看到那铺子的门口忽然发出了强光。这光线如同闪电一般将门口和附近路面都照得雪白，接着又连续闪烁了好几下。亨利觉得自己一瞬间简直要瞎了，眼前出现了好一阵子空白。他连忙转头避开那光线，看到莎士比亚也在用爪子揉眼睛，而斯冬干脆背过身去了。

过了很久，闪光才停止。

不一会儿，福莱西杵着他的手杖走出来，亨利看到他用手巾擦着眼角，还在不断地流泪。

格罗威尔先生和龙

"去跟上他。"亨利对莎士比亚说,"不光是你,带上斯冬,让他在原地等着福莱西先生牵走他。我随后就来。"

"你要去打探什么,老板?"莎士比亚低声说,"也许我能帮你望个风……"

"你帮我兜住别露馅就很好,现在赶紧走,趁着福莱西先生看不见。"

莎士比亚有些不甘心地吐着小火苗,似乎对自己不能亲眼见证秘密被揭晓的一刻而对老板充满了抱怨。

亨利驱赶着莎士比亚离开,看着他们在福莱西先生之前冲上斜坡,才放心地转身,走进那家"白色花"原石店。

这是个古老的小店,里面摆满了各种石头。它们层层叠叠,一直垒到了天花板上,有很多已经积满了灰尘。在这些拥挤的石头中间,是一张巨大的石台,中间打磨得很平整,周围的护栏上镶满了月亮晶石,这使它能像镜子般反射着亮光。

石台旁边,一个苍老的侏儒正在收拾一个盒子。那里面有个亮晶晶的东西。

"你好!"亨利弯下腰勉强挤进去,向他打招呼。

那个侏儒十分苍老,甚至得努力撑起他耷拉的眼皮才能看到亨利。"人类?"他用古老的腔调嘀咕,"居然有一个人类在这里……真是怪事!我以为半矮人来光顾就已经很神奇了。"

"你好,先生,"亨利用最友善的语气说,装作没听到他的话,"我是个来参观的客人,我久闻侏儒们超凡的宝石雕刻技艺,所以……"

"要看雕刻技艺也不必跑到我这里来。"老侏儒不为所动,"那些光鲜的玩意儿都在上头呢,我这儿没什么好看的。"

亨利尴尬地摸摸头："那个并不是最重要的……事实上我倒是发现您这里有些光……"

老侏儒停顿了一下："哦，你是普忒特家什么人？"

亨利有些措手不及。

"我有187岁了，孩子……"老侏儒平静地说，"别跟我耍心眼儿。"

亨利怎么都想不通，为什么莎士比亚活了几百岁，跟这位衰老的侏儒比起来却像白活了一样。于是他用最尊敬的态度向这位老侏儒说了那位先生倒霉的眼疾，再虚心地说明自己必须得治好福莱西先生，尽管他暴躁得像颗炸弹，一点就着。

"我想他的视力恶化和之前的强光有非常直接的关系。"亨利说，"也许您能告诉我那到底是什么？"

"既然你问到了，医生……"老侏儒摸了摸垂到胸口的胡子，"这是一种法术，是侏儒们很容易学会，但是不怎么用的一种炼金术——确切地说，这技术不止限于锤炼黄金制品，可以使任何粗糙的原石变成上好的宝石。"

"原理是什么呢？"

"很简单，魔法火焰，可以锻造一切原石。但就像你说的，那种强光容易损害视力，即便是戴上护目镜也没用。"

"福莱西先生要锻造什么样的原石呢？"

"哦，就是这个。"老侏儒拿出那个原本要收起来的盒子，递到他面前。

亨利只觉得眼睛仿佛在一瞬间又经历了一次强光闪烁，但这次是温和而愉悦，伴随着压抑不住的惊呼——在那个巴掌大盒子里的红色天鹅绒布垫上，躺着一朵蔷薇，它并不大，但美得摄人

格罗威尔先生和龙

心魄。它的每一个花瓣儿都是透明的钻石,它们被巧妙地打磨出动人的形状,拼接在一起,特别是花心部分,是无数细小钻石的集合,每一个都是最完美的多面体,仿佛有无数的光芒在其中自主流动。

亨利觉得,在它面前,人类所有的珠宝都黯然失色。

"我不明白,"亨利恋恋不舍地看着老侏儒关上了这个盒子,"福莱西先生花费这么大的力气锻造一朵钻石蔷薇,是为什么呢?他同父异母的哥哥虽然对宝石有一般侏儒的天分,但他好像主要是做原石生意,并没有雕琢作品。所以他如果想胜过普忒特先生,只需要倒卖更好的原石就行了。"

而且一个那么粗鲁无礼的家伙,怎么会创造出如此细腻的作品?

然而老侏儒却笑起来:"普忒特先生……你说的是哪个普忒特?"

亨利愣住了,忽然有些明白:"但是……老普忒特先生不是很早就离开他们兄弟俩生活了吗?"

老侏儒摇了摇头:"你知道鲜花峡谷吗?"

"不,先生,如果有幸去……"

"从白面包房站坐'飞鸟'再向东南方走,只需要二十分钟,在泰晤士站转坐一艘直下的'飞鸟'——哦对,那个地方就正对着你们上面的泰晤士河——然后就能到达那里了!等你到了那里,就全明白了。"

亨利半信半疑,但他看到对方的表情,就知道对老侏儒来说,这场谈话已经接近了尾声。他最后提出了一个怎么看都不会被答应的要求:"这朵蔷薇已经完成了吗?我可以带走它吗?"

钻石蔷薇

老侏儒捧着木盒子："基本上已经完成了，只有一些需要修饰的细节。但你的要求嘛，人类，你不用想也知道我的答案。"

亨利走出了原石铺。他站在黑漆漆的街道上，看着斜向上的那条大路。它平坦而光滑，一直通向光芒璀璨的地方。亨利知道自己现在跑快一些还能够赶上莎士比亚和斯冬，还能跟在福莱西的身后回到他的家。

他只犹豫了一秒，就明白自己不能这么做。

他慢慢地回到了那条热闹的街市，又爬上了在岩壁上凿出的阶梯，在白面包房站坐上了跟来时相反的"飞鸟"。他紧紧地抓着船舷上的扶手，按照老侏儒的指点转了车，在直降"飞鸟"上忍受了整整五分钟失重的感觉，来到了"鲜花山谷"。

这是一条狭窄的地下峡谷，狭窄到只能容一个人单独通过。石壁倾斜着向上延伸，高度有几百英尺，这使得整个峡谷看起来像一个长长的漏斗。岩壁上盛开着无数花朵，它们全是由不同宝石镶嵌而成的，蓝宝石、红宝石、祖母绿、钻石、翡翠……各种造型，各种大小，让人眼花缭乱。它们铺满岩壁，从底部一直往上，密密麻麻，不计其数。极其细小的月亮晶石碎片被嵌入岩壁，给每一朵花围出一个圆形的底座。

亨利凑近去看它们。在微弱的晶石光线中，他能看清楚每一朵宝石花下雕刻的字，有些是古老的侏儒文或矮人文，也有许多是古英语，这些都是亨利能看懂的文字：

"献给亲爱的埃姆斯，我永远的爱人。"

"不会忘记，德拉克丝，伟大的母亲。"

"最好的钻石艺术家，胡桃核。"

"艾迪和克莱的心意。"

格罗威尔先生和龙

……

亨利全明白了。

◆

再回到普忒特先生家时,亨利一走下"飞鸟"就看到莎士比亚站在门口。

"就算女王给我授勋我也不会感觉这么荣幸,"他对黑龙说,"你居然在迎接我吗?你做了什么?是把福莱西先生给搞丢了,还是故意让他摔了跟头?"

"我只是秉持着一个文明龙的操守。"莎士比亚把两只前爪交握在胸前,"我绝对不会去听我们的主顾争吵,那是他们的家务事。所以我出来了,对不对,斯冬?"

他转向旁边的哥布林,后者摇摇头,担心地朝里面望了一眼——竟然有哥布林比龙还诚实。"福莱西先生刚开始砸东西,主人就把我们赶出来了,现在他们应该还在吵。一般来说这样的争吵会持续一个小时。"斯冬掏出他的怀表,"现在大概过了三十分钟,我们还要等三十分钟才能进去。"

"抱歉我等不了那么久。"

亨利像一个算出了答案的学生,这道题曾搞得他晕头转向,极为不耐烦,但最终他算出了答案,他必须验算一下这结果是否正确。

他重新走过那条镶嵌着月亮晶石的溶洞走廊,穿过星海一般的宝石垂帘。他不再惊叹和流连于它们的美丽,甚至当他进入大厅时,他也没心思再去惋惜那些倾倒的包金茶几,满地乱滚的镶着宝石的铜水烟壶,还有打碎的水晶杯和掉落的月亮晶石。

亨利看着普忒特先生和他的混血弟弟。他们正面对面站着,普忒特先生双手发抖,满脸通红,原本整齐的胡子像是被烤过一样地卷曲起来,而福莱西先生也好不到哪儿去,他攥着那根打碎一切的手杖,声嘶力竭地冲着他的哥哥吼叫:"别让他来!他既然要走,就不应该回来!"

"他有权利来或者走,他是我们的父亲,"普忒特先生的尖细嗓门已经因为半个小时的争吵变得粗哑,"不管你怎么想,福莱西,他说了有重要的东西给你!"

"我不要!什么也不要!"对面的人又开始挥舞他的手杖,一块月亮晶石被碰到了,碎成两块。

亨利咳嗽了两声,这让两兄弟同时转头看他——当然福莱西先生其实看不到什么,他再次重重地哼了一声,然后用手杖一路敲打着回了自己的房间。

普忒特先生脸色阴沉,恨恨地看着弟弟的背影,一下子坐到地上。

亨利来到他面前,也坐了下来,看着普忒特先生露出了不加掩饰的疲态——这跟他们最初见面时的容光焕发形成鲜明的对比。

"是为什么吵起来呢?"亨利轻声问道,"这次看起来很严重。"

普忒特先生动了动嘴唇,叹了一口气:"父亲要来了……"

亨利愣了一下:"另外一位普忒特先生?"

"是他。"

亨利想起了之前和莎士比亚听到的八卦,那位在第二任妻子死后扔下两个儿子跑去做自己的事儿的老爸。

格罗威尔先生和龙

普忒特先生无可奈何地给亨利说起了前因后果："大概他的确是很爱那个女矮人的，自从她去世以后就开始讨厌这里，于是他住到下层矿区很远的地方，在这十年中没有再出来过一次。我知道他不是什么厌光症，他就是不想看见这个家——是那个女矮人在这个溶洞凿出了一个个房间，打磨光滑了每一寸地板，然后他才运来各种宝石进行装修。这是他们俩的房子。本来我也不喜欢，可他最后还是扔给了我，那个老混蛋……"

从不顾及儿子们的感受这方面来说，老普忒特被骂得还真不冤枉。

"那么，他为什么现在要回来？"

"因为他做的东西完成了。""小"普忒特先生顿了一下，"他做了很久……"

"一朵宝石花？"亨利试探着问道。

普忒特先生惊讶地看着他，然后慢慢地苦笑起来："是的，一朵宝石花。那个女矮人的名字上还空着。"

就跟我猜想的一样，亨利在心底自言自语。他又问道："那么，您父亲什么时候到？"

"他说的就是今天——"

"先生！""土豆"的话还没有说完，哥布林管家就一头撞了进来，"您父亲来了……"

亨利觉得普忒特先生浑身的汗毛都竖起来了，刚才的气馁都变成了斗志，他就像只看到斗犬靠近自己的猫，一下子从地上跳起来！

哦哦哦，开始了！

亨利努力控制着面部肌肉，不想让那种"终于看到大反派"

的兴奋心情在脸上太过于外露。但他的确对这一切的始作俑者充满了好奇——那将是一个多么奇特的侏儒啊！

不远处传来叮叮当当的碰撞声，一头黑龙殷勤地拉起了宝石帘，对身后的人说："请小心脚下，先生，刚才我好像听到有碎玻璃的声音。"

一个矮小的男人走了进来。他的个头比莎士比亚还小，头发已经一根不剩了，脸上的皱纹就跟岩壁一样层层叠叠，鼻梁上架着一副老式的圆形墨镜。他穿着款式古旧的袍子，看上去像是从维多利亚女王在位时就裁剪出的玩意儿，完全跟"新潮"这个词儿沾不上边儿。

但他昂着头的模样跟普忒特先生惊人的一致，而且他的身板笔直，连手杖都没有拿，只是捏着一个小小的木盒子。

他神态自若地从宝石帘中间钻过来，看到大厅里的场景时，不满地哼哼了两声。

"你们打架了？"他的嗓音也不像大儿子那么尖，反而很醇厚，听起来竟然让人感觉很舒服。

看起来不像个混蛋嘛，亨利这样想。

"这个人类是谁？"他指着房间里个子最高的人，"谁把人类带来的？他们除了偷偷地把宝石都撬下摸走，可不会干别的了！"

亨利收回了之前对他的评价。

"您好，先生，"他用职业化的微笑低头看着那个小矮子，"我是普忒特家族的特约医生，是另外一位普忒特先生邀请我来的。"

那个"混蛋"上上下下地打量他，那眼神让亨利觉得如果不给三倍的出诊费他就再也不会接这个VIP的活儿了。

格罗威尔先生和龙

"你生病了,斯莱西?"他叫着大儿子的名字,"我记得你的身体很好。"

"我当然很好!""土豆"愤愤地说,"是福莱西,他快要瞎了,如果不请医生我可就成了对弟弟不管不顾的坏蛋了!"

"这是什么意思?我记得福莱西的眼神很好,而且我们家的月亮晶石足够多,每一块都是我亲手打磨和镶嵌的,不会有亮度问题!"

"你不知道?"土豆先生哼哼,"福莱西这段时间的视力恶化很快,而且他拒绝治疗,我拿他没办法,所以才请了格罗威尔医生来帮忙。如果你能有更好的办法让他痊愈,那么我也不用操心了。"

那位被暗讽的老侏儒似乎没在意儿子的怒气,他跨过地上的碎片,对亨利说:"医生,你已经为他看过了吗?福莱西的眼睛怎么了?"

"我没法给他诊断,"亨利抱着双臂,"您的儿子拒绝治疗,显然他把某些事情看得比自己的眼睛更重要。"

老普忒特先生眯起双眼看着他。

亨利则看了看他手里的木盒子:"不知道您是否知道魔法火焰炼金术?还有白面包房市场的那个叫'白色花'的原石店?"

那个下巴要翘上天去的老侏儒慢慢地低下头,他摘下墨镜,露出整张脸——亨利这才发现他真的很老很老,似乎跟"白色花"的老板一样老,甚至更老一些。他的眼睛里已经布满了黑色的斑点,从瞳孔往眼白周围扩散。这是侏儒们在死亡前最明显的特征,当眼睛最终被这黑色占满,他们漫长的生命也就走到了尽头。

"您第二位夫人的墓上还没有宝石花,对吗?"亨利又看了看他拿着的盒子,"您回来是为了这个?"

"福莱西在哪里?"老普忒特没有回答,反而转身问大儿子,"我要跟他谈谈。"

"土豆"先生有气无力地指了指那边。

于是老普忒特向着二儿子的房间走去。

斯冬尽职尽责地将他的主人扶起来,又勤快地找到完好的坐垫,让小普忒特先生靠着休息。

这时候,一直默默无语的莎士比亚飞快地靠到了亨利身边。"你有秘密!"它扇着翅膀飞起来,紧紧地盯着亨利,"把我们支走以后,你到底打探到了什么秘密?快说,快说。"

"你实在不该来当护士,去《世界新闻报》当个记者怎么样?我认识的一个女巫在那里供职。"亨利又做出恍然大悟的样子,"哦,对了,它好像倒掉了……可见八卦得太过分是会砸掉饭碗的。"

莎士比亚布满鳞片的黑皮肤上没有一丁点儿泛红的痕迹。"那半矮人做了什么?"他锲而不舍地绕着亨利扑扇翅膀,"快告诉我,他是不是在密谋毒死他的哥哥,他爸爸的到来打乱了他的计划,是不是?他的房间里一定藏着东西吧,他去白面包房市场是不是去买凶器……呜呜……"

亨利忍无可忍地捂住龙的嘴巴把他摁下去。"安静!"他压低声音命令!

更大的噪声紧接着从福莱西的房间里传来,那是半侏儒单方面的咆哮,还有各种东西被砸在地上的声音!

"哎呀,要赶紧去劝一劝才好!"莎士比亚这么叫着,啪嗒啪

格罗威尔先生和龙

嗒地朝着那边飞过去。亨利知道他在想什么,连忙跟了上去。小普忒特先生和斯冬也紧随其后。

莎士比亚期待的和亨利担心的惊天大战并没出现。福莱西先生在单方面冲着父亲发脾气,他挥舞着手杖,那些半成品的石头被碰倒,在地板上乱滚。灰暗的房间里只有那只火把的火焰在跳跃,仿佛感知到了主人的怒气。

"赶紧走!"他冲着老普忒特先生大声叫嚷,"你已经走了,就没有必要再回来!我现在很好,比你在的时候好得多!别这么看着我!"

"他的眼睛好了?"莎士比亚飞到亨利身边,偷偷地问,"看上去不像啊。"

但是老普忒特先生的确看着福莱西,特别是他的眼睛——那双眼睛满是红血丝,浮肿,没有焦距。即便是这样,还是能感觉到这双眼睛里的愤怒。

老普忒特先生的表情让人看不出他在想什么。

"我没看出你多好。"他对小儿子说,"你一直不怎么爱跟我说话,我以为在我离开后,你会轻松点儿。你不是说过你会发挥自己的天赋,会比跟我一起生活更开心吗?"

"难道我没有吗?"福莱西哼了一声,"我现在过得可好了,你说过我做不到的事情,我也能做好,做得比你还好。"

"你去了'白色花'?"

福莱西的脸色微微一变。

老普忒特顿了一下:"我给你的母亲做好了属于她的宝石花,用最好的蓝钻、粉钻,还有蓝宝石和红宝石……"

"用不上了!"福莱西笑了笑,脸上浮现出掩饰不住的得意,

"按照你们侏儒的传统，只有家庭成员中手艺最好的人，才能在鲜花峡谷为逝者留下宝石花。现在你的东西用不上了，我做了更好的！"

"你都没有见过我的作品，怎么会这么自信？"

福莱西脸上的笑容在扩大："你绝对找不到品质更好的钻石了，无论是透亮度，还是切割棱面……你也做不到这么好！别忘了我看过你巅峰时期的作品，我知道你做不到！"

"那就拿出证据吧！"老侏儒也不生气，"让我看看你的宝石花。"

"它不在我这里，"福莱西扭过头，"我存在'白色花'店中。是谁告诉你我去的白色花？是斯莱西，还是该死的斯冬？他们跟踪我，难道没给你汇报这个小秘密？"

老侏儒转头望向亨利。

于是妖魔医生咳嗽了两声，朝前面走了一步："那个……实际上跟着您的是我，福莱西先生。请原谅，我受您兄长的委托来为您诊疗。他是真的关心您，但没有窥探过您的隐私，是我发现了您的秘密。"

他看了看斯莱西·普忒特的脸色，那位侏儒向他点点头，感激地扯了扯嘴角。

亨利接着从口袋里摸索出一个木头盒子，敲了敲盖子，一种清脆而又特别的笃笃声顿时响起来："而且……我说服那位老先生暂时把这个给我，我说过我是您的家庭医生。"

福莱西的脸色简直黑得跟岩壁中的沉积煤层一样，他向着亨利的方向走过来，手杖把地板敲得咚咚响，那模样似乎要跳起来给亨利一顿老拳。

格罗威尔先生和龙

就在亨利心跳加快那一瞬间,那个半侏儒却突然又停下来。

"没有关系!"他哼哼道,"反正我也已经完成了,你们要看就看吧。我本来就是要拿给你们看的。你,老头,还有我这个……哥哥。"

亨利打开盒子,捧在掌心里。普忒特先生走上前来,朝里面看了一眼。

他低着头,长久没有说话,整个房间里除了那只燃烧的火把噼啪作响,没有任何声音。

老普忒特先生最终抬起头来,长长地叹了一口气。

"你说对了,福莱西。"他大声说,"你做出了我没法完成的作品。你在侏儒的技艺上胜过了我,还有斯莱西……"

半侏儒愣了一下,似乎对他如此轻易地认输有些不敢相信。"你……"他迟疑了一下,"你是说真的?!"

"真的,即便是魔法火焰的作品,也是你做出来的。虽然我不赞成用这种方式处理原石,但是……"老侏儒顿了一下,"它很漂亮,是我见过最完美的宝石花。我也没有办法把花心做成这样……"

随着父亲的讲述,一种说不清是喜悦还是满足的神情渐渐地浮现在福莱西脸上,他的眼圈很快变得更红了。在眼泪涌出来前,他迅速转身往回走。

"很好,"他有些不自然地说,"你能这么坦率地承认,至少还算有勇气……"

"我一直只承认事实。"老普忒特先生说,"福莱西,我说过你没有侏儒天赋,但并不表示我希望你没有,我只是觉得你最终能找到自己想做的事情。也许,我并没有好好地让你明白这一点……我有时候太过于沉浸于自己的想法,而由于失去你的母亲,我对你和斯莱西都太过于疏忽。你说得对,我其实并不应该再回来。"

他又看了看大儿子:"抱歉,斯莱西,我也应该给你说这句话,希望还不太晚。"

老侏儒转身向外面走去,房间里的人全愣愣地站在原地。

最先从这场伦理剧里抽身醒来的是莎士比亚。他一下子飞到亨利面前,低头去看他的掌心!

"我的天——"他的惊呼还没有说完,亨利一下子就盖上了盒子,狠狠地瞪着他。

"我这辈子还从来没有见过这样的珍宝!"莎士比亚用无比真诚的语气大声赞叹,"天啊,如果真的有巫师让我看守这样的财宝,我宁愿在那连转身都困难的小山洞里再待三百年!您要是愿意让我看守这个东西,福莱西先生,我就再也不当护士了!"

他的插科打诨并没有引起土豆先生和半侏儒的注意。

最后还是小普忒特先生吸了吸鼻子,对弟弟说:"父亲同意了……"

半侏儒有些茫然地嗯了一声,还没有回过神。

"他承认了你的作品。"普忒特先生别扭地哼哼,"好歹给他说声谢谢吧。"

然后斯冬搀扶着他,离开了这个房间。

福莱西先生这时才一下子抬起头,他捏了捏手杖,忽然快步地走出门。咚咚咚咚的声音,使得原本已经快要走到大门口的老普忒特先生转过头。

"嗯,嘿,老头……"粗嗓门迟疑了一会儿,终于选定一个

格罗威尔先生和龙

称呼,"明天,明天我去给妈妈安放这朵钻石蔷薇,你要来吗?"

因为老侏儒重新戴上了墨镜,亨利看不清他的表情,但他能看到他的胸膛剧烈地起伏着:"好……我去,也请斯莱西去,行吗?"

"要来就来!"福莱西狠狠地跺了跺脚,又噔噔噔地回到了自己的房间。

"这头刺猬!"莎士比亚偷偷地在亨利身边说,"他现在的刺稍微放平了,你的机会来了,老板,咱们终于可以干点正事了。"

"我们一直在干正事!一切为了治疗……"

亨利斜视了他一眼,开口在背后叫半侏儒的名字:"那个……福莱西先生,也许我能给您提供一点小小的帮助,明天您安放钻石蔷薇的时候,是不是需要看清楚点儿?我能制作一副临时眼镜,我保证您能把最细微的位移都看得清清楚楚的。"

他的话让福莱西忽然回过头,准确地朝向这边,脸上又浮现出怒气。"你!"他指着亨利,"你居然敢跟踪我,你还敢骗我的宝石花,把它还给我!现在就给我!"

他挥舞着手杖想要敲打这个医生。

"等等,等等!"亨利连忙高高举起那个木盒子,快速地躲过了攻击,"我跟踪您是为了弄清病因,福莱西先生,请别生气!我保证过只是借用您的作品,您同意治疗,我立刻就把它送回'白色花'!"

蹦蹦跳跳的瞎子侏儒无论如何也不会对一个人类造成威胁,尤其是他知道这个人类至少是出于好意时。他们就像不对等的舞伴儿在跳着滑稽的狐步舞。

福莱西意思了两下,发现自己的确没有办法教训亨利,他停

钻石蔷薇

卜来，喘了口气："赶紧去！我的钻石蔷薇还需要浸一下保养水，我原本是打算明天早上来做的……我觉得你做的那什么眼镜最好别太清楚，因为如果我看见了什么损伤，我不会让你再回地上的世界。"

"好，好！就这么愉快地决定吧！"亨利简直要感激涕零了。

他抓住莎士比亚的前爪小跑着出了房间，冲到斯莱西先生面前，做出一个"胜利"的手势。

"他同意了！"亨利压低声音对他的VIP主顾说，"病人总算有了一点儿松动，愿意接受第一步治疗。祝贺您，普忒特先生，您弟弟的眼睛还救得回来。"

侏儒的表情复杂："真是想不到……我从来没有想过要去调查福莱西。他不喜欢，我也不想让他更不喜欢。"

"我明白您的顾虑，先生。"

"能让我看看福莱西的作品吗？"他对亨利要求，同时看了看在客厅里站着的父亲，"到底是怎么样的作品能让死老头都甘心认输？"

亨利犹豫了一下，还是掏出那个木盒子打开，递到他眼前。

普忒特先生低下头，愣住了——

亨利掌心里的木盒子里空空如也。

侏儒的脸色变了又变，他一下跳起来，向着父亲跑过去。"给我看看你做的宝石花！"他凶狠地命令。

"哦，斯莱西……"

"赶快，别磨蹭！"普忒特以一种少见的强硬威胁着父亲。

于是老普忒特打开了他手里的盒子。

亨利和莎士比亚凑上去，不约而同地屏住了呼吸——

· 265 ·

那是另外一朵宝石花，依然是一朵蔷薇的造型，但却是五彩的，没有人能说清楚哪一个花瓣儿用了哪一种颜色的宝石，所有的颜色似乎都在这一整朵花上，像彩虹，又像是绮丽的梦。当他们稍微移动着身子看它，那些色彩就仿佛跟着人的眼神在移动，没有人能移开目光。

"它真美……"莎士比亚痴迷地看着这朵蔷薇，"我读到的文学作品里没有合适的句子来描述它，我想将来也不会有。"

这对一条文学龙而言是能给出的最高的赞誉，也许这次的赞美更加发自内心。

而亨利也觉得，在看过福莱西的钻石蔷薇以后他仍然有一瞬间心跳停止的感觉，他不得不承认，虽然那朵钻石蔷薇美好得让他觉得人类的珠宝都变成了石头，但这朵宝石花却更胜一筹，在它面前，连其他侏儒的作品都平凡无奇。

"别让福莱西看到它。"老普忒特先生把盒子盖上，然后递给了大儿子，"也许它可以放到我的墓地上，斯莱西，我希望是你来做这件事。"

小普忒特先生接过盒子，沉默了一会儿，终于低声说："好的……爸爸。"

◆

"我们该走了。"

这是在地下世界中的第五天，莎士比亚坐进"飞鸟"，眨巴着眼睛看他，同时在温柔地催促。他的怀里抱着一大堆东西，包括普忒特先生的一些珍藏酒和福莱西的石雕艺术品，最上面则是一大捆檀香木条——斯冬说这是他特别为莎士比亚准备的。

"我以为龙都是高傲自大、目中无人的家伙。"哥布林管家对莎士比亚说,"但您的确和蔼可亲,又非常体贴有礼貌。"

莎士比亚同样觉得没有哥布林会比斯冬更让人喜爱了,他信誓旦旦地保证一定会多多给别人说说哥布林的优点,纠正他们对这个种族的错误印象。

这两个打工仔惺惺相惜时,亨利正站在站台上,跟普忒特先生告别。

这里是光明大厅,他们来过的一个中枢地区,无数巨大的立柱和月亮晶石衬托着它的宏伟,来来去去的"飞鸟"显示着它的忙碌。

他们从这里启程,很快就会回到来时的入口,重返地面上的伦敦。

普忒特先生将他们送到这里,交给他们酬劳——那是一小袋极品钻石。"你们上头的人喜欢这个。"他用无法理解的表情说,"其实它们真的不值几个钱。你让福莱西的眼睛又能看见东西了,而且他的脾气也好多了,我觉得你值得拿更好的报酬,格罗威尔医生。"

当然了,普忒特先生的确真心实意,但他觉得比女王皇冠还贵重的原石,对于亨利来说就是一个个只能摆在家里傻看的玩意儿——没有一个人类宝石雕刻家能够顺利切开它们,让它们变成艺术品。

"这个就好,先生,您已经非常慷慨了。"亨利也真心实意——他可以换一辆车了,讴歌,他早看上了,钢铁侠就开那一款!

"不,不,"普忒特先生摆摆手,"我是说真的,医生。你跟

格罗威尔先生和龙

普通的医生很不一样，你帮了我大忙，不光是我，还有福莱西，甚至是我们父亲。"

亨利笑了起来："我所做的只因为一点：先生，你们是亲人，所以无论怎么样你们都会彼此关心。不过有时候得靠我这个外人来提醒而已。"

"你有体会吗，医生？"

当然了，亨利在心底哼哼，我现在还没有和那位跟女朋友如胶似漆的老爸断绝关系就是因为我真的爱他。

"福莱西先生以后最好不要再使用魔法火焰了，"他岔开话题，"如果再发生这次的情况，他的眼球受到的伤害会更大。"

"不会了，"斯莱西说，"他现在又重新敲敲打打那些石头了，有时候声音大到我和老头都睡不着。他好像在做什么东西……"

"那么完成的时候请一定告诉我，我也想要看一看。"

他们再次友好地握手，祝福对方，然后亨利坐上"飞鸟"，开始爬升。这一次他终于不再忍受失重的痛苦。他摸着口袋里那一小袋钻石，心满意足——VIP制度果然是对的，他这么想，接待一位就相当于增加半年的收入。

他从肯辛顿公园的林荫小道重新冒出来，身后还跟着一个黑皮肤的男孩儿，手上提着一个大大的包袱。

"阳光、青草、微风……"莎士比亚大声地叫道，"在黑漆漆的地下完成了一项工作以后会觉得这个世界分外可爱呀！"

"那个地下也并没有太让人反感，"亨利对他夸张的反应不以为然，"远没有我们以为的那样阴森恐怖。就算普忒特家是两个种族，那种感觉也和我们的生活很像。吵吵闹闹，有点别扭，这些都是生活。"

"你成熟了，老板，"莎士比亚感叹道，"看起来你的收获可不只是钻石。"

亨利耸耸肩："你不也一样，不只是檀香木条。你居然还能交到朋友，而且是个哥布林。"

"的确，"莎士比亚得意地抽出一根来，叼在嘴上，看了看周围没人，就用喉咙眼儿里的火苗慢慢地引燃它。

"我就说过你以前对我的评价都是错误的，我并不刻薄，人们都喜欢我……"

砰的一声巨响，吓了亨利一大跳。他转过身，看见莎士比亚满头满脸都是烟火，一簇诡异的红色火苗在他头顶上燃烧得很欢快！

因为吃惊没有控制好意念，他整个脑袋都变成了龙的模样，而身子却还是人类的。

"哥布林都是恶棍、骗子！"

龙愤怒地叫起来。